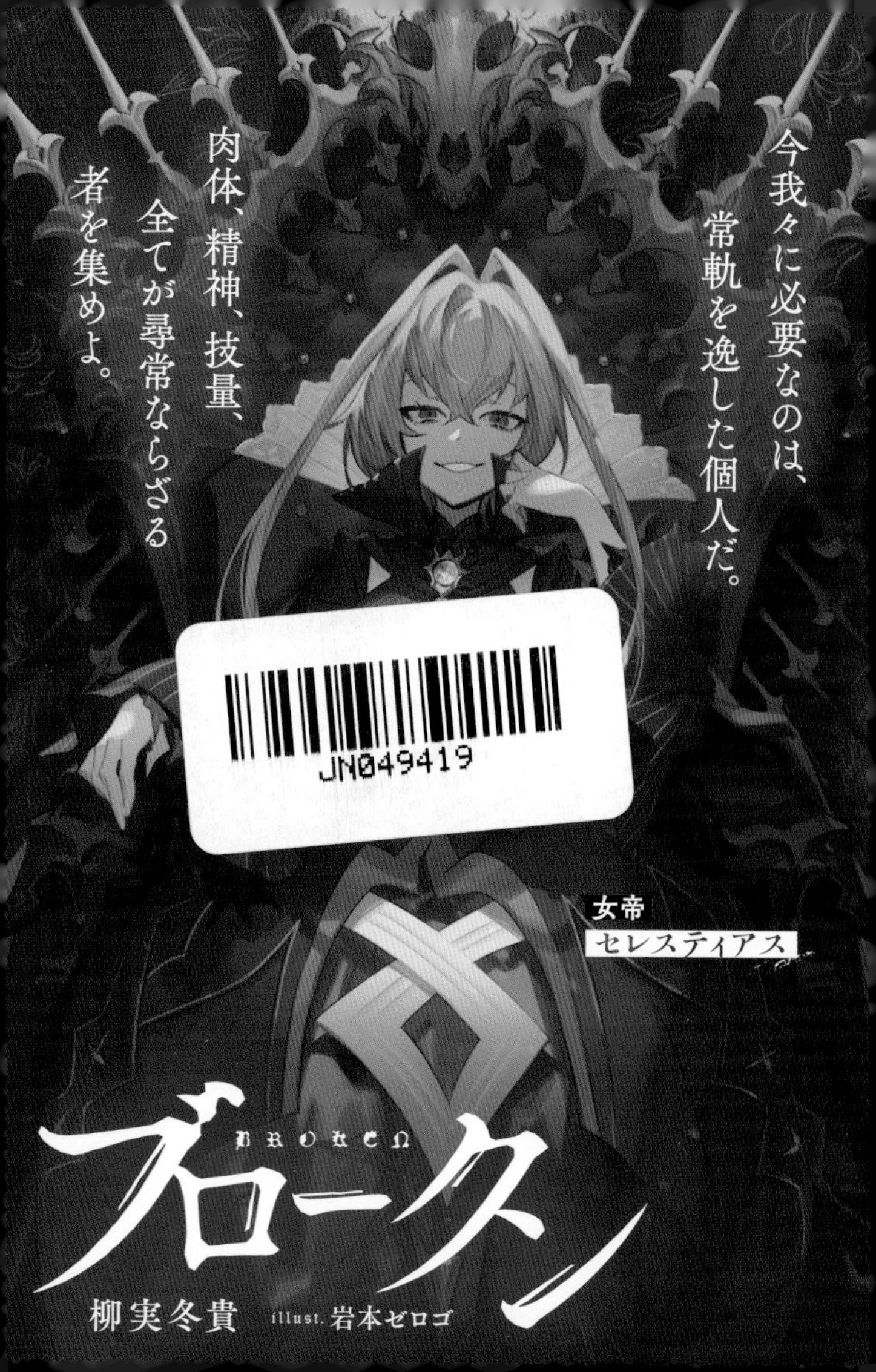
今我々に必要なのは、
常軌を逸した個人だ。
肉体、精神、技量、
全てが尋常ならざる
者を集めよ。
女帝
セレスティアス
BROKEN
ブロークン
柳実冬貴
illust. 岩本ゼロゴ

Contents

Broken

我が炎、消させて
なるものか……！

瞳狩り
ペイルレイン
赤盾のハイエルフ
スフィアレッド
第十三聖女
マリアベル

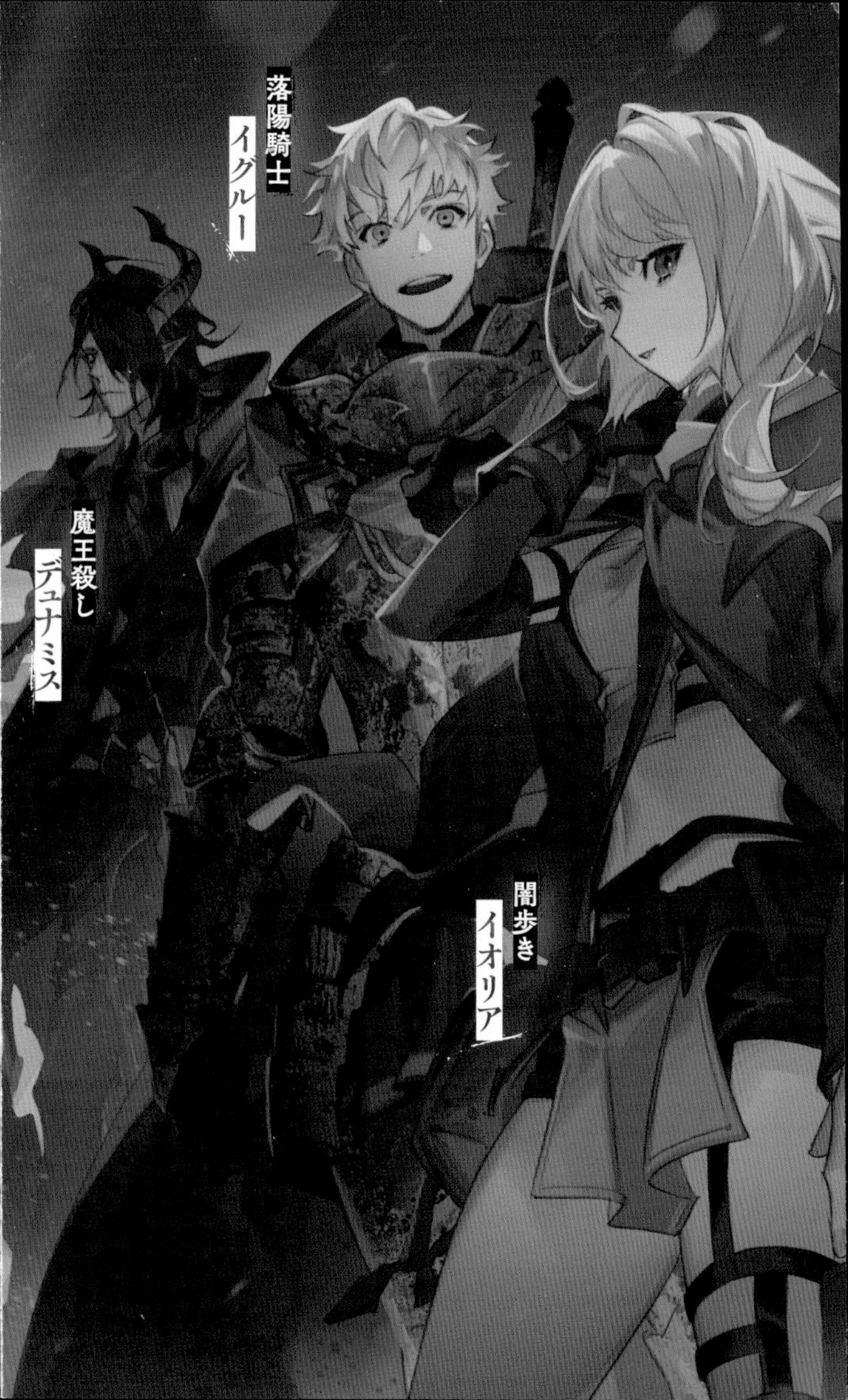
落陽騎士
イグルー
魔王殺し
デュナミス
闇歩き
イオリア

爆ぜろォ！　鉄血！

ブロークン
落陽騎士は偽り姫に凱旋を捧ぐ

柳実冬貴

ファンタジア文庫

3232

口絵・本文イラスト　岩本ゼロゴ

プロローグ

光奪《こうだつ》戦争。

ハンナヴァル帝国、オーズミック神聖国、魔都ギャラハンドール、三つの大国が争う戦の原因は、『世界樹の涙』と呼ばれる果実だった。

果実はこの光無き世界において唯一の灯《あか》りだ。太陽が潰《つい》え、消えゆく生命を憂えた世界樹は、自らの涙を燃やすことで生命をつなぎ止めた。

太陽の代わりに世界を照らしていたこの果実を、国々は繁栄と存続のために奪い合った。拮抗《きっこう》を保っていた戦況は、帝国《ハンナヴァル》の『凱旋帝《がいせんてい》』が世界樹の涙を自国の七英雄の体内に取り入れるよう命じたことで覆った。果実は英雄達の身体《からだ》に馴染《なじ》み、光を出現させ、一騎当千の力を与えた。英雄達はその力をもって他国を侵略し、その土地に光と繁栄をもたらした。飢えと渇きと闇に怯《おび》えた多くの小国がハンナヴァルの属国となることを望み、光奪戦争の勢力図は圧倒的に帝国《ハンナヴァル》に傾いていた。

だが人間は知らなかった。

太陽が潰えたように、世界樹もまた燃え尽きる日がくるということを――

光奪戦争の行く末を知らぬまま、小国バルハントの王立騎士団は城門前に集結していた。

新米騎士として隊列に加わる若き青年、イグルー・シュヴァルケインは、他の騎士達と共に国王の嫡子フレイリア王女の前に跪《ひざまず》いていた。

「殿下、全騎士百五十名、ここに集結してございます」

騎士団長の報告を受け、暗黒に染められた空を見上げていたフレイリア王女が振り返る。

琥珀《こはく》色の髪と白い肌が薄闇の中にあってなお、真珠のように輝いている。

「皆、ご苦労。このような形でお前達の剣を振るわせねばならぬことを、第一王女として不甲斐《ふがい》なく思う。許してほしい」

「いいえ殿下。我らが剣は殿下のもの。殿下のために剣を振るうは、騎士の誉れ」

騎士団長が剣を眼前に掲げ、柄《つか》を胸の前で強く握る。

他の騎士やイグルーも同様に剣を掲げた。

イグルーは兜《かぶと》の隙間から熱い眼差《まなざ》しでフレイリア王女を見つめていた。

彼が正式にバルハントの騎士となったのはつい三日前だ。

バルハント王立騎士団。その数わずか百五十名。

磨き上げられた白銀の甲冑《かっちゅう》と大剣、そして戦旗に縫い込まれた狐百合《グロリオサ》の紋章を知らぬ者はいない。

バルハントは帝国《ハンナヴァル》の同盟国の一つだったが、凱旋帝が英雄達に世界樹の涙を喰《く》うように命じたことで両国の関係に亀裂が生じ、今や敵国同然となっている。

今宵《こよい》の出兵は連合となった聖国《オーズミック》、魔都《ギャラハンドール》からの懐柔に応じる形で帝国《ハンナヴァル》を討つためのものだったが、帝国《ハンナヴァル》に七英雄がいる限り、バルハントが加わったとしても勝算など無いに等しかった。

王が病床についたため、騎士団を率いるのは第一王女であるフレイリアだ。

「――我らはこれより聖国《オーズミック》、魔都《ギャラハンドール》の連合軍に加勢する！　敵は帝国、ハンナヴァルである！　かつての同盟国であろうとも一切の容赦は無用！　我らの剣と血潮をもって、七英雄と凱旋帝の首を取るのだ！」

フレイリアが声を張り上げると、騎士達が剣を高く振り上げた。

「我らの血潮は王家のために！」

イグルーも剣に額を押し当てて誓いを立てる。

（姫様のために……！）

状況はどうあれ、フレイリアのために命を賭けられることをイグルーは心の底から誉れに感じていた。

イグルーは剣と血に誓う。必ずフレイリアを守り抜くと。

フレイリアもまた、騎士達と同じように剣を掲げ、剣の腹に額を当てた。

「我が血潮は、故国のために」

王と騎士の誓い。騎士は王家のため、そして王は国のために在る。見返りを求めず、王家と騎士と民がそれぞれに尽くすことこそがバルハントに生きる者の本懐だった。

フレイリアが剣を収めると、彼女はイグルーに微笑《ほほえ》んだ。

イグルーが強張《こわば》りながら跪く。

「そなたにとっては初陣《ういじん》だったな」

「ハッ！」

「そう硬くなるな。初陣なのは私も同じだ」

フレイリアがイグルーに歩み寄り、跪く彼の肩にそっと手を置いた。

「叙任早々にすまないな。王家の決めた不本意な戦だが、あの時の約束を果たす時がきたと思ってほしい。その剣をよく振るい、よく尽くせ」

イグルーは感動のあまり身震いして、地面についた拳を握りしめた。

（フレイリア様は、あの約束を覚えておられた……！　これほどの名誉があろうか！）

奴隷だった頃、イグルーを買い取ったフレイリアは彼に言った。

『恩を返したいと思うなら、いつか私の剣となれ』

世界樹の涙がこの世界の太陽であるように、その言葉はイグルーにとっての篝火《かがりび》だった。

涙が零《こぼ》れそうになるのを必死に堪《こら》えながら、イグルーは押し殺すように、そして同時に自らの心臓を差し出すように告げる。

「我が血潮にかけて……！」

奮い立つには十分過ぎる誉れだった。

この命に代えても守り抜く。そのために自分は生まれてきたのだから。

騎士達と共に立ち上がり、イグルーは馬に跨《またが》ったフレイリアの背中を見つめていた。

暗闇の中から声がしたのは、今まさに出立しようとしたその時だった。

騎士団が向かおうとしていた方向から足音。

――殿下……。光一つ無い森の中から声が聞こえ、その場にいた全員がそちらを向いた。

フレイリアが松明《たいまつ》の明かりを森へ向けると、よろめきながら歩いてくる人影があった。

眼《め》を凝らすとその者の相貌が浮かび上がる。真っ白に血の気が引いた男だった。

帝国《ハンナヴァル》の偵察に出ていたはずの密偵だ。

「何事だ？」

フレイリアの問いかけに返ってくる男の声は朧気《おぼろげ》で、うまく聞き取れない。何か声とは別の音が混じっている。砥石《といし》を爪の先でひっかくような音と、子供の囁《ささや》き声のようなものが交ざり合い、脳をくすぐるような不快感が這《は》い寄ってくる。

「お逃げください……どうカ……どウか……」

密偵がフレイリアに手を伸ばそうと近づいてきた、その時だった。

暗い森の奥に、燐火《りんか》を思わせる昏《くら》い光が数え切れないほどぽつぽつと浮かび上がった。その場にいた者全員が息を呑《の》んだ直後、密偵の背後から闇が溢《あふ》れた。暗い暗い森の木々を縫うようにして、異形の群れが押し寄せたのだ。夥《おびただ》しい数の足を持ち、地を這うモノ。糸のように細長い手足と骨の浮いた胴体、あまりに巨大な掌《てのひら》と足を持ち、ゆらゆらと揺れながら迫り来るモノ。ひたすらに顔面を掻《か》きむしり、叫びながら走ってくる背中から触手を生やした騎士らしきモノ。

そしてさらにその奥から津波のように押し寄せる、泥を思わせる黒い粘液。

共通しているのは、それらの異形が帝国兵の鎧《よろい》を身につけている点だ。

敵襲？　帝国《ハンナヴァル》が攻め込んできた？　だがこの者達の人ならざる姿はどうしたことだ？　闇の中で揺れ動く異形共の昏い瞳から視線を外すことができない。見た目の恐ろしさだけでなく、魂を激震させるかのような恐怖がイグルーの全身を駆け巡った。

押し寄せてきた黒い粘液に膝まで浸《つ》かり、不快感が恐怖を煽《あお》る。

手が剣の柄を握ったまま、石膏《せっこう》で固められたかのように動かない。

「筆頭騎士は殿下をお守りしろ！　城内へお連れするのだ！」

騎士団長がいち早く剣を抜きフレイリアを下がらせる。騎士達は恐怖を振り払い、迫り来る異形共に剣を向けた。

「残りの者は陣を組み、敵を押しとどめよ！　我らが血潮は王家の――！」

騎士団長が皆を鼓舞せんと声を張り上げた瞬間、彼の首が宙を舞った。

細長い手足を持つ巨人が彼の顔面を叩《たた》き飛ばしたのだ。巨人は鞠《まり》のように飛んだ騎士団長の首を摑《つか》むと、口に放り込んで飴《あめ》のようにしゃぶった。空洞のような眼から涙を流しながら、泣き笑いのような表情を浮かべながら、巨人がさらに腕を振り払う。

木々と共に騎士達の身体が弾《はじ》け飛ぶ。運よく身をかがめた者も、地を這い絶叫する異形に押し倒され、鎧ごと身体を掻きむしられた。

バルハントの騎士達が、その自慢の剣を振るう間もなく瞬《また》く間に蹂躙《じゅうりん》されていく。

断末魔の叫びが森を埋め尽くす中、イグルーは悲鳴を上げそうになった。

されど正気を保てなくなる寸前に、脳裏にフレイリアの笑顔が過《よ》ぎる。

――お守りしなければ。騎士になった理由を、己《おの》が存在意義を見失うな。姫様を守るのだ。たとえこの身が裂けようとも、魂が砕けようとも、守らなければならぬのだ。

「都へ戻れ……！　殿下を守れ、イグルー……！」

同期の騎士の声が鼓膜を震わせる。

イグルーは地を蹴り、仲間の最期に目も向けず一目散に走った。

仲間の屍《しかばね》もバケモノ共も一緒くたに踏み越えて、バルハントの都へ戻る。

都にはすでに黒い粘液が押し寄せていた。国民や都を守る兵士は逃げ惑い、為《な》す術《すべ》もなく異形共に喰われている。その全てにイグルーは見向きもしない。

「姫様、何処《どこ》ですか、姫様……！」

粘液に足を取られながらも、イグルーは城を目指して走った。

裏道と大通りを抜けると、城門が見えた。兵士の姿が見えない。門が開いている。

「イグルー」

名を呼ばれる。城門の前に、ぽつんと、フレイリアが背を向けて立っていた。

迷うことなく通りを駆けた。

一瞬でも早く彼女を守れるように手を伸ばす。もう二度と恐怖に足を止めたりはしない。

奴隷だった自分に手を差し伸べてくれた彼女のように、今度は自分が――

「イグルー、道を照らす炎を探せ。私の炎は潰えても、灰は錆《さび》となりそなたと共にある」

フレイリアが振り返る。出会った時に向けてくれたものと同じ笑顔で。

それだけでイグルーの内に広がっていた恐怖が消えていく。勇気が戻ってくる。

彼の力は忠義だけだ。忠義さえあれば何も怖くはない。

フレイリア姫だけいれば、俺には何も――

「私とお前は……ずっと一緒だ」

果実が弾けるような音がした。

振り返ったフレイリアの笑顔が握りつぶされたのは一瞬の出来事だった。

「姫様……?」

伸ばされたイグルーの手は、飛び散った彼女の血潮を摑んだだけだ。

全身が捻《ね》じれたまま天高く伸びているとしか形容できない巨人が、フレイリアの胴を持ち上げて首を傾《かし》げていた。

「よせ、その方は、俺の――」

放心の最中、今一度手を伸ばそうとした時、イグルーの胸を刃《やいば》が貫いた。フレイリアの命を奪ったのと同じ姿の巨人が、とがった指先でイグルーの鎧を突き刺したのだ。

血を吐くイグルーを指先に突き刺したまま、巨人はイグルーを眼前に持ってくる。

捻じれた巨人ははみ出した眼球でギョロギョロと彼を見つめる。自分が貫かれたことすらも意に介さず、イグルーはフレイリアの亡骸《なきがら》へ手を伸ばし続ける。

「やめ、ろ……!」

巨人が身体《からだ》を揺らしながらフレイリアの鎧と服を指で剝ぐ。

「やめてくれ……！」

フレイリアの亡骸の周囲に異形の群れが集まってくる。

「ああああああ、姫様……ひめさまぁ……っ」

彼女が群れの中に放り投げられると同時に、イグルーもまた投げ捨てられる。

落ちたイグルーは、地面を這いずりながらフレイリアに近づこうとする。群がる異形に啄《ついば》まれる中、フレイリアの白い手だけが見えていた。

「消、える……俺、の……炎が……」

瞳孔が開きかけた瞳から涙が零れ落ちる。やがて異形共の足元から、夥しい量の血液が地面に広がる。伸ばした指先がフレイリアの血に触れると同時に、イグルーの瞳から光が消えた。押し寄せる黒い液体が異形諸共《もろとも》都を飲み込み、城をも飲み込んでいく。

新米騎士のイグルー・シュヴァルケインは、初陣にて全てを失い、己もまた黒き海に呑まれていった。

バルハントが滅びてゆく。小さくとも美しかった国が潰《つい》えていく。

かつて誇り高かった国と共に、壊れた騎士は絶望に抱かれながらその生涯を終えたのだ。

樹陽《じゅよう》暦四五〇年。

この時、小国バルハントのみならず全ての国が滅びた。

突如として世界樹が腐り、幹から溢れ出た腐った樹液が世界に押し寄せたことが、滅びの原因とされている。

世界樹の涙を体内に取り入れていた帝国《ハンナヴァル》の七英雄は世界樹が枯れると同時に力を暴走させ、腐った樹液が気化してできた闇に当てられた者達は、狂気の果てに異形と化した。

世界樹の終わりによって、世界そのものが正気を失ったのである。

二度目の太陽の消失は、世界を真の闇で覆った。闇は人々から正気を奪い、果ては異形に変えさせる。人々は闇の中では生きていくことができない。生き残った少数の者達は、清められた水のある場所のみで生活することを余儀なくされた。

樹陽暦の終わり、落陽暦《らくようれき》の始まり。

此処《ここ》より人類の歴史は闇に包まれる。

だがこの希望の潰えた世界で幕を閉じることを良しとしなかった者達がいた。

これは、闇に抗《あらが》うために正気を捨てた者達の軌跡である。

第一節

壊れた騎士

暗い森の中を一台の馬車が走っている。馬車が走るのは川沿いの道だ。御者は馬車につり下げられたランタンと、手持ちのランタンの明かりのみを頼りにゆっくりと道を進む。ランタンの明かり以外に存在している光源は、川の水だけだった。

わずかにだが、川の水が薄く光っている。

「妙だな、今日は闇が濃すぎる。この川も長くはもちそうにないな」

帽子の鍔《つば》を押し上げながら、口ひげを蓄えた金壺眼《かなつぼまなこ》の男は馬に鞭《むち》を打った。

御者の横で助手席に座っている男が、パイプを燻《くゆ》らせながら鼻を鳴らす。

「帝国《ハンナヴァル》の連中が川に堰《せき》を作りやがったからな。ヤツら、水源を独占しているのをいいことに川の水の量を絞ってるんだ。この水がなけりゃ安全を確保できねぇってのに、無体なことをしやがる」

「聖国《オーズミック》と繋がるいくつかの小川もせき止めたそうだ。生命線維持のための措置だとよ」

「これだけ支流が減っちまったら商売あがったりだ」

「イシス湖を水源とした湧水も今となってはほとんど帝国《ハンナヴァル》の管理下にある。連中は結局光奪《こうだつ》戦争の頃から何も変わっちゃいねぇのさ」

御者はもう一度鞭を打とうとしたところで、ふと何かを思い出したように手を止めた。

「そういや、帝国《ハンナヴァル》、聖国《オーズミック》、魔都《ギャラハンドール》の残党同盟のお歴々が近々集まって何かやるらしいぜ」

「何かって何だい。バケモノ相手に反攻作戦でもやろうっていうのかい？」

「何でも、頭のおかしな連中を各国から集めるって噂《うわさ》だ」

助手席の男は、パイプの火種と共に唾を吐き捨てた。

「頭のおかしくなった世界で頭のおかしくなった連中を集めるなんざ、実に頭のおかしなことで……」

「ああ、面白くもねぇ冗談だ」

二人が皮肉を言い合っていると、馬車の荷台の中で何かが動く音がした。

「ねえ、その話、もう少し詳しく聞かせてくれない？」

御者の後ろの小窓から、少女が顔を覗《のぞ》かせた。

金髪に赤い目を持つ、端整な顔立ちの少女だった。

「どうした『闇歩き』、コソ泥稼業《かぎょう》のお前さんが興味持つような話題じゃねぇだろ」

御者が言うと、少女はふんと鼻を鳴らした。

「お金が必要なだけよ。反抗作戦に出て闇の中を行くならあたしらみたいな闇歩きが必要になるでしょ。残党軍が雇ってくれるなら、こんなしみったれたゴミ漁《あさ》りをするより実入りがいいだろうし」

皮肉に皮肉を返して、少女は目で「詳しく話せ」と訴えかけた。

「先月の会合で、帝国《ハンナヴァル》の女帝さんがお歴々の前でとんでもねぇことを言ったらしい」

「あの小娘がとんでもないのは昔からだろ……世界樹が腐った時も、安全な湖畔周辺から避難民を追い出して死体の山を築いたガキだぞ。何言ったって不思議じゃねぇや」

口を挟んだ助手を睨《にら》みつつ、御者に続けるように少女は促した。

御者はしばし黙った後、馬に鞭を打つと同時にこう言った。

「今我々に必要なのは、勇者でもなければ英雄でもなく、常軌を逸した個人だ。肉体、精神、技量、全てが尋常ならざる者を集めよ……だとさ。各国が連れてきたその『常軌を逸した個人』とかいう連中のお披露目があるらしい」

「………………」

「狂った七英雄の根城に一斉攻勢をしかけようって話だ。首魁《しゅかい》の首を取った者が所属する国に、奪還した土地の占領権を与えるっつーのを餌に、やべぇ連中を集めてるんだと」

「その話、嘘《うそ》じゃないわよね？　国に所属していなくても参加できるの？」

「ハハッ、あの女帝さんのこった、戦力にさえなればどこぞの盗賊団の頭《かしら》だろうが気にしたりしねぇよ」

「………………」

「しかしお前さんには無理だろう。暗闇に耐えられるのはお前さんのような闇歩きか、強靭《きょうじん》な精神を持つ連中、元から頭がイカれちまってる連中だけだが、女帝が求めてんのは二番目と三番目。お前さんは暗闇の中で行動ができるだけのただの闇歩きだ。席なんざあるもんか、コソ泥稼業がお似合いさ」

違いねぇ、と助手が笑う。

少女は馬車の小窓を閉めて、荷台の中で膝を丸めながら目を細めた。

荷台には、少女の他に五人の男が荷物と共に座っている。それぞれ剣や弓といった自分の得物を抱え、手入れをしながら黙り込んでいた。

御者と助手は『闇漁り』で、ここにいる五人は二人に雇われた傭兵《ようへい》だ。

闇漁りは世界樹が腐った後の世界を探索し、遺棄された村や家々から物品を回収して売りさばく者達の総称だ。遺物を漁る者もいれば、災厄を生き残った者達から依頼されて物品を回収する者もいるが、前者が多数を占める。闇漁りの人員は雇い主と傭兵、そして『闇歩き』で構成されることが多い。闇歩きとは、闇の中であっても正気を失わず、バケモノにもならずに活動することができる特異な人間のことである。

少女は闇歩きとして御者の闇漁りに雇われていた。

名はイオリア。年の頃は十七だが、瞳の鋭さだけは年齢とは相反して大人びているというか、酷《ひど》く擦れた印象だった。

闇歩きとしては八年目になる玄人《くろうと》だ。七歳で家族を失い、三年間は篝火《かがりび》旅団と呼ばれる闇漁りの組織に属していたが、今はある目的のために独立して生計を立てている。

災厄以前のことを彼女は誰にも話したことは無い。自分の出生を軽々しく口にすれば、命を狙われることがわかっているからだった。

馬車が悪路を進む。薄く輝く川の光は、馬車が進めば進むほどに弱まっていく。

「おい、ちょっとおかしくねぇか……闇が濃すぎる。濁人《だくと》どもを呼び寄せちまうぞ」

川の光が薄まっていくのと同調するように、御者が持つランタンの明かりもチラチラとふらついて弱っていく。

「こんなに濃いのは久々だ」

十年前、世界樹が腐ったことにより世界は光を失った。世界樹の腐った樹液が闇そのものとなって世界に広がり、人から正気を奪うようになった。正気を奪われた人間は、『濁人』と呼ばれる異形に変わり、生きる者を襲うようになってしまったのである。

「おい闇歩き、ちょっと先を見てこい」

呼ばれて、イオリアは馬車のドアを開けて外に出た。助手からランタンを受け取り川の先を照らそうと試みたが、闇が濃すぎて弱々しい光など届くわけがなかった。

これほど濃い闇の中で行動するには、普通の灯《あか》りでは意味がない。

「光脂《こうし》は？」

イオリアはランタンの中のオイルを確認しながら雇い主に尋ねた。

光脂とは、枯れ腐る前の世界樹の樹液のことだ。結晶化した樹液である光脂をランタンのオイルに混ぜて発火させることで、燐《りん》のような光を発する。

その光は闇を退け、濁人を遠ざけることができた。川の水には、この光脂の原料となる世界樹の新鮮な樹液が溶け込んでいる。帝国《ハンナヴァル》の残党が逃げた先で『世界樹の涙』を水源に沈めたことでこのような効果が生まれたと言われている。

故に水源から流れる川には濁人が近づいてこないため、川の近くであれば人間が生きていくことはできるのだ。

雇い主の御者はイオリアに眉根を寄せて舌打ちをした。

「何のために闇歩きを雇ったと思ってる。お前らは闇の中でも目が利《き》くんだろ？」

「目が利いても濁人は退けられないわ。連中を寄せ付けないためには光脂が必要」

「貴重品だ、自前でなんとかしろ」

とりつく島もないため、イオリアは諦めて自分の光脂と装備を確認する。胡桃《くるみ》ほどの大きさの光脂が三つ。不純物が混ざっていなければ十分な量だが、イオリアが持っているものは質がよくなかった。

武器は無い。ナイフは持っているが、濁人に対しては何の役にも立たない。濁人を相手にするには、馬車に乗っている傭兵達が持っているような専用の武器が必要だ。

穴《ソケット》の空いた剣や斧《おの》だ。その類の武器は哭鳴器《フェアリーブリンガー》と言う。空いた穴に魔術球や妖精球と呼ばれる魔術や妖精を閉じ込めた水晶をはめ込むことで、一振りで岩をも砕く威力を発揮することができた。魔術球は使い捨てなため使う度に入れ替えなければならないが、妖精球は妖精が死ぬまで使用することができる。前者は安価だが、後者は高価だ。もっとも、それらの武器を所持していたとしてもイオリアは濁人と戦おうとは思わない。

焼け石に水だからだ。戦うぐらいなら逃げた方がいい。

「三〇分で戻らなければ引き返す。行け」

依頼人が癪《しゃく》に障《さわ》っても前金をもらっている以上、仕事をするのが闇歩きだ。

イオリアはランタンのオイルに光脂を落とし、青白い光で闇を照らした。普通の明かりとは違い、光脂の光は遠くまで闇を照らしてくれる。

イオリアの目は深い闇に包まれた森の中でも遠くまで見渡せる。なおかつ闇の濃さも不思議と視認できる稀《まれ》な目だった。

濁人はいない。光脂の光に怯《おび》えて逃げ去る者を確認できそうなものだが、森は静かなものだった。草木は歪《いびつ》で黒くベタついている。日の光がなくとも枯れずに草木が育つのは世界樹の恩恵だったが、世界樹が腐った今となっては草木すら異形に育ってしまう。

　闇を照らしながら足早に川沿いを進む。川の光はどんどん薄まっていったが濁人の姿は見当たらない。不審に思い始めたその時、突然川の流れが途絶えた。

　二日前の雨の影響だろう。川沿いの小さな崖が崩れ、土砂で小川が埋まってしまってい る。そのせいで流れが分散し、川の体《てい》を成さず水が地面に浸透してしまっていた。元々闇漁りぐらいしか利用しない流れの弱い小川だったが、これでは濁人除《よ》けにならない。

　イオリアは踵《きびす》を返し、すぐに馬車に戻ろうとした。

「………？」

金属が擦《こす》れるような音が聞こえて、イオリアは石像のように身体《からだ》を硬直させた。生物もいない、風も吹かない森の中で、微かな音であろうと聞き逃すはずがなかった。

　イオリアは喉を鳴らして、勢いよく音の方へ振り返った。光に照らされて闇が退く。右左にランタンを振って辺りを照らす。

　四本の歪な木の近くに人影があった。灰色ローブで全身を包む浮浪者のような姿。ソレが持つ空のランタンが、揺れる度にキィキィと音を立てていた。

　その不気味な姿を見た瞬間、怖気《おぞけ》が足下から脳天にまで駆け抜けた。

──逃げなければならない。あれがランタンに火を灯《とも》す前に逃げなければ。

腰を沈めて後ろに飛び退《の》いて、イオリアは一目散に逃げた。

飛び退いた時、灰色ローブが持つランタンに赤い光が灯るのが見えた。

イオリアは走りながら指笛を鳴らした。最初の二回は短く、三回目は長く。

仲間に特殊な濁人が現れたことを知らせる合図だ。

あの灰色ローブはランタンの赤い光で濁人達を引き寄せる。世界樹の腐った樹液でできた闇脂の赤き火は、光脂や弱すぎる川の光では退けられない。闇が濃かったのは川の光が弱すぎたというだけじゃなく闇脂《あんし》が焚《た》かれていたからだ。

イオリアは転がるように馬車まで戻った。

「遅かった……！」

馬車はすでに濁人に群がられていた。最後まで生き残っていた傭兵の背骨が抜き取られ、亡骸《なきがら》が木の幹に叩《たた》き付けられる。濁人には膨れあがった筋肉質な身体に腫瘍のようなものがいくつもあり、そこから無数の関節がある夥《おびただ》しい数の指が生えていた。闇に呑《の》まれ正気を失った人間は生命としての在り方そのものがあべこべになり、このような異形と化すのである。人間だけではない。生命であれば全てが狂う。

下位の濁人だが、それなりに巨体な上に群れを形成する危険な種だ。

イオリアは怯える魂に鞭《むち》を打ち、破壊された馬車を見た。

自分の雑嚢《ざつのう》が残骸の下に埋もれているのを見て、イオリアは跳んだ。残骸の上に着地して雑嚢を掴《つか》み横に飛び退《の》こうとしたが、濁人が振るった筋骨隆々な腕に吹き飛ばされる。

イオリアは木の幹に背中を打ちつけた。意識が飛びそうになるのを必死に抑えながら、ポケットから布に包まれた光脂の結晶を取り出してナイフの背の鋸《のこぎり》刃《ば》に擦《こす》りつけた。

バチン、という火花が散る音がした直後、光脂が燃え上がり濁人達がもだえ苦しんだ。

苦しんではいるが光だけで濁人を殺すことはできない。

痛む身体を引きずって、イオリアはその場から逃げだした。

大事な雑嚢を胸に抱きながら苦しげに息をする。方向などわからない。でたらめに、ジグザグに森を走り抜ける。

風を切るいくつもの音が背後に迫る。後ろを確認すると、手がゴムのように伸びた球体のような濁人が鳴き声を上げながら追いかけてきていた。手だけが異常に成長した赤黒い赤ん坊のような姿だ。木々に触手を巻き付けながら風を切るように迫ってくる。

イオリアはぎゅっと雑嚢を抱きしめた。

「姉様……！」

今は亡《な》き姉の最後の笑顔が頭を過《よ》ぎり、イオリアは奥歯を噛《か》みしめた。

恐怖を打ち消そうとしたその時、イオリアは崖から足を踏み外した。

「──あッ！」

☆

十年前、闇から逃れようと国を出て森に逃げ込んだ後、帝国《ハンナヴァル》第五皇女カルナ・イエス・ハンナヴァルは膝をつき、妹の肩を抱いた。

『いい？　イオ。東に真っ直《ます》ぐに走れば、イシスのシルドア叔父《おじ》様が助けてくれる。衛兵に王器を見せれば入れてもらえるから、泣かないで言った通りにするのよ？』

肩から血を流しながら頭を撫《な》でてくる姉に、イオリアは首を横に振った。

『姉様も一緒じゃなきゃイヤ……』

『言うことを聞いてちょうだい。いつも喧嘩《けんか》ばかりだったけれど、あなたが本当は聞き分けのいい子だってこと、姉さんちゃんとわかってるんだから』

年はまだ十三だというのに、姉のカルナは芯の強い少女だった。七英雄が狂い、死にゆく母を置き去りにして、カルナは妹二人と共にイシスの都を目指して逃げてきたのだ。

カルナは妹二人のために苦しい顔一つせずに湖の近くまでたどり着いた。

しかし馬は潰れ、兵士ももういない。イシスまでそれほど距離は無いが、闇はすぐ背後まで迫っている。守ってくれる者はもう誰もいなかった。

イオリアの頬にカルナの手が触れる。カルナの手は恐怖に震えていたが温かかった。

『この子の手を離してはダメよ。お母様が違っても、セレスはあなたの妹なのだから』

泣きながら横を見ると、妹のセレスティアスがじっとこちらを見つめていた。自分よりも年下なのに、これまで涙一つ、悲鳴一つ上げずにセレスは悪路をついてきた。

妹と言われても、腹違いなためもありイオリアには実感が湧かなかった。

セレスのことを妹として扱っていたのは姉妹の中でカルナだけだった。

カルナはセレスの頬にも手を伸ばし微笑《ほほえ》んだ。セレスは無表情だったが、わずかに目を細めると、カルナの手に自分の手を重ねた。

『わかっています、カルナ姉様。セレスはイオ姉様と助け合って、必ず生き残ります』

妙に大人びた声で、淡々とセレスは言った。何をするにも感情がこもっていないセレスのことがイオリアは苦手だった。

泣きじゃくるイオリアと、息すら切らしていないセレスの背中をカルナが押す。

『さあ行って！　走るのよ……！』

イオリアはカルナの気迫に怖気《おじけ》づく。迷っていると、セレスがイオリアの手を握った。

セレスがガラス玉のような瞳で見上げてくる。

もう一度カルナを見ると、儚《はかな》げに微笑んでいた。

イオリアはセレスの手を握り返し、カルナからランタンを受け取ると先へ進んだ。

『振り返らないで……走って……！』

振り返りたい気持ちを抑えつつ、イオリアは涙を流しながら走り出す。

『……走ってぇ……！』

カルナの声が遠くなっていく。イオリアはセレスの手を握りながら暗闇の中を全速力で走った。

やがてカルナの声が聞こえなくなって、イオリアは嗚咽《おえつ》交じりに泣き始めた。しかし右手に握られた小さな手の温《ぬく》もりを感じて、イオリアは歯を食いしばった。

『大丈夫だからね……お姉ちゃんがついてるからね……』

カルナが自分にしてくれたように、自分がセレスを守らなければならない。

たった一人の家族なのだ。しっかりしなければカルナ姉様に顔向けできない。

イオリアとセレスは必死に走って、イシス湖近くの渓流にまでたどり着いた。

湖の河口にたどり着ければ、イシスを統治する叔父が助けてくれるはずだ。整備された道を進んでいたわけではないため、渓流を越えるには倒れて橋の代わりになっている丸太の上を進まなければならなかった。イオリアはセレスの手を引いて、慎重に丸太に足をかけた。渓流の両側は崖になっており、この高さから落ちればひとたまりもないだろう。

『お姉ちゃんの手にしっかり掴まっててね』

妹の手を強く握り、イオリアは丸太の上を歩いた。苔《こけ》むした丸太の表面はよく滑る。一歩一歩、踏みしめるように歩かなければならない。

（大丈夫、大丈夫）

イオリアが丸太の中頃までたどり着いた時、セレスが足を滑らせた。

『――セレスっ！』

イオリアは慌ててセレスの手を強く握ったが、自分も丸太から落ちてしまう。

突き出た枝を掴めたのは運が良かったからだろう。イオリアは丸太からぶら下がりながら必死に耐えていた。

両腕が突っ張ってちぎれそうだ。痛い。苦しい。これ以上掴んでいられない。

『イオ姉様』

セレスの声が聞こえて、イオリアは固く閉じていた目を開けた。

『助けて、イオ姉様……！』

そこには初めて見るセレスの人間らしい顔があった。今にも泣き出しそうな子供の顔だ。人形のようだと思っていたセレスが泣いている。自分に助けを求めている。

イオリアの目に力がこもった。

『お姉ちゃんの手を伝って登るのよ！』

引き上げることはできないが、このまま耐え続けることはできる。セレスが少しずつ登り始めた。腕に爪が食い込んだが、このぐらいなんでもない。どうってことない。

『もう少し……丸太に足をかけて……！』

促すと、セレスはどうにかしがみついて丸太まで登り切った。

あとは自分が登るだけだ。

大丈夫、きっとできる。自分一人では無理でも、姉妹で力を合わせれば――

イオリアが腕に力を込め、セレスに自分を引っ張り上げるように言おうとした時、不意に前髪を摑まれた。そして無理やり顔を上げさせられる。

驚いて見開いた瞳に飛び込んできたのは、感情を切り捨てたセレスティアスの顔だった。

『セレス……？』

『――これでようやく解放される。貴様らの家族ごっこにはうんざりだ』

深いため息と共に、ガラス玉のような瞳がイオリアを見ていた。声音は重く、およそ少女とは思えないような悪辣さに染まっている。

わけがわからず、イオリアは顔を強張《こわば》らせる。

『何、してるの……？』

『ゴミを谷底に捨てるだけだ』

『……ゴミ？』

『ああ、可能性の無いただのゴミ……貴様のことだ。皇家の連中を気が遠くなるほど長い間見てきたが、貴様ほど矮小《わいしょう》な者はいなかった。せいせいするよ』

イオリアにはセレスティアスの言葉の意味がわからなかった。

家族ごっこ？　ゴミ？　可能性？　何の話？

どうしてそんな目で見るの？　命をかけて助けてあげたのに。今そこで息をしているのは、あたしのおかげなのに。あたしがいなくちゃ、おまえは死んでいたのに。

――なんで――？

『セレス……お姉ちゃんを……たすけて？』

恐怖で強張った表情のまま、イオリアは縋《すが》るようにセレスティアスを見つめる。

『貴様を姉だと思ったことは一度も無い。カルナによろしく伝えてくれ』

セレスティアスが前髪を掴んだままイオリアの頭を自分の方へ引き寄せる。

そして凍るような冷たい声で、耳元で囁《ささや》いた。

『――さようなら、芥屑《ごみくず》』

頭を押し出すようにその手が離される。

イオリアの身体《からだ》が空中に放り出される。

奈落へと落ちていく時、彼女は見開かれた眼《め》で妹の目を見ていた。

まるでこの世で一番価値の無いものを見下すような目を。

困惑と絶望を抱きながらイオリアは谷底へ落ちていく。

イオリアが怒りと憎しみを発露したのは、川に墜落して気を失うのと同時だった。

叫ぶことも泣くこともできずに、イオリアは闇の底へと突き落とされたのだった。

☆

足を滑らせ気を失っていたイオリアは、過去の忌《い》まわしい記憶により飛び起きた。

かなり高い崖から谷に落ちたことは覚えている。崖際の樹木に身体が引っかかり、廃屋の屋根にぶつかって地面に落ちたのだ。節々は痛むが、死んでいないし骨も折れていない。とはいえ不幸中の幸いだなどと言っていられる状況ではなかった。イオリアは身体を起こしてランタンを探したが、どこにも見当たらない。

恐らく気絶していたのは一分にも満たないだろうが、このままでは濁人《だくと》に群がられるのは時間の問題だ。ポケットに残っている光脂《こうし》はあと一つ。そのまま着火すれば強力な閃光《せんこう》を放つが、持続時間は三〇秒程度。最善策は全速力で川まで戻ること。

現在地はどの辺りだろうと、イオリアは辺りを見回して——ゾッとした。

「……うそでしょ」

なんて場所に落ちてしまったのだ。谷の底はかつて小国の都だった場所だ。災厄の後、谷間にあったこの国は世界樹から溢《あふ》れ出た腐った樹液に飲み込まれたという。

小さく貧しい国だったが、この国の騎士団は有名だった。

国の名はバルハント。帝国《ハンナヴァル》へ牙を剝《む》き、災厄に消えた国だ。

神殿を模して造られた美しい都は、今となっては濁人の巣窟《そうくつ》となっている。この国の人間で生き残った者は誰もいない。民も、騎士も、王家も、全てが闇に呑《の》まれて狂ったという。闇漁《あさ》りですらこの場所に入る者はいない。

——亡国バルハントには近づくな。足を踏み入れれば、騎士の濁人に喰《く》われるぞ。

「……あ……っ」

同業者の話を思い出しながら、イオリアはなるべく音を立てぬように立ち上がった。

(諦めるもんか……あたしにはやり遂げなくちゃならない目的があるんだから……！)

呼吸を抑える。どれほど小さな音も立ててはならない。この都に眠る騎士達の眠りを妨げてはならない。暗い暗い路地を、イオリアはゆっくりと歩き始めた。レンガが敷き詰められた道には腐った樹液が染《し》み渡り、足を踏みしめる度にべたべたと纏《まと》わり付いてくる。音を立てたくなくても水気を帯びた足音が響いてしまう。

滑らぬように、転ばぬように、慎重に。

息を殺せ、音を立てるな。濁人騎士を呼び覚ますな。

泣きそうになるのを堪《こら》えながら歩く。べたり、べたりと、一歩ずつ。

イオリアは先ほどから、路地の端にある黒い塊に気づいていた。よく見るとそれは、膝を丸めた騎士だった。樹液に浸された黒い繭のような姿で、騎士が膝を抱えているのだ。

一体だけではない、路地には数え切れないほどの騎士がいた。

背後で繭の一体が蠢《うごめ》いた瞬間、息が口を塞いだ手の隙間から漏れてしまった。

次いで、鎧《よろい》が軋む音がした。音はいくつも連鎖し、黒い繭共が次々に蠢き始める。濁人は正気を失い、異形と化しても狂う以前の行動を繰り返す者が多い。むしろ生前の強い執念は狂い果てた後の方が強烈になる。騎士の務めは国を守ることであり、都に侵入した異物を排除するという使命は、狂気に落ちてなお健在だ。

走り出したい衝動を抑えるが、自然と歩調が早まって音を立ててしまう。その音にますます反応して騎士が蠢き、今にも起き上がろうとしていた。

諦めまいと思考を働かせた。懐《ふところ》に忍ばせていた気付煙草《きつけたばこ》を奥歯に詰めて噛《か》みしめる。

気付煙草は世界樹の乾燥させた葉を、石灰と香料で固めた物だ。闇による精神摩耗を少しだけ抑えてくれる。

（このままじゃ確実に襲われる。武器を使って戦う？　屠る手段はあるけれど、こんなところで使うわけにはいかない。道がわからない以上、闇雲に進む以外に方法はないわ。騎士達が起き上がる前に、全速力で走って――）

その時、蠢く音が止《や》んだ。静寂に包まれた路地でイオリアは振り返った。

闇の中で騎士達が完全に起き上がり、路地に整列しながら胸の前に剣を掲げ立っていた。騎士ではあるがその姿は異形だった。彼らの鎧と肉は融合し境目を失っており、鎧の表面を血管が脈打っている。燃える狐百合《グロリオサ》の意匠が施されたマントは樹液に浸され黒く染まり、風も無いのにはためいていた。そこにはかつての誇り高き騎士達の面影は無い。狂気に落ちてもなお、空の玉座と城を守り続けるだけの、悲しき亡者《もうじゃ》に過ぎない。

――我ら……血潮……王家……。

断片的に口から漏れ出した言葉は、彼らの信念の残滓《ざんし》だった。

イオリアは弾《はじ》かれたように駆け出した。もう音を気にしていても意味が無い。

走って、走り続けて、足が棒になるまで、肺が潰れるまでひた走るしかない。この都を出れば騎士達は追ってはこないはずだ。

路地を抜けたイオリアは下り階段を飛び越えて民家の屋根に乗り、屋根伝いに逃亡を開始した。あれだけ重苦しい鎧と融合しているなら動きは鈍いはず。イオリアも旅団にいた頃はそれなりに修羅場もくぐった。濁人から逃げ切ったことは何度もある。

「……ひッ」

肩越しに後ろを見てしまったイオリアは悲鳴を上げた。彼女の背後に手を伸ばす無数の騎士が、兜《かぶと》と一体化した口を大きく開けていたのだ。騎士達は尖《とが》った牙の生えた巨大な口を開けて、奇声を上げながら今にも追いつこうとしていた。

イオリアは伸びてきた騎士の腕を躱《かわ》し、大きく跳躍する。跳んだ先に手頃な足場となる建物は無い。このまま落下すれば足を折る。落下が始まろうとする中、イオリアは街の北部にあるバルハント城の城壁を見た。距離は遠い上に高い位置にある。

イオリアは深く息を吐き、眉間に皺《しわ》を寄せた。

そしてそこに足場があるかのように空中で右脚を前に出す。

(属性は風と氷)

息を大きく吸い、吸い込んだ空気を吐き出さずに肺の中で別のモノへ変換させるイメージ。魔力、そして魔術へ。

(風よ——凍れ!)

瞬間、イオリアが踏み出した右脚の先に見えない足場が出現し、彼女は空中でもう一度跳躍した。闇歩きを自称するならば多少は魔術の心得が無ければならない。生き残る上で逃走のための魔術は必要不可欠だからだ。

得意ではないがこの程度はできて当然だ。イオリアは落下が始まるのと同じタイミングで何度も足場を出現させ、空中を跳ねて進んだ。もう一度背後を確認する。

「――ッ！」

息が詰まった。三人の騎士が膝を曲げたかと思えば、遥《はる》か遠くの屋根からイオリア目がけて跳躍してきたのだ。たった一度の跳躍でイオリアよりも高く、長く。

イオリアはバルハント城の城壁に着地すると、背後に迫る騎士達が振り上げた剣を避《よ》けるべく転がった。

だが、騎士達の一撃は城壁の足場を粉砕する威力を持っていた。破片と衝撃に吹き飛ばされ、イオリアが城壁から落ちていく。辛《かろ》うじて再び風を凍らせて足場を作り、衝撃を緩衝させて地面に落ちる。苦悶《くもん》の声を上げながらもすぐに立ち上がって城壁際を走り始めた。

速度が上がらない。肩が外れているが、治している時間は無い。走っていると城門が見えてくる。城の後ろは断崖になっており、魔術を使えば上がれなくはない。

魔力はもう残り少ないが、崖の足場も使えば恐らく上へ逃げ切れる。城壁の内側に落ちることができればよかったが、不運にも落ちたのは外側だ。崖を登るための魔力を温存するには、城壁を越えるのに魔術は使えない。

門を通るしかなかった。

「……そう、だよね」

予想はできていた。城も都も朽ち果てているのに、無駄に強固な城門は閉じていた。一人で押し開けるのは無理だ。そういう魔術は使えない。バルハントはとても狭いが、都から出るまで走るのも現実的ではなかった。すでに城門前には眠っていた騎士達が集結しつつあった。囲まれている。

イオリアは城門に背を預けると、そのままずるずると腰を下ろした。横には、まるで城門を守るようにして息絶えた騎士が一体だけ項垂《うなだ》れて座っていた。濁人化していないところを見ると、正気を失う前に命を落としたのだろう。鎧は酷《ひど》く錆《さ》び付き、剣も同様の状態で切っ先が欠けていた。

国を守るために激しく最後まで戦い、散ったのだろう。

自分にも戦う力があれば、せめて最後までこの騎士のように足掻《あが》けたのだろうか。

イオリアは雑嚢《ざつのう》の中から短剣を取り出した。

普通の短剣ではない。濁人を屠《ほふ》る力を宿した短剣だ。

帝国王家の紋章が刻まれた、王器『イルミスカの短剣』。世界樹の中核から漏れ出した樹液を琥珀《こはく》にして鍛えた剣だ。穴《ソケット》には世界樹の種が埋め込まれており、琥珀でできた刀身を燃やして濁人を屠る。この短剣に勝る哭鳴器《フェアリーブリンガー》は存在しないだろう。ただし刀身を燃やす以上は、使うほど刃《やいば》が小さくなっていく。使える回数が限られているのだ。

この短剣で、狂ってしまった七英雄と父を葬《ほうむ》るのがイオリアの目的だった。

憎んでいるからではない。愛しているからこそ、彼らと父を葬りたかった。

凱旋帝《がいせんてい》は決して名君とは呼べなかったが、イオリアにとっては良き父だった。

七英雄はイオリアにとって家族も同然だった。

性格は破綻している者が多かったし、異常者に近い者もいた。けれど彼らは幼い頃から、自分のことを妹のように、友のように、実の娘のように扱ってくれた。遠征から帰ってきた日の、父や母、七英雄と共に過ごした日常を忘れることはできない。

七英雄は世界樹の涙を喰らったせいでいち早く正気を失い、今となっては各地に散らばり、闇を根城に濁人を束ねている。父もまた同様に、涙を喰らっていたがために、世界樹の根元で闇を謳歌《おうか》しているという。

永遠に続く狂気を家族達に味わわせたくはない。その想《おも》いを糧《かて》にイオリアは生き永らえてきた。金を貯《た》め、大勢の傭兵《ようへい》を雇い、七英雄と父を討つという無謀な計画のためだけに、

だ。

しかしそれもここまで。今ここにあるのは形見の短剣と、雑嚢の中に入っている色あせてしまった母のドレス。そして真横で項垂れている騎士の亡骸《なきがら》だけだ。

いつか野垂れ死ぬのではないかと思っていたが、最期《さいご》がここまで虚《むな》しいものだとは思わなかった。空を見上げても、神話に出てくる星空などというものはどこにも無かった。

途方も無い寂しさが襲い、イオリアは悲愴《ひそう》な表情で空に呟《つぶや》く。

「助けて」

今まで誰にも助けてもらったことは無い。子供の頃、裏切られて川に落とされた後に助けてくれた旅団の連中からは対価を要求された。世とはそういうものだと、子供の頃に嫌というほど学んだ。対価の代わりに旅団の一員として仕事をこなし、闇歩きとして独立してからも誰にも頼ったことは無い。

けれど、最期に嘆くぐらいは許されるはずだ。無償の助けを天に求める権利ぐらいあるはずだ。自分は今まで、それが許されるだけの苦渋を味わってきたはずだ。

その日々を思い出すだけでも怒りで噛みしめた奥歯が砕けそうだ。

災厄はきっかけに過ぎない。

全ての始まりは妹、セレスティアスだ。

「……っ……！」

頭を振って自分を保つ。けれど悔しくてたまらない。この世の全てを利用してでも目的を達成すると意気込んでいたくせに、結局何一つ為《な》し得ずにこんなところで果てるのか。

たった一人で、孤独なまま。イオリアは膝を抱えて丸くなった。

「誰かあたしを、助けなさいよ……」

そして一人になって初めて、まるで許しを請《こ》うかのように弱音を吐くのだった。

◆◆◆

助けを求める声がする。麗《うるわ》しのあの人の声がする。

時がきた、あの方がお戻りになられた。

とても長い眠りだった。奈落の底に落ちていた自分の魂を掬《すく》い上げる時がきたのだ。

叙任の儀式が鮮烈に蘇《よみがえ》る。聖堂であの方の剣を肩に置かれた時の、高鳴る鼓動が戻ってくる。天窓から差し込む光を背に浴びて、影になった顔で優しく見下ろしてくる、あの方の尊顔と声を思い出す。

――答えよ、汝《なんじ》がバルハントの騎士ならば、

――その血潮は、誰《た》がためにある？

間違いなどない。確信を持ってその求めに応えよう。

この声は、紛れもなくあの方なのだから。

この目に見えるのは、確かにあの方の炎なのだから。

我が血潮は、貴女《あなた》のために。

◆◆◆

もはや死は避けられない。這《は》い寄る闇は退けられない。イオリアは隣の騎士と同じように項垂れて膝を抱えることしかできず、そのまま迫り来る闇に呑《の》まれるはずだった。

目の前で鉄靴《サバトン》が地面を踏みつける音がした。濁人《だくと》騎士が剣を振り上げるのをイメージしながら顔を上げる。せめて自分に最期をもたらす奴《やつ》の顔ぐらいは見ておこうと思ったのだ。

だがその騎士は、イオリアに背を向けて立っていた。

狐百合《グロリオサ》の刺繍《ししゅう》が施された、くすんだ青いマント。錆び付いた鋼鉄の鎧《よろい》。落陽の騎士と呼ばれた彼らが愛用した巨大な両手剣、『ローンダイト』。

紛れもなくバルハントの騎士――落陽騎士だ。

濁人ではなく、彼は横で朽ち果てていたはずの亡骸だった。

亡骸の騎士が、どういうわけかイオリアを守るように立っていた。

「姫様。どうかそこから動かれぬようお願いします」

何故《なぜ》？　どう見ても死んでいたはず。纏《まと》っている装備は錆《さび》だらけで異様ではあるが、この男は濁人ではない。一端《いっぱし》の闇歩きとして、濁人と人間の見分けぐらいつく。

生きていたとするならば、この男はどれだけの時間をここで過ごしていた？

「あなた……何？」

疑問がそのまま口に出た。誰なのかではなく、いったい何なのか。

「自分は貴女の騎士にございます。ただそれだけにございます」

騎士はそう言うと、右手に剣を持ち、左手は拳を握り前に突き出して構えた。バルハント騎士が用いる特殊な構えだった。

壊れかけの溝付甲冑《みぞつきかっちゅう》の兜の切れ間に男の眼《め》が見えた。

その瞳の輝きは、青き炎のように燃えている。

「主《あるじ》から助けを求められて駆けつけぬ騎士がどこにおりましょう」

騎士の言葉はイオリアにとってまるで答えになっていなかった。

姫？　主？　この男は、さっきからいったい何を言っている？

「この日を待ち焦がれていました。ようやく自分は、貴女のために戦える……！」

ギチリと剣を握る騎士の拳が鳴った。鉄靴《サバトン》が地を蹴った瞬間、城門前の地面に敷き詰められたレンガが爆《は》ぜ、騎士の身体《からだ》が迫り来る濁人共の中へ移動した。

騎士の戦闘が始まった瞬間に見えたのは、空中でひるがえったくすんだマントだった。

そこから始まった騎士の戦いは、あまりにも人間の戦い方とはかけ離れたものだった。

☆

バルハントの新米騎士、イグルー・シュヴァルケインは歓喜に打ち震えていた。

己《おの》が悲願はここにある。騎士として主を守るために剣を振るうことをどれほど羨望《せんぼう》していたことか。彼には世界樹の災厄も、バルハントの滅びも、目の前でフレイリアを失った事実も、全て記憶に無い。

彼の時は十年前に止まったままだ。国が闇に呑み込まれたあの日から、イグルーは独り城門前にて城の守護を続けてきた。何人《なんぴと》たりとも城への道を通さず、戦い続けてきた。

無論彼は正常ではない。彼の見た目は十年前から少しも変わっていないのだ。

イオリアと出会う前の彼は、ただ城を守るだけの木偶《でく》人形に過ぎなかった。

彼の魂に火が灯《とも》ったのは、助けを求める主の声を聞いたからだ。

錆《さび》だらけの剣が闇を斬り裂いたのは、彼が前へ踏み込んだ直後だった。

約十丈。イグルーはそれだけの距離を一度の踏み込みだけで詰めた。

獣のように四肢を振り乱して迫り来る濁人騎士とすれ違う瞬間、イグルーは身体を横回転させて右手の剣を振り払った。

雷鳴の如《ごと》き轟音《ごうおん》が淀《よど》んだ空気を爆ぜさせる。

最前を走っていた濁人騎士七人の内五人をたった一撃で粉砕した。イグルーの得物、錆に覆われたローンダイトは、すでに切れ味と呼べるものを失っている。しかし彼の研ぎ澄まされた一撃は、肉と鋼が融合した濁人騎士の装甲も、膨れあがった筋肉が鎧の中で濃縮されて鉱物のように硬くなった肉体も、諸共《もろとも》にぶち斬った。

衝撃に四肢は爆ぜ、濁人騎士の身体や剣が空中に飛び散る。濁人の身体の中に溜まった腐った樹液が降り注ぐ中、イグルーは剣の汚れを振り払った。

その間にも、イグルーの一撃を逃れた残りの二人は、彼のことなど気にも留めずイオリアへ襲いかかろうとしていた。

イグルーは振り返りもせずに、左手を上へ掲げる。

そして何かを掴《つか》むように指先を曲げた直後——空中へ吹き飛ばされた濁人騎士の剣が一

直線にイグルーの左手に吸い寄せられた。引き寄せられた剣の柄《つか》を掴み、イグルーは身体を半回転させて振り向きざまに剣を投擲《とうてき》。さらに投げた姿勢のまま新たに地面に落ちた騎士の剣を引き寄せ、身体を反回転させてさらにもう一投。

剣はイオリアに飛びかかろうとしていた濁人騎士二人を背後から貫いて城門に突き刺さった。イグルーは敵を仕留めたのを確認すると、深く息を吐いた。

「鎧と剣が錆《さ》びつこうとも、血潮は赤く燃えている。たとえかつての同胞《はらから》であろうと、我が君を害するというのであれば容赦はしない……！」

白く濁った息が淀んだ闇に混じって消えていく。彼の背後には五十体近くの濁人騎士が、家屋の屋根に、路地裏の入り口に、大通りにわらわらと現れていた。イグルーはゆっくりと振り返り、右手のみに両手剣を握ったまま、切っ先を敵へ向けた。

「──我が鉄血《てっけつ》に、火花を！」

壊れた騎士はただ独り大群に立ち向かう。

本来ならば、この数の濁人相手にただの人間が敵《かな》うはずがない。されどイグルーの猛攻は一方的な虐殺、嵐という他なかった。

襲い来る濁人共を右手の愛剣によって下し、左手に屠《ほふ》った騎士達の剣を引き寄せては投げ、イオリアを狙う濁人を射貫《いぬ》いた。近と遠を両立させ、盾すら必要としない攻撃の嵐。

バルハントの落陽騎士達が恐れられた理由はこの戦い方にある。

——鉄血剣術。

彼らは『鉄血』という特殊な血液を体内に流している。幼少の頃より、引鉄《いんてつ》と呼ばれる持ち主の意思が宿る鉄を血中に混ぜ、引鉄のみを食料とすることで自らの血液と馴染《なじ》ませるのだ。結果、彼らの体内に馴染んだ引鉄は『鉄血』となり、剣を意識で引き寄せる力を与えるという。この力を用いた戦法を落陽騎士達は戦場で使用し、猛威を振るった。

だが、鉄血の力は斯様《かよう》に強烈な代物ではない。落陽騎士は自らが用いる剣の鋼の素材に、血中に宿らせている引鉄と同じものを使うことでようやく引き寄せることができた。イグルーのように、縦横無尽に例外なく全ての剣を引き寄せ、自在に操ることなど不可能なのだ。今のイグルーは落陽騎士としても異常だった。

(ああ、なんて——!)

磨き上げた剣術と鉄血の力を存分に振るい、イグルーは兜《かぶと》の中で幸福を噛《か》み締めながら濁人騎士の残党を叩《たた》き斬っていく。

一人斬る度、イグルーの全身に絶頂にも似た快感が迸《ほとばし》っていく。

(俺はなんて、幸せ者なんだ……!)

飛び散る騎士達の残骸を浴びながら、イグルーはイオリアを見た。

——自分はようやく夢みていた騎士になった。騎士になれたのだ。

命を賭《と》して彼女を、フ、レ、イ、リアを守ることこそが、イグルー・シュヴァルケインの本懐だった。無論、この男は正気にあらず。肉体こそ人の形を保っているが、その精神は濁人に近い。愚直に生前の執着を繰り返す哀れな亡者《もうじゃ》だ。

イグルーは雄叫《おたけ》びを上げて、全身全霊で彼女の守護を愉《たの》しんだ。

☆

イオリアは唖然《あぜん》としたまま男の戦いの一部始終を見ていた。

落陽騎士の話は旅団の頭領から聞かされていた。

彼らの用いる愛剣は、たとえ崖下に落とそうと、深淵《しんえん》に投げ捨てようとも、持ち主の元へと還《かえ》る。弓も槍《やり》も使わず、得物は己の愛剣のみ。されど彼らは剣を矢のように、斧《おの》のように、槍のように自在に使う。

目の前で暴れ回っている騎士は、話とはだいぶ違う。ただでさえ異常な力を持っているとは聞いていたが、まるで次元が異なっていた。

飛び交う剣の嵐。その中で踊り狂う壊れた一人の男。元同胞の騎士達をまるで赤子の手を捻《ひね》るように屠っていく姿は、濁人と化した七英雄に匹敵する強さだった。

人間なのかすら疑わしいが、彼が濁人であるならば人間を守るという行動に出ることはあり得ない。濁人はたとえ生前にどのような執着があれ、人間を殺すようにできている。

――ならばこの男は、いったい何なのだ？

結局男はバルハントに残っていた濁人騎士を全て殺し尽くした。あれだけいた濁人をたった一人でいとも容易《たやす》く全て葬《ほうむ》ったのだ。

戦いを終えた男がイオリアの前にやってくる。まるで幽鬼のようなその出《い》で立ちにイオリアがゾッとしていると、男は自らの兜に手をかけた。留め金を外しているのを見て、イオリアがますます身を竦《すく》ませる。これだけ人外じみた戦いを見せられて、どれほどおぞましい顔が現れるのか、イオリアには想像もつかなかった。

「お久しゅうございます……フレイリア姫……！」

現れたのは今にも泣きそうな男の顔だった。

濁人でも亡者でもない、普通の男だ。少々前髪が長く、整ってはいるが特徴の無い顔立ちだった。強いて目を引くところといえば、燐火《りんか》のように蒼《あお》い双眸《そうぼう》だけだろう。

年の頃は二十《はた》歳《ち》を越えたぐらいだろうか。騎士にしては若い。

本当に、先ほどの戦いぶりは何だったのかと思えてしまうほどにその男は平凡だった。

イグルーは兜を外すや否《いな》や、イオリアの前に跪《ひざまず》いた。

「不肖このイグルー、姫様の留守の間城を守っておりました。ですが自分一人では都を守るには至らず、任を全うできたとは言い難《がた》く。民も騎士も、誰一人残ってはおりませぬ」

悔しげに頭《こうべ》を垂れながら、イグルーは拳を握った。

「しかし嘆くことはありません。王の跡継ぎたる姫様と、端くれながらこのイグルーが騎士として仕えます。王と騎士さえいれば、バルハントが滅びることはありません」

「…………」

「よくぞご無事で……姫様！」

心から祝福するかのように、イグルーは瞳に涙すら浮かべていた。

イオリアは何を言い返そうか迷っていた。

間違いない、これは人違いだ。ならばそう伝えてやるべきだろう。

しかし自分がフレイリアではないということを伝えようとした時、声が詰まった。

「……っ」

脳裏に過《よ》ぎったのは困惑でも恐怖でもなく、画策だった。

——この男は、ひょっとして使えるのではないか？

イグルーと名乗る男は正気を失っている。闇のせいではなく、人として人のまま正気じゃないのだ。バルハントの姫の名は旅団の団長から聞いていた。フレイリア姫は最後の王の直系であり、災厄でバルハントと共に消息不明になった。

イグルーは、フレイリアとイオリアを間違えている。狂っているせいとも考えられるが、バルハントと帝国《ハンナヴァル》は友好国同士であった頃、王族同士で婚姻を結んだことがあると聞く。血が混じっているのであれば、顔が似ているということも考えられた。

だが、正直なところそんなことはどうでもよかった。

理由はどうあれ彼が自分のことをフレイリアだと誤解しているのであれば利用できる。濁人《だくと》共を相手に無双を誇るこの強さがあれば、自分ですら夢物語だと思っていた目的を果たせるのではないか？

七英雄と凱旋《がいせん》帝に安息を与える……この男がいれば、あるいは……。

高揚感と悪意が、油に火種を落とすようにイオリアの中で燃え広がった。

しかし僅かに残った良心が疼《うず》く。この騎士から向けられている穢《けが》れなき忠義を、偽りの大義を翳《かざ》して利用するというのは、悪としか言いようがないのではないか？

仮にフレイリアを偽るとして、もしも自分が偽物《にせもの》だと見抜かれた時、この騎士はどう出るだろう？

憎き敵国の末裔《まつえい》が自国の姫のふりをしていたと知ったら、彼はどう出る？

そんな不安を、イオリアは冷ややかに撥《は》ね除《の》ける。

自分には大義があるのだ。そう自身に言い聞かせながら最初の一歩を踏み出した。

「ええ……あ、あなたもよく約束を守ってくれたわ、イグルー。あたしの留守の間、その……バルハントを守ってくれてありがとう」

たどたどしくも、イオリアはフレイリアの皮を被《かぶ》ることにした。

善も悪もあるものか。これまでだって泥を啜《すす》って生きてきたのだ。毒にもならない泥だが、いまさら皿を喰《く》ったところで腹も壊すまい。闇歩きも闇漁《あさ》りも所詮は盗人稼業《ぬすっとかぎょう》。獅子《しし》の皮を被った溝鼠《どぶねずみ》になることを躊躇《ちゅうちょ》するような人生は歩まなかった。

盗んでやろうとも。他人の皮を被って、堂々と。

「もったいないお言葉……光栄の至りにございます。しかし自分は姫様が無事であらせられたことを、何よりも嬉《うれ》しく思います」

「そ、そう。騎士を連れていたから……守ってくれたから、大丈夫よ」

たどたどしさが消えない。王族らしい言葉遣いなど、とうの昔に忘れてしまった。姫ならば騎士を連れていて当然だからそう言ったまでだった。

「それは重畳。では、帝国《ハンナヴァル》侵攻に同行された他の騎士達はいかがされました？　見たところお一人のご様子」

イグルーは心底嬉しそうに微笑《ほほえ》んでから問うてきた。イオリアは顔が引きつりそうになるのを堪《こら》えようとして、結局頬が引きつってしまう。

「み、皆、命を落としたわ……さすがに知ってるでしょ。世界は闇に包まれているのよ」

「ハッ。申し訳ありません。自分はずっとこの場所に留《とど》まり、城門を守っていました故、世情には疎《うと》いのです」

「……ずっと？」

バルハントが滅びてから十年間、ずっとこの場所で戦い続けていたというのか。闇の中で生き続けるだけでも異常なのに、イオリアにはとても信じられなかった。

「はい、この十年間故国を守り続けておりました」

この男は十年という月日の流れを把握している。その上でフレイリアとイオリアを間違えている。災厄時のフレイリアの年齢は定《さだ》かではないが、成人していたはずだ。生きていたとして、十年も経《た》てば容姿は変わる。イオリアの年齢は十七。当時のフレイリアと瓜二《うりふた》つだと仮定して、十年で容姿が変わっていなければおかしい。普通ならば気づくはずだ。

――普通ならば、だ。

イオリアは笑みがこぼれそうになった。

このイグルーという男が完全にイカれていることがわかったからだ。

息を吸い、精神を整える。自分は今から元帝国の皇族であるイオリアを消して、滅びた国の王女フレイリアになるのだ。未来を摑《つか》むにはそれしかない。

「大義に殉ずるその心、見事であった。これからは国ではなく、私を守れ」

七英雄に対する父の言葉を思い出しながら、立ち上がって右手を差し出す。イグルーは瞳を潤ませると、深く目を閉じてイオリアの手の甲に額を当てた。

「お守り致します、我が血潮にかけて……！」

希望を摑んだかもしれないという高揚感と、力を手に入れたという満足感と緊張感。

そしてほんの少しの罪悪感に、イオリアの心は打ち震えるのだった。

第二節
常軌を逸した個人

災厄の折、帝都を逃れた避難民、及び各領の残存兵は国土北東部、シルドア伯爵が統治するイシスに集結し、災厄に対して最後の抵抗を行った。

領主であるシルドアは戦死。統率者を失ったかに思われた軍は、皇帝の直系を名乗る少女により救われることとなった。

少女の名はセレスティアス・ウェア・ハンナヴァル。他の皇位継承者とは腹違いなれど凱旋帝の血を引いていることに間違いはなく、その証明たる王器を所持していた。

セレスティアスは「民を救うは我にあり」と説き、王器と共に湖へと身を投げた。

少女の人身御供《ひとみごくう》でこの災厄がどうにかできるわけがないと誰もが思った。

しかし身を投げた直後、湖の底が光り輝き、闇を晴らし、迫り来る濁人の軍勢を退けたのである。セレスティアスは光を宿した湖から再び姿を現すと、帝国《ハンナヴァル》の新たな皇帝を名乗り、湖を帝国残党の拠点として現在まで持ちこたえていた。

湖に浮かぶ静かなる都、イシス。

闇を退ける光の根源であるこの湖において、濁人が侵入することは無い。

この湖を水源として聖国《オーズミック》が根城にしている渓谷と、魔都《ギャラハンドール》が根城にしている湿地帯を繋《つな》ぐ支流が形成され、三国残党の生命線が出来上がった。

戦時下の大災厄に見舞われたおかげで、三国の緊張状態はそう長くは続かなかった。

極限状態は種族も宗教も、善も悪も諸共《もろとも》に手を取り合わせるのだ。

皮肉にも大災厄が招いた最大の恩恵は三国の和平だった。


イシス城に各国の権力者が集まったのは、災厄から十年で初めてのことだった。

厳かな彫刻が施されたいくつもの支柱が立ち並ぶ大聖堂で、お歴々が料理や酒の載ったテーブルを囲み、話し合っている。

和平が結ばれたといっても戦後まだ十年しか経っていない。同じテーブルを囲んで会話に花を咲かせられるほど融和は進んではおらず、自然と集まりが分けられていた。

皆口々に同じようなことを囁《ささや》き合っている。

「セレスティアスめ、どういうつもりでこのような催しを……」

「常軌を逸した個人。そんな連中を集めてどうする」

「常軌を逸しているのはあの女帝の方ではないか？」

先日の会合にてセレスティアスは言った。

『英雄は死に絶え、勇者が闇に狂ったこの地獄で、今も生き永らえている人間は三種に分けられる。一つ、姑息《こそく》なる者。二つ、運のいい者。そして最後に、尋常ならざる者』

『もはや数で我らは闇に勝てぬ。人が生き残るのに必要なのは篝火《かがりび》だ。善も悪も無く燃えたぎり、闇も光も諸共に消し炭にしてしまう業火《ごうか》のような篝火だ』

『常軌を逸した個人を集めよ。でなければ、もはや我らに未来は無い』

この沙汰を乱心と思わぬ者はいなかったが、呼びかけに応えた者が多くいるのには理由があった。七英雄の首を取った者が所属する国に、その英雄が根城にしていた領土を統治する権利を与える。それがセレスティアスの提示した褒賞《ほうしょう》だ。この場に集った権力者達は、その餌に釣られて尋常ならざる者達を引き連れてきたのである。

今宵《こよい》開かれるのは狂気のお披露目だ。

ざわついていた大聖堂がシンと静まり返る。聖堂の大扉が軋《きし》む音を立てて開いたかと思えば、中央の赤絨毯《じゅうたん》の上を揚々と歩く少女が現れた。

皆が息を呑《の》む。彼女の姿を見れば、誰もが会話を止める。

見目麗《みめうるわ》しいからではない。醜いからでもない。

皆が彼女の狂気を知っているからだ。

女帝セレスティアスは一人の女騎士を従えながら聖堂の中央を歩き切ると、奥の玉座に腰を下ろして肘かけに肘をついた。

「ご託はいい、始めるとしよう」

セレスティアスはまるで蟻《あり》を踏み潰して遊ぶ子供のように残酷に、凄絶に笑った。

☆

バルハントを離れ川辺へと戻った後、イオリアは川沿いに設けられた休息地の旅籠《はたご》で夜を明かし、山道を越えた先にある湖の河口へ向かうと、そこからイシスへと上陸した。

「ここが美麗と名高きイシスの都ですか！　これは湖の光と相まって美しい……！」

船頭に硬貨を渡していると、小舟から降りたイグルーがイシスの城下町に感激していた。

横目でイグルーを見る。少年のような横顔を見ていると、昨日のことが夢だったとすら思えてくる。ここにくるまでに共に一夜を明かしたわけだが、このイグルーという男のことは全く摑めていない。わかったことを一つあげるとすれば、好青年だということだけだ。

それもかなりの。

「湖の広さにも驚きましたが、その中央にこんなに大きな都があるなんて……！　不思議な光景だ。太陽を失った後でも、湖の明かりのおかげでここまで明るいのですね」

「………」

「あ、漁師もいるのですね。魚を売っています。アユの串焼き……？　どういうものなのだろう！　とてもいい匂いがする！」

「おぉ、あれは何だろう。路地の脇でドレスを着た女性がこちらに手を振っている。他国には貴族と呼ばれる者がいると聞くし、そういった方々だろうか……」

「……はぁ」

ようはつまり、とてもいい奴《やつ》っぽいということだ。イオリアが横目で顔をじっと見ていると、イグルーは視線に気づいて顔を赤く染めた。

「と、年甲斐《としがい》もなくはしゃいでしまい申し訳ありません！　自分はほとんどバルハントから出たことがありませんでしたので……その、つい……」

後頭部を籠手で摩《さす》りながら、気弱そうに微笑《ほほえ》むイグルー。イオリアは気が抜けそうになるのを堪《こら》えながら、できる限り清楚《せいそ》に微笑んだ。

「別に咎《とが》めてなどいないわ。確かに美しいところだもん……だものね」

「もちろんバルハントと比ぶべくもありません！　我が国の美しさは無二ですから！」

取り繕うための世辞ではなく本心でそう思っているのだろう。職業柄嘘《うそ》を見抜くのには慣れているので、表情を見ればわかるし、声の弾み具合も虚偽が無い。

愛国心も本物、フレイリアへの忠義も本物。

だけど、当のフレイリアが偽物《にせもの》ときた。

「……………」

（どうにもやりづらいわね……）

そもそもフレイリアとイグルーの関係が主《あるじ》と騎士ということ以外に何もわからない。イグルーがフレイリアにとって特別な騎士だったのか、それともその他大勢の騎士の一人だったのか、現状それすらも不明だ。

こちらから下手なことを口走るわけにはいかなかった。

（バルハントって標語みたいなのがあったわよね？　我が血潮がなんとかって……情報を引き出さないと……フレイリアの性格とか、諸々《もろもろ》わかんないことが多すぎる）

ここまでそれっぽく振る舞おうとしてきたが、勝ち気な地の性格が出てしまって何度も冷や汗を掻《か》いた。バレれば間違いなくただでは済まない。イグルーにとってイオリアは敵国の皇帝の娘なのだ。間接的にとはいえ、凱旋《がいせん》帝はバルハントが滅びた原因でもある。

（あたしとフレイリアって性格も似てんのかな？　ガサツ系姫様？　い、いやいや、彼が正気ではないことにこのまま甘んじているわけにもいかないわよね。ボロが出ればいつ崩壊してもおかしくない関係なんだし）

イオリアが思案しながら顎を摩っていると、目の前にスッと手が差し出された。

「姫様、お手を」

船から下りるのにもイグルーは手を差し伸べてくる。

少し戸惑ってしまい、上目遣いでイグルーを見る。イグルーは凛々《りり》しくも優しい顔でイオリアが手を取るのを待っていた。地味だがよく見るととても端整な顔立ちをしている。

（うう、やっぱやりづらい……）

長らく皇族としての振るまいを忘れていたので、こういう姫様扱いにはこそばゆさを覚えるイオリアであった。

おずおずと手を重ねると、イグルーが陸に引き上げてくれた。

イグルーを連れて城下町を歩く。町は丘のように中央が高くなっており、頂上には城がそびえ立っていた。湖からのぼんやりとした光がこの町を幻想的に彩《いろど》っている。湖を越えてやってくる濁人《だくと》がいないため、イシスは最も安全な場所と言えるだろう。

食糧供給はそこまで困窮していない。イシス湖の水は、世界樹の新鮮な樹液と同じように、作物の成長を促進させる効果があった。水が光を帯びたのはセレスティアスが起こした奇跡と言われているが、真実が違うことをイオリアは知っている。

皇家の子らに受け継がれる王器には、世界樹の種が埋め込まれている。これを湖の水底《みなそこ》に埋め込み、セレスティアスは水に世界樹の樹液と同等の効果を与えたのだろう。世界樹の種が芽吹いたことは過去に一度も無かったため、どうやって発芽させたのかはわからないが、それ以外にこの状況の説明がつかない。

(セレスティアス、会うのは十年ぶりかしら。会えるかがまず問題だけど……)

災厄のただ中でセレスティアスに裏切られたことを思い出す。自分を騙《だま》して川に落としたあの少女の顔を忘れたことは一度も無かった。毎夜夢に出てきて、その見下すような視線に苛《さいな》まれる日々を送ってきた。

頭を振る。自分の目的はセレスティアスへの復讐《ふくしゅう》ではないのだ、と。

「わかっていると思うけど、相手が帝国《ハンナヴァル》だからと言って、無闇に手を出したりはしないでちょうだい?」

「ハ、承知しております。今は災厄のただ中、かつての敵国であろうと協力し合わねばならないのは理解しております故、どうかご安心を。これも全て故国のためです」

「そう……全ては」

一度だけ言葉を句切る。

「全ては、バルハント再興のためよ」

よくもこんな都合のいい嘘を言えたものだとイオリアは思った。

イオリアの目的は七英雄と父の鎮魂だ。

そのために傭兵《ようへい》を雇い、力を手に入れようと今まで無謀な努力をしてきた。しかしここにきてイグルーという想定外かつ規格外の戦力を得た。無論、彼の力だけでは目的を果たすことはできないだろうが、そこで思いついたのが、セレスティアスが集めているという噂《うわさ》の『常軌を逸した個人』だった。彼女が尋常ならざる者を集めているというのであれば、イグルーは間違いなくそれに該当するはずだ。狂気の軍団を集め一斉攻勢を仕掛けるのであれば、その軍団に参加できれば目的を果たすチャンスがある。目的のためならば、バルハント再興のためという嘘を吐《つ》くのを躊躇《ためら》ったりしない。

「ここに集められた軍団に参加して七英雄の首を取れば、領地の占領権が与えられるわ。そこを新たなバルハント王国として再建するのが目的よ」

横目でイグルーを見ると、彼は目をキラキラさせて強く頷《うなず》いていた。

「バルハントは土地にあらず。バルハントとは、王と騎士にございます。我らが旗を立てた場所が祖国……！　このイグルー、必ずや敵の首を取ってみせましょう！」

「ええ、期待しているわ。けど、その前に……」

イオリアはイグルーのことをジト目で見つめた。

「あんたその格好、なんとかならない？　目立ってしょうがないんだけど？」

「はい？」

「だからその装備よ。鎧《よろい》は錆《さび》だらけだし、剣も先が折れてるし……さすがに城に行くには見窄《みすぼ》らしいでしょう？」

イグルーの出で立《い》ちはお世辞にも立派な騎士とは言いがたい。錆でくすんだ鎧に、先端が斜めに欠けてしまっている鞘《さや》の無い大剣。狐百合《グロリオサ》の意匠が施されたマントも黒く汚れてしまっている。イオリアも死体と間違えたぐらいだから、見た感じ完全に亡者《もうじゃ》だ。イシスの人々も、すれ違うと後ろを振り返ってイグルーの姿を確認して驚いていた。

イグルーは口をあんぐりと開けて顔を青ざめさせていた。

どうやら見窄らしいと言われたことが相当ショックだったらしい。

「お、お、お言葉ながら、この武具はバルハント騎士として必要不可欠です。鉄血《てっけつ》の力は、この装備なくして発揮できませぬ……」

「わかってるけど、見かけだけでもちゃんとしないといけないわ。いい装備は買えないけど一応お金を持ってるから、銅製のキュイラスと、革のトラウザーぐらいなら……」

イオリアが雑嚢《ざつのう》から財布を取りだそうとしたのを見て、イグルーはおろおろとし始め、自分の着ている鎧を大切そうに撫《な》でた。彼にとって鎧と剣は我が身そのものらしく、少年の頃からの憧れであったと昨晩聞かされていたので、大事なのはわかるのだが……。

「手入れしてなかったんだからしょうがないでしょ」

「ご、ごもっともですが、バルハント所属であることを証明するためには、やはりこの剣と鎧とマントでないと……！」

イオリアも「それはそうね」と納得する。

滅びてしまったバルハント所属を名乗る以上は騎士の証明が必要だ。鉄血剣術は落陽騎士にしか扱えないものだが、装備も証明の手段になるのだから、このままの方がいいかもしれない。

「わかったわ。だけどそのままじゃあんまりだから、せめて鎧の錆を削《そ》いで、剣も研いでもらいましょう」

ため息交じりにそう言うと、イグルーは嬉《うれ》しそうにイオリアの後を追いかけた。

☆

「聖国商会《オーズミック》所属、熱将イルレリウスの弟、アレス・オルシオン」

「聖国商会《オーズミック》所属、カナン・ベドリアドです。お見知りおきを、陛下」

派手な鎧を着込んだ少年と、鍔《つば》の広い魔女然とした帽子を被《かぶ》った少女が皆の前で礼をする。集まった権力者達は二人の名を聞いてざわついた。

「孤立したファブマーレ要塞で、二月《ふたつき》もの間生き残りをまとめて濁人を退けたという、あの二人か」

「イルレリウス……光奪《こうだつ》戦争で七英雄と戦って撤退に追い込んだ猛者《もさ》……！」

　お披露目が始まってすでに半刻《はんとき》が過ぎ、大聖堂はにわかに活気立っていた。権力者達の中には各国の将もいれば、闇漁《あさ》りで得た財により成り上がった盗賊紛《まが》いの者、傭兵団の長《おさ》など、身分に関係なく力ある者達が集っている。

　連れてこられた常軌を逸した個人も、部隊を率いて濁人に一矢《いっし》報いた者や、暗闇の中で多くの物資を回収した闇歩きなど、功績と名声においては申し分無い者達だった。

「まだ若輩ながら我が聖《オーズミック》国商会で一、二を争う傑物にございますぞ。アレス・オルシオンは言わずもがな、カナン・ベドリアドは幼少よりその傍《かたわ》らで彼を支え続けた一級魔術師。彼らの功績と勇気を考えれば、常軌を逸しているのは明白！」

　腹が膨れあがった太った男、聖《オーズミック》国商会の頭目が傾いたターバンを直しながら汗を拭う。彼は手を揉《も》みながらも自信に満ちた視線をセレスティアスに向けた。

「いかがですかな陛下。此度《こたび》の参加条件に十二分に足る人材かと思われますぞ」

　玉座で頬杖《ほおづえ》をついて座るセレスティアスに、揉み手をしながら頭目は言った。

　セレスティアスはにこりと笑みを浮かべた。

「呼びかけに応じていただき感謝する。ここからは我先にと思う者、前へ出て皆に好きに披露するがよい」

　礼をして下がる頭目に次いで、順にではなく各自自由に紹介を始めた。この催しに不信感を抱き、探り探りだった権力者達は余興とばかりに声を張り上げ始めた。

「まるで社交界だな。そうは思わないか、スフィアレッド」

冷ややかな目で権力者達を眺めていたセレスティアスが、横に控えている薄い鎧を着た女性騎士に言った。騎士は銀髪に紅眼《あかめ》の背の高い女性だが、色彩の独特さと長い耳を見ればエルフとわかる。エルフは世界樹を信仰し、その根元を拠点としていた独自の種族であったため、災厄時に多くが死に絶え、今では非常に珍しい種族になっていた。

名はスフィアレッド・ルドワール。セレスティアスを守る騎士である。

「ハッ。しかし、一人一人吟味せずによろしいのですか？　この攻勢には我らの命運がかかっています」

「そなたにはあの二人がどう見える？」

顎で聖国商会所属《オーズミック》の騎士と魔術師を指して、セレスティアスが問う。

「イルレリウスの名は存じていますし、弟の実力も本物でしょう。ファブマーレ要塞の防衛に当たったことも事実ですので、誇張ではないと思われますが……」

「あぁ、そうであった。そなたには人を見る目というものが備わっておらなんだ」

セレスティアスの言葉に、スフィアレッドはわずかに顔を伏せた。

蔑むような視線で、セレスティアスが商会所属の二人を睨《にら》んでいる。

「アレが常軌を逸してなどいるものかよ。英雄を求めるような状況はとうに過ぎた」

この場に集まった全てを笑うように小さく息を吐き、セレスティアスは空《くう》を見つめる。

「わらわが求めているのはこの世の闇に対抗し得る極上の狂気だ」

「申し訳ございません。私は、狂気とはほど遠く――」

「何を言う」

セレスティアスは口元に笑みを浮かべ、横に立つスフィアレッドの顔を見上げた。

「そなたの狂気はわらわが保証する。我が騎士として、そして常軌を逸した個人の一人として胸を張るがよい……『赤盾《せきじゅん》のハイエルフ』」

「………」

一瞬スフィアレッドの表情が消えたのを見逃さずに、セレスティアスはくつくつと笑った。その二つ名で呼ばれることを彼女が嫌悪《けんお》しているのを知っているからだ。

「しかしまずい。このままではそなた以外に戦力たり得る者が……ん？」

言いかけた時、大聖堂が静まりかえった。囁《ささや》き声が聞こえるが、先ほどまでの活気は無い。その代わりに、コツコツと床を杖《つえ》が叩《たた》く音が響いていた。

「この時勢に社交場を開くとは恐れ入ったぞ。たいした余裕じゃな、セレスティアスよ」

声を聞いてその正体を見抜いたセレスティアスは、目を細めて鼻を鳴らした。

「遅い到着だな、翁《おきな》。その様子では魔都《ギャラハンドール》からの道のりは険しいものであったか？」

集まった人々が道を開けると、背の曲がった黒いローブの老人が姿を現した。

光奪戦争を経験した者ならば、この老人を知らぬ者はいなかった。

「デイモス・ナスカンドラ……！　魔都《ギャラハンドール》の重鎮が自ら……！」

「一線から退いたと聞いていたが、このような呼びかけに応じる男ではないはずだ……」

魔都《ギャラハンドール》の名将デイモス・ナスカンドラ。帝国侵攻時《ハンナヴァル》、魔都《ギャラハンドール》を守るために防衛線を維持し、災厄までの数年間、七英雄からの侵攻を防ぎ続けた男である。

戦時中の負傷のせいで顔は火傷《やけど》で醜く歪《ゆが》んでおり、現在は自ら戦いに赴くことはないが、濁人《だくと》からの防衛が最も難しい沼地を拠点とする魔都《ギャラハンドール》を守り続けている。

デイモスは他の権力者達とは違い、愛想笑《あいそわら》いなどしなかった。

「近頃水の濁りが激しく、国を出るのも一苦労じゃ。どういうわけか沼地に繋《つな》がる川の支流が何本か途切れておってのう」

「ほう、それは難儀よな。兵を派遣し、調査に当たらせる。魔都《ギャラハンドール》へ滞りなく繋がるように計らおう」

「おお、それは重畳。老骨に鞭打《むちう》って自ら出向いた甲斐《かい》があったというものだ」

睨み合う両名に、多くの人が息を呑《の》む。

帝国《ハンナヴァル》と最初に戦争を始めたのは魔都《ギャラハンドール》だ。

魔都《ギャラハンドール》は魔族によって統治される侵略国家。かつては聖国《オーズミック》や他の国とも敵対していたが、凱旋《がいせん》帝と七英雄が世界樹の涙を喰《く》らったことで状況は一変。光奪戦争では帝国《ハンナヴァル》打倒のために聖国《オーズミック》と同盟を結び、災厄までの間争い続けた。災厄の後、魔都《ギャラハンドール》は他国同様に戦力の大部分を失い、水の濁りやすい湿地帯へと追いやられた。聖国《オーズミック》にも同様のことが言えるが、イシスの湖を水源とした湧水からなる川が遮られれば容易《たやす》く国は滅びてしまう。此度の常軌を逸した個人の招集は魔都《ギャラハンドール》にとって半ば強制だったと言えるだろう。

支流を堰《せ》き止めたのはデイモスを呼び出すためのセレスティアスの工作だ。

デイモスは杖の柄を両手で摩《さす》りながら、大聖堂に集まった人々を眺めた。

「ふん、よくもこれだけの有象無象を集めたものじゃ」

セレスティアスは肘をついたまま肩を竦《すく》めた。

「数よりも質とは言うが、まずは数が無ければ質も選べまい」

「名ばかりの者を集めても意味はなかろう。こちらはうぬの要望に応え質を選んできた」

「ほう、わらわはそなたが戦列に加わることを期待していたのだがな?」

「すでにわしの衰えはとどまることを知らぬ。肉体も、精神も、枯れ果てたわ」

くつくつと笑いながら、デイモスは杖で床を強く叩いた。

「連れてこい」

背後から三名の足音が響いてくる。

内二人は魔都《ギャラハンドール》の兵士。そしてその二人に鎖で繋がれた状態で背の高い長髪の男が現れた。濡《ぬ》れたような黒髪と端整な顔立ちの持ち主だが、細身ながら引き締まった身体《からだ》つきから、武人であることは間違いないだろう。黒い肌と側頭部から生えた二本の角は、純血の魔都《ギャラハンドール》人、つまりは魔族である証《あかし》だ。多くの権力者が、彼は何者なのかと囁き合った。

手枷《てかせ》と鎖、見窄《みすぼ》らしい服を見る限りでは、囚人で間違いないだろう。

「何者か」

「知らぬのも無理からぬ話。この者は、光奪戦争以前の将だ。エルフならまだしも、人間ではこの者を知る者はおらんだろう」

寿命の関係上、人間が知らぬとなれば百年以上前の魔族ということになる。

「名はデュナミス。デュナミス・リオンブラッド。先代魔王を殺した大罪人だ」

名よりも罪状に大聖堂はどよめいた。先代魔王と言えば帝国《ハンナヴァル》の凱旋帝以上の征服王だ。神話の神々の如《ごと》き強さを誇り、魔都《ギャラハンドール》の王が魔王と称されるようになったのは先代がきっかけだった。その死については諸説あったが、現在に至るまで秘匿され続けてきた。

この細身の男が先代魔王を殺したという事実を信じられる者はいなかった。

セレスティアスはじっとデュナミスを見つめたまま、わずかに目を細めた。

「そのような男を生かしておくとは、父王を殺されたというのに現魔王はよほど心が広いと見える。はてそれとも何か他に理由があるのか……」

わざとらしく思案するような仕草をしたセレスティアスに、デイモスは口元に笑みを作るだけで何も言わなかった。

「答えずともよい。翁よ、それで？」

セレスティアスの問いの意味を理解しているのはこの場ではデイモスだけだった。

デイモスはさもありなんと言うように、杖の柄を撫《な》でた。

「常軌を逸したるは、魔王を殺したからではない。この男が異常なのは、災厄の折、自力で監獄塔から脱し、手枷をつけたまま発見されるまでの五年間、闇に呑まれた都で生き続けていた点である。発見された時には濁人の死骸が山と積まれておったわ」

馬鹿な、と声を上げる者が多数いた。

災厄時には世界樹からの距離が近かったこともあり、元々魔都《ギャラハンドール》があった土地は真っ先に闇に呑まれたはず。デイモスの話を聞いて驚かなかったのはセレスティアスだけだ。

「闇歩きの素質と尋常ならざる生存術。それが本当ならば怪物よな」

怪物という言葉に、デイモスは笑うだけだった。

セレスティアスは男、デュナミスを見た。視線に気づいたデュナミスはゆっくりと顔を上げ、セレスティアスを見つめ返す。探るというよりは、値踏みするかのような視線を向けながら、女帝は問う。

「そなた、いったい何を食って生き延びた？」

「………」

「闇の中で作物は育たぬ。草木も獣も人間も、全て等しく狂い果てて生きとし生けるものに牙を剝《む》く。何を食った？」

デュナミスの瞳が、燭台《しょくだい》の炎の揺らめきを反射する。

「食えるモノ全てを」

「委細答えよ」

「闇歩き、闇漁り……濁人」

大聖堂にざわめきとも悲鳴ともつかない声が上がる。

「……汚《けが》らわしい」

横に控えていたスフィアレッドもそう口にした。嫌悪感に顔を歪ませ、軽蔑を込めてデュナミスを睨んでいる。

このような男を女帝の前に連れてきたデイモスを叱責しようとしたが、その時、

「あは」

スフィアレッドは、セレスティアスの赤い瞳が爛々《らんらん》と輝くのを見た。背筋が凍るような冷たい笑みに反して、その瞳はまるで無邪気な子供のようだ。長年騎士を務めてきたスフィアレッドだったが、今でもセレスティアスの内面を計り知ることは叶《かな》わずにいた。

今、セレスティアスの興味を妨げることは許されない。彼女はようやく望む戦力として相応《ふさわ》しい者が現れたことを悦《よろこ》んでいるのだ。スフィアレッドは粛々と一歩下がった。

「人間を喰らう魔族など珍しくもないが、濁人を喰らう者は初めてだ。しかしわからぬな、何故《なぜ》そうまでして腐り果てた魔都《ギャラハンドール》に留《とど》まった？　脱獄したというのなら、災厄に乗じてどこぞの川沿いに逃げ延びた方がよほど生き永らえやすいはずだ」

デュナミスは答えない。彼の眼はセレスティアスを見つめたままだ。

その視線と瞳の輝きに、セレスティアスは「ああ」と納得したように呟《つぶや》いた。

「翁はそなたのことを将と言っていた……なるほど、そうか」

「………」

「そなた、国を守っていたな？」

場がにわかに騒がしくなる。罪人が国を守っていたという一言が理解できぬ者ばかりだった。デイモスだけが口元を歪めて笑ったのをセレスティアスは見逃さなかった。

「闇に留まり生き永らえていたのも国のため、魔王を誅したのもまた国のため。先代魔王は統治者としては暗君であったそうだな。国が滅ぶ前に王を殺したか？」

セレスティアスが問うと、デュナミスは静かに目を閉じた。

「俺は王にではなく、魔都《ギャラハンドール》に仕えているというだけのことだ」

「国のためならば王すらも殺すか？」

「人の価値など、国を維持するために必要かそうでないかでしかない。王も、将も、民も……そしてこの俺も同じだ。国に仕えるとはそういうことだ」

「そなたの望みは何だ？　此度《こたび》の招集により目的を果たせし時、そなたは何を望む？」

デュナミスは、ゆっくりと目を見開いていく。

ギラギラとした瞳をセレスティアスに向けながら、一言。

「——我が国《ギャラハンドール》を取り戻す。俺の望みはそれだけだ」

蝋燭《ろうそく》の明かりがちらつく薄明かりの中で、セレスティアスの笑い声だけが響く。セレスティアスは頬に手を当て、恍惚《こうこつ》とした目でデュナミスを見ていた。

「招集への応え、大義である。そなたのような者をこそ歓迎するぞ、デュナミス・リオンブラッド。いや良かった。おかげで此度の招集が徒労に終わることはなさそうだ」

セレスティアスが軽く拍手をすると、重なるようにもう一つ手を叩く音が聞こえてくる。

セレスティアスが手を止めて音の方へ目をやると、皆の視線も一様に同じ方へ向いた。

「正にその通りです！　遠路はるばる女帝の気まぐれに付き合ってやってきた甲斐があったというもの！　魔都《ギャラハンドール》は腐っても魔王の根城というわけだ！　まさか光奪戦争以前の腐った武人を寄越すとは！　感服いたしましたぞ、翁殿！」

皆が道を開けると、開かれた場所に拍手をしながら近づいてくる白い男がいた。

白い服、白い肌、白い髪、そして白い瞳孔。そして胸に刻まれた十字の意匠。

デイモスは杖《つえ》を握り締めながら、横目でちらとその男を睨《にら》む。

「腐敗という言葉はうぬら聖職者にこそ相応しいであろうが……アン、デッ、ドめ」

その悪態に、白い男は薄目を開けて三日月のように口を裂けさせた。

「死の克服は最高位の奇跡の体現。聖国《オーズミック》においては名誉です。アンデッドなどと蔑まれては困ります」

「ふん、不死は我が国においては大罪だ。いかな長寿であろうとも、死を否定する所業は禁止されておるでな……失礼した、ゾンビと言い換えよう」

くつくつと笑いながらデイモスが言うと、白い男の表情が氷のように冷たくなる。

セレスティアスはため息を吐《つ》いた。

「見苦しい、やめよ。老害同士のじゃれ合いにはついてゆけぬ。下がれ、翁」

デイモスが鼻を鳴らしながら下がると、セレスティアスは白い男を見た。

「よくぞ参られた。聖国《オーズミック》聖堂教会大司教殿、もとい聖教の生臭坊主《なまぐさぼうず》」

「これは辛辣。大司教ロスト・マエストリア、陛下の呼びかけに応じはせ参じましたぞ」

恭《うやうや》しく礼をする白い男。

聖国《オーズミック》聖堂教会所属、大司教ロスト・マエストリア。聖国《オーズミック》は、その名の通りかつては閉鎖的な宗教国家であった。

災厄後に多くの難民を受け入れたことで宗教だけでは国を維持できず、昨今は聖国《オーズミック》商会などを設立し交易や軍事連携も行うようになった。しかし、聖教の権力者は頑として聖職者を直接寄越すようなことはしなかった。

だが聖職者の中にも彼のような例外はいる。ロストは災厄以前から大司教の名を冠しながらも、教区の管轄は任されず、不死を目指す研究に没頭した。彼の研究により生み出された死克《しこく》大隊と呼ばれる軍勢は、光奪戦争において良くも悪くも有名だった。

「聖教は招集に応えなかったが、そなたまた身勝手に動き始めたのか？」

「何を仰せられますやら。闇に包まれた世に一条の光をもたらさんという女帝陛下の尊きご要請。それを断るとは、聖教も落ちぶれたと言えましょう」

芝居がかった仕草で胸に手を当て、憂いを含んだ表情で片手を天井へ掲げる。

「かつては貴女様《あなた》のお父上を討つために魔族共と手を結ぶ暴挙にすら及んだというのに！　此度の闇を払うための戦いの招集に三行半《みくだりはん》を突きつけるとはなんたる情けなさ！　光の使者たる聖教徒の名折れと言えましょう……！　よって私は、自らここへ足を運んだのです！　世界に光を取り戻すためにィ……ッ！」

わざとらしい涙を流しながらロストは三歩後ずさる。

セレスティアスは表情を少しも動かさずに肘をついたまま顎を上げる。

「ご託はいい。ここへ現れたのなら常軌を逸した個人を差し出せ。それともそなたが参加いたすか？」

芝居に動じなかったのを確認すると、ロストはパッと表情を戻し、淡々と答える。

「いえいえ、わたくしめは貴女様の仰せの通り老害にございます故。もっと若く、相応しい者を連れて参りましたとも」

両手を広げて大仰に宣《のたま》うロスト。

その後ろに隠れているもう一人の存在にセレスティアスは気がついていた。

「恥じずともよい。姿を前に晒《さら》すがよい」

指し示すと、ロストの後ろに隠れていた者の肩が上下に震えるのが見えた。

ロストが半身を引き、その者の背を押して前に出す。

縮こまって、おずおずと姿を現したのは……修道服を着た女だった。

胸の前で震えた手でロザリオを握り、挙動不審に視線を彷徨《さまよ》わせている気弱そうな女だ。

まるで自分が裸でその場に立っているかのように恥じらい、怯《おび》えている。

セレスティアスが眉根を寄せたのを見つつも、ロストは女について語る。

「このお方は第十三聖女、聖マリアベルにございます」

聖女。確かにロストはそう口にした。

大聖堂が再びざわめき立つ。聖女とは、聖教において信仰の対象とすらされる存在だ。

極めて高位の奇跡を体現している女性に与えられる称号である。

「十三……？　聞いたことがないぞ」

「実在する聖女は十二までのはず。新たに誕生したという噂《うわさ》は耳にしていない」

「あの女からは聖女と呼ぶに値するオーラを感じない。本当に聖女なのか？」

集まった者達は口々にそう囁《ささや》いた。

横に控えていたスフィアレッドはセレスティアスを横目で確認する。予想していた通り、
実につまらなそうなものを見る目で聖女マリアベルを見下していた。

「仮に聖女であるとして、何だというのだ？　まさか祈りで闇を払おうとは言うまいな？

災厄の折、そなたらの祈りがどれほど役立たずだったか忘れたのか」

聖職者にできることと言えば奇跡によって人を癒《いや》すか、魔を払うことだ。

この世に蔓延《はびこ》る闇は魔ではない。悪鬼でも悪魔でもなく、どこまでも不条理な狂気だ。

狂気に祈りは無力。奇跡にできることなど、一時的に光脂《こうし》の代わりを果たすことができる程度。はっきり言ってお呼びでない存在だった。

されどロストは薄笑いを浮かべ、彼女について静かに語る。

「実のところこの女はもはや正式な聖女ではありません。聖女として聖教に在籍していたのはわずか数ヶ月。現在はすでに聖教から破門された身にございます」

聖教の破門は禁忌に触れた者に限る。この気弱そうな、何もかもに怯えているような女がどのような禁忌に触れたのか、セレスティアスにはさして興味が無かった。

「ではそなたは、ただの女を連れてきたというのか？」

「いいえ、断じて。この者は、紛れもなく常軌を逸している。このわたくしめから見ても狂人であると断言できまする。何せこの女――」

「口ではなんとでも言《い》えよう。女、貴様に何ができるかわらわに教えてくれぬか？」

ロストのご託を遮り、セレスティアスは冷ややかにマリアベルを見下ろす。

マリアベルはびくんと肩を震わせて、胸の十字架を強く握りしめる。

「わたくしは……わたくしは罪深き信徒にございます。故にできることは、それほど」

「よい。申せ。時を取らせるな、早くしろ」

急《せ》かされて、マリアベルは苦しげに腰をくゆらせる。

「できることは、闇と戦う皆々様を、いやし……いやし、ら……いやらし……い、いえ！……聖なる信徒と、して、傷を癒し……皆々様の代わりに……き、きき、傷、を……」

呂律《ろれつ》が回らないマリアベルをセレスティアスは睨みつけていたが、その蔑みにも似た視線を受けてマリアベルはますます身を捩《よじ》らせていく。奇妙な女、というのがその場にいる者の所感だった。あがり症、吃音《きつおん》、仕草や態度を見るにそう取れるのだが、何か妙だ。

横に控えているスフィアレッドも異様な不快感と共にマリアベルを観察していた。

――違う。この女は、自らが衆目に晒されていることに羞恥を抱いてこそいるが、恐らくそれが原因でここまで呂律が回らなくなったわけではない。

「傷を、代わりに身に受け……く、苦痛と苦悩を、引き受けて……ん、んふ……皆々様を、わたくしが、おす……おす、す、お救いすることが」

確信に変わる。この女は恥じ入っているのではなく、昂ぶっているのだ。

それが何に対してかを、スフィアレッドよりも先にセレスティアスは見抜いた。

「つまり、貴様が示すのは自己犠牲か？」

セレスティアスがその言葉を口にした瞬間、マリアベルが勢いよく顔を上げた。まるで束縛から解放されたかのような、聖女さながらの晴れやかな笑顔を見せた。

「はいっ……！」

しかしその清廉さとは裏腹に、マリアベルの顔は紅潮し、汗を浮かべ、まるで絶頂を迎えた雌そのものだった。

瞬間、マリアベルの足元に得体の知れない液体が広がり始めた。

周りにいた者達が短い悲鳴を上げて彼女から離れていく。悦のあまり失禁したのかと思われたが、そうではない。水源は彼女の秘部ではなく、胸に抱いたロザリオだった。ロザリオが濡《ぬ》れそぼち、薄い光を伴った水が止めどなく滴《したた》り落ちている。

液体は大聖堂の床を濡らし、そして次の瞬間――女神と思《おぼ》しき幻影をマリアベルの背後に出現させた。皆が言葉を呑《の》む中、セレスティアスは瞼《まぶた》一つ動かさずに解く。

「天使と契約を結んでいるのか？」

「いいえ。天使は精霊や妖精とは違い、契約など不可能な存在。彼女は天使から一方的な寵愛《ちょうあい》を受けているのでございます」

ロストが言うと、セレスティアスは初めて興味深そうに目を細めた。

「しかしその女……むしろ淫婦の類であろう？　天使の寵愛を受けるにはいささか雌の匂いが強すぎる」

「然《しか》りにございます。この女、天使の寵愛を受け、聖遺物たるロザリオを使用する才覚と権限を持ち、聖母の慈愛を秘めていながら……なんといいますやらその——毎夜自らを慰めているところをシスター達に度々目撃されておりまして。教皇より破門され、磔刑《たっけい》に処される予定でした。しかしこの才覚、あまりに惜しく思い、わたくしめの権限により幽閉しておりました」

集まった多くの者達が引いている中、セレスティアスは口元に手を当てて吹き出しそうになるのを堪《こら》えていた。

「ふ、ふふ、貞潔の徳を疎《おろそ》かにしていながら天使に愛されるとは……天使も好き者よな」

「天使がこの女を見限らずにいるのは、彼女の欲の根源にあります。その根源は——」

「——自己犠牲、か？」

その言葉を口にすると、びくんとマリアベルが震える。真っ赤に染まった頬に恥ずかしそうに両手を当てて下を向く。膝は内側にくの字に折れて、腰が痙攣《けいれん》していた。

ロストはマリアベルのその痴態に苦笑いを浮かべる。

「正に。自己犠牲という行いに対して性的快楽を得ている。昨今は研ぎ澄まされているのか、言葉だけでもこの有様《ありさま》なのです。痛みや苦痛自体に感じるものは人並みですが、それが自己犠牲によってもたらされるものになった途端、ご覧の通り」

「被虐によって快楽を得ているわけではないのだな」

「ええ。本来であれば神聖な行いである自己犠牲を穢《けが》れきった堕落に変えているため聖教としては認めたくないのでしょうが……天使はこれを良しとして力を授けている。ね？殺すにはもったいないでしょうハハハハハハ！」

珍しく砕けた口調で肩を竦《すく》めるロストに、セレスティアスも高らかに笑って返した。肘かけを手で叩《たた》きながら、喜劇でも眺めているかのようにマリアベルを笑う。

「面白いではないか、良い良い！　わらわは信仰心はとんと理解できぬが、そなたのような等価交換の自己犠牲は好ましい。敬虔《けいけん》な信仰と善行によって快楽を得る……実に理にかなっている。誰も損をしない素晴らしい性癖だ。役に立つかはわからんがな」

「濡れたロザリオ、『水天のサキエラ』から滴る水の治癒効果は絶大です。彼女が起こす奇跡の数々も一級品にございます。聖女としての性能は保証しますよ」

「良い。わらわはそなたを常軌を逸した個人として迎え入れよう」

セレスティアスの肯定の言葉に、内股になったままマリアベルはなおもロザリオを濡らし、顔を上げて薄く微笑《ほほえ》み、縋《すが》り付くように祈った。

「あ……ありがとうございます、陛下……！　このマリアベル、全身全霊をもって、兵士さん達の代わりに痛みと苦痛を…………～～ッッ！」

恥ずかしそうに頬を赤らめながらも、ますます身を捩らせて水を滴らせる。衆目に痴態を晒し顔を覆うマリアベルの滑稽さを、権力者達やセレスティアスはケタケタと笑った。

「ありがとうございます……感謝します……皇帝陛下……たとえこの身が穢れていようと……わたくしは決して……決して……信仰を捨てはいたしません……」

そんな中にありながらも、礼を何度も口にしながら、マリアベルは涙を流していた。

清廉な言葉を口にしながらも悦楽に身もだえるその姿は、誰がどう見ても滑稽であろう。

しかしスフィアレッドは、マリアベルの姿に一抹の悲しみが含まれているように感じていた。何故《なぜ》ならば、マリアベルの言葉や声に嘘《うそ》が感じ取れないからだ。

快楽に身もだえながらも、マリアベルは信仰心を持っているに違いない。

滑稽だ。常軌を逸している。しかしとても笑えるような人間には思えなかった。

スフィアレッドは、心とは相反する本能に自分も心当たりがあるからだ。

「どうしたスフィアレッド、笑わぬのか。あれほど滑稽な生き物が他にいるか？」

笑いすぎて涙すら浮かべているセレスティアスを横目で見る。

「いえ、私には哀れとしか思えませぬので」

セレスティアスの目が三日月のように孤を描く。視線から感じるのは、嘲りと興味だ。

スフィアレッドは自身の本性がセレスティアスに見抜かれていることをわかっていた。

いつもこの少女の前には見透かされ、裸にされてしまうのだ。
目を背けたくなるほどの——己の常軌を逸した本性を。

☆

「わりぃが、こいつは無理だ。どうあっても手入れできねぇよ」

イシスの都の鍛冶屋にて、ドワーフの鍛冶師がイグルーの防具をひと目見て匙《さじ》を投げた。

修理を依頼したイオリアは作業台に手をついて身を乗り出す。

「ちょっ、なんでよ⁉　錆《さび》を落とすだけよ？　鋼は劣化してないでしょ？」

「鋼がイカれてなかろうが関係ねぇ。打ち直すのも不可能だ」

「もうちょっと粘ってよ！　鍛冶屋のプライドってものはないの⁉」

貫禄《かんろく》のある老ドワーフだったが、こういう手合いとの付き合い方は心得ているのでイオリアは怯《ひる》んだりしなかった。イオリアの強気の態度に、ひげ面《づら》のドワーフがじろりと睨《にら》む。

「逆に聞くが、どこでこれを手に入れた？　こいつは落陽騎士の甲冑《かっちゅう》と剣だろう。バルハントは生半可な闇漁《あさ》りには手が出せねぇ場所にある」

即座にバルハントの武具であることを見抜かれて、イオリアが初めて動揺する。

「か、関係ないでしょ。近場の廃墟《はいきょ》に埋もれてたのを拾ってきたのよ」

「ドワーフなめてんのか？　そんな嘘が通るかい。こいつが並の場所にあったわけじゃねぇことぐらいひと目で見抜けるわ」

「あたしは一流の闇歩きだし？　遺物の回収ぐらいお手の物だし」

「いいや、あんたじゃ無理だ。つーか誰でも無理だ。それこそ、女帝セレスティアスが一個騎士団でも投入せん限りあの場所から生きて帰るなんざ不可能だ」

嘘が通じずにイオリアが黙り込む。鍛冶屋のドワーフはため息を吐《つ》き、イグルーの剣であるローンダイトの柄《つか》を握って持ち上げ、刀身を睨んだ。

「そもそもこいつは錆じゃない。妖精球の穴《ソケット》にも大量に詰まっちゃいるが、どうにも得体が知れねぇ。バルハントは哭鳴器《フェアリーブリンガー》を嫌っていたから、本来ローンダイトに穴《ソケット》なんぞ存在しねぇんだよ」

「偽物《にせもの》ってこと？」

「本物だ。間違いない」

「じ、じゃあその錆は何なのよ」

「わからん。だから直せん。取り繕うこともできん。これが完成形だ」

剣をほっぽられて、慌ててイオリアが両腕に抱えようとしたが、届く前にイグルーが柄を引き寄せて握りしめた。鍛冶師の目の色が変わり、そそくさとボディプレートの留め金を締めるイグルーを見つめた。

「あんた、落陽騎士の生き残りか？」

ボディプレートに頭を通して、イグルーは少しムッとしながら頷《うなず》いた。

「如何《いか》にも、自分はバルハントの騎士だ。フレイリア姫様の近衛《このえ》を務めている。ちなみに落陽騎士というのは帝国が呼び始めた蔑称だ。自分は……あまり好ましく思わない」

「………」

ドワーフが今度はじろりとイオリアを睨む。イオリアは目を逸《そ》らした。

落陽騎士に生き残りがいないことは有名だし、ドワーフは長寿なため、恐らく鍛冶師は光奪戦争以前のバルハントを知っている。

いけない。嘘が見抜かれる。そう思ったが、ドワーフはふんと鼻を鳴らして鍛冶の仕事に戻った。イグルーが装備を整え、「お待たせ致しました」とそばに寄ってくる。

イオリアは安堵《あんど》し、イグルーの装備を整えることを諦めて出口のドアを開けようとした。

「嬢ちゃん。詮索をするつもりはねぇが、一つ言っておく」

鉄をハンマーで打ちつけながら、ドワーフは低い声で呟《つぶや》く。

「その騎士は、あんたの手にゃ余るぜ」

イオリアは拳を握った。そんなこと言われなくてもわかっている。それでもやらなければならぬのだと、イオリアは自分に言い聞かせて出口のドアを開けて外に出た。

イシスの城下町はいつでも賑《にぎ》わっている。闇漁りや行商人、各地を渡り歩く者達にとっては、安心して休むことができる数少ない場所だからだ。商売をするには三国残党拠点の中で最も適しているため、異様なほどに店が多い。

しかし、社交界で着るような高級な衣類を買えるような金銭的な余裕はイオリアには無かった。現在、イオリアは路地裏でイグルーに通りを見張らせながら、陰でそそくさと服を着替えている。通りで見張りをしているイグルーはかちんこちんに緊張し、直立したまま道行く人々を警戒していた。汗をだらだらと流し、ごくりと喉を鳴らす。

「ひ、姫様……何故、このような場所でお着替えを……っ」

「しょうがないでしょ。この先何があるかわからないし、路銀を無駄に使うわけにはいかないの。着替えのために宿なんか取っていられないのよ」

「しかし姫様のような淑女が、こんな往来で玉肌を晒《さら》すなど……！」

「イグルーが見張ってくれているでしょ？　大丈夫よ」

「自分は騎士にしては少々華奢《きゃしゃ》でして、完全に路地を隠すには幅が足りず……！」

「あーもう、ぶつくさ言わない。そこに立っていてくれるだけでいいから」

イオリアは今まで着ていたレザーの服を雑嚢《ざつのう》にしまうと、代わりに中からシルクで編み込まれた服を取り出し、手に持って広げた。

母の形見のドレスだった。ドレスの状態に小さく唸《うな》る。闇歩きを生業《なりわい》にしていたせいか劣悪な環境で生活することが多かったため、ドレスは薄汚れ、色あせ、ところどころが破けて別の布で補修された痕があった。

母からは嫁ぐことになった際に着てほしいと言われていたドレス。これを着てイシス城に乗り込むわけだが、見窄《みすぼ》らしくはないだろうかと不安になる。安物を買おうか迷ったが、売っているものは皆娼婦《しょうふ》が着るようなものばかりで、姫を名乗るには下品すぎる。

母の形見をこのような形で利用するのには気が引けたが、やらなければならない。

(丈は合ってるけど……に、似合うのかな、これ……)

急に恥ずかしくなってドレスに顔を埋《うず》めたが、イオリアはええいままよとドレスの袖に手を通すのだった。


イシス城、城門前。そこに一人の貴族らしき女と、騎士らしき男が門を見上げて立っている。女は見目麗《みめうるわ》しく、男は誠実かつ端整な顔立ちをしており、両名は人目を惹《ひ》くこと間違いなしの組み合わせだっただろう。

だが、女の着ているドレスは色あせてボロボロ、男の着ている鎧《よろい》は錆だらけだ。亡国の亡者《もうじゃ》とか没落貴族に見られてもおかしくはない。というかほとんどそれで合っている。

道行く人々はすれ違う度に物珍しそうに二人を見返し、何かを耳打ちしている。さすがのイオリアも顔を引きつらせながら赤面していたが、気丈に城門前で仁王立ちしていた。

「おお、これが名高きイシス城ですか……近くで見ると凄《すさ》まじい大きさだ。城門自体の大きさがまるで城のようではないか……どうやって開けるのだろう？」

横ではイグルーが呑気《のんき》な観光者のように感動しているが、イオリアは気を引き締めるために自分の頬を叩いた。

（大丈夫。セレスティアスが常軌を逸した個人を集めているという話が本当だってことは調べがついてる。あたしがバルハントのフレイリア姫だって証拠は無いけど、イグルーが落陽騎士であることは彼の剣術を披露すれば証拠になる。求められているのは戦力だもの、あたしの正体なんて重要じゃない）

自分に言い聞かせてはみたものの、緊張は解けてはくれない。

「イグルー、あたしがあんたの目を見て助けを請《こ》うまではしゃべらないでね。上手《うま》くいくかはわからないけど、助けを求めるまでは絶対に手出ししないでちょうだい」

「ハッ、心得ております。騎士は守ることが務め、外交は王族であらせられる姫様の尊き務めでございます故」

イグルーは胸を張っているが、外交などと言われてイオリアの緊張感が倍増してしまう。

イオリアは交渉が得意というわけではない。仕事を請け負う時も、依頼人に報酬をふっかけようとしていつも失敗している。だからいつも相手側の言い値になってしまっていた。

けれどいつも自分に言い聞かせていることがある。

──やらなくて後悔するよりも、やって後悔するほうが百倍マシだ。

イオリアはドレスの裾を持ち上げながら階段を上がり、門番の前に出た。

門番は五人。四人は槍兵《そうへい》だが、一人は人間の五倍はあろうかという大きさの巨人族だ。

二人の門番がイオリアとイグルーが近づくと、槍《やり》の柄を同時に床へ二度突いた。それを合図に、城壁の上から五人の弓兵が弓を引いて構え、巨人が斧《おの》を肩にかけた。

「去れ。これより先は召喚状無き者は通れぬ」

槍兵の言葉に、イオリアの喉がごくりと鳴る。

「じ、女帝セレスティアスの招集に応えてやってきたわ！」

「……召喚状を拝見したい。書状が送られていたはずだ」

召喚状が必要という話は聞いていなかったが、予想はできていた。

「召喚状は……イ、イシスに来る途中、濁人《だくと》に襲われた時に落としてしまったの。だけどそんなものが無くったって、私の連れてきた騎士の力は女帝に証明できるわ！」

騎士と言われて、門番がイグルーを訝《いぶか》しげに見る。

イグルーは門番を見つめ返して、ドンと自分の胸を叩《たた》いた。

「必要とあらば我がバルハントの剣、存分に披露させていただこう！」

門番達は真顔でお互いの顔を見合わせた後、突然声を上げて笑った。

「バルハントだと？　バルハントって、あのバルハントか？　そいつはすごいな！」

「腐った樹液に沈んだ国の生き残りはいないって話だが？　仮に生き残っていたとして、あんたはずいぶんと若いじゃないか！」

「その錆だらけの鎧と剣をどこで拾ってきたのかは知らないが、装備だけは本物っぽいな！」

「バルハント代表を名乗るボロドレスの姫君と錆びついた騎士！　こいつは傑作だ！」

笑われるのは覚悟の上であったし、イオリアに至っては門番の言う通りの偽物だった。

だがイグルーの鉄血剣術は本物。正真正銘の落陽騎士だ。門番もこれだけ煽《あお》ってきたのだからイグルーの本物ぶりを見れば口答えできないはずである。

「そこまで言うなら誰か彼の相手をしてみなさいよ！　彼の剣を見れば、あんた達だって本物だってことがわかるはずよ！」

門番が黙り、肩を竦《すく》めながら互いに顔を見合わせた。

よし、これなら喰《く》いついてくれるはず。イシスでの私的な抜剣、決闘は法で禁じられている」

「イシスでの私的な抜剣、決闘は法で禁じられている」

「なっ……あれだけ煽っておいて日和《ひよ》ってんじゃないわよ！　こっちは本物だと証明できるって言ってるじゃない！」

「証明しようがなんだろうが召喚状が無ければ入れることはできん。ま、貴様らのような浮浪者は召喚状があろうと入れるわけがないがな」

門番達が再び笑い出し、仕舞いには巨人までが笑い声を上げていた。

別にこんな煽りなど、闇歩き稼業《かぎょう》をしているならばどうということはない。

問題はイグルーの実力を示す場所が無いということだ。

やはり身なりはしっかりと準備しておくべきだったか、とイオリアは下唇を噛《か》む。

出直そうと踵《きびす》を返そうとした時、

「おい、誰がこのまま帰っていいと言った。女、貴様はこのままここに残れ」

「は？　何でよ」

「よく見りゃいい女だ。その格好、どうせ娼婦崩れだろ？　どこでその男を拾ってきたか知らないが、一発当てるつもりでここにきたんなら、俺達の相手をしてくれよ」

「……ふざけんじゃないわよ。あんた達みたいなのの相手してる暇なんかないわ」

「いいじゃねーか。ちょっと股を開くだけで手軽に金が稼げるんだ」

門番の手がイオリアの肩を摑《つか》む。イオリアは振り払おうとしたが、門番は彼女の手を捻《ひね》り上げた。少し顔を歪《ゆが》めるイオリアを、品定めするような嫌らしい目で門番が見る。

「なんだったらこのまま連行して無理矢理相手させてやってもいいんだぜ？　城門前に不審者がやってきたってだけでも、俺達は――」

その瞬間、金属が砕けるような音と共に――門番の両腕が宙を舞った。

「……え？」

何が起こったのかわからず、イオリアは門番と一緒に空を見上げ、回転しながら空を飛ぶ腕を見てから、次にすぐ真横を見た。

剣を振り抜いた姿勢のイグルーが、まるで猛禽《もうきん》のような目を見開いていた。

「姫様、お下がりください」

イグルーが感情を込めずにそう言うと同時に、門番が情けなく悲鳴を上げながら膝をついた。他の門番達が困惑しながらも槍を構えようとしたが、イグルーは一瞬にして彼らの懐《ふところ》に入り込んだ。槍を構えようとしていた三人の顔から血の気が引いた瞬間、イグルーは下段に構えた剣を踏み込みと共に振り払った。

刃《やいば》は寝かせず、大剣の腹で押しつぶすように三人を根こそぎ薙《な》ぎ倒す。バン！　という破裂音を響かせて、門番達は剣に押しつぶされるように身体《からだ》をひしゃげさせて吹っ飛んだ。

鎧を着込んだ番兵が宙を舞う光景に、その場にいた誰もが呆気《あっけ》にとられる。

巨人が動く。肩にかけた斧をもたげ、鈍《のろ》いながらも力強い動きでイグルーへ振り下ろす。

「グオオオオッ！」

「──ッ！」

迫り来る斧撃《ふげき》を、イグルーは剣の腹に左腕の肘を当てて盾にして受けた。

衝撃波が地面の埃《ほこり》を巻き上げる。

巨人は仕留めたことを確信していたが、次の瞬間青ざめた。己の体軀《たいく》ほどもあろうかという斧を受け止める、錆び付いた騎士がそこにいたからだ。巨人が斧を押し沈めようとしても地面のタイルが砕けるばかりで、イグルーは少しもダメージを負っていなかった。

イグルーが剣の腹の下で顔を上げ、眼光を巨人へ向ける。

次の瞬間、イグルーが剣に添えていた左腕の肘を思い切り打ちつけると、衝撃によって巨人の斧が弾《はじ》かれ宙に浮き上がった。

巨人が仰《の》け反り、口を大きく開け、焦《あせ》りと恐怖に顔を歪める。

目の前に、剣を横薙ぎに振りかぶる騎士の姿があったからだ。

ぎぃいぃいぃいぃいぃい……ッ！

それはイグルーが剣の柄《つか》を握りしめた音だった。その拳に、剣に、どれほどの力が溜《た》め込まれたのかを巨人が理解した直後、

――ズパンッッ！　巨人の身体は上半身と下半身に分かたれ、血しぶきをあげて回転しながら地面を転がり、城壁に激突した。

血の雨が降り注ぐ中、イグルーは振り抜いた剣を即座に払い、汚れを落とす。

「なんだ、あいつは⁉」

城壁の上で全てを目の当《ま》たりにしていた兵士が首から下げていた笛を吹き鳴らす。城壁に配備されていた弓兵達が弓を構えて矢を一斉に射《う》った。

イグルーは十本もの矢が迫るのを目視しながら剣を振り払い、内九本をはたき落とし、顔面を的確に捉えた内一本を左手で掴んだ。矢を折りながら弓兵達の数を確認する。

そして屠《ほふ》った門番達が落とした鉄槍が地面に三本転がっているのを視界に捉える。

弓兵達が二射目を放とうとする前に、イグルーは空いた左手に力を込めた。

瞬間、地面に転がっていた槍が震え、一本が勢いよく飛び上がり、イグルーの左手に吸い込まれるように握られた。槍を掴むと同時に身体を回転させ、振りかぶる。

その姿に、わっ、と弓兵達が仰け反った。

イグルーの槍の全力投擲《とうてき》が流星の如《ごと》く放たれ、直撃する。あまりの速度に槍は鎧を着込んだ弓兵の身体を貫通し、城へ向かってさらに飛んで行く。

しかし飛んで行こうとする槍は——イグルーが左手の拳を握ると同時に空中に停止したかと思えば、勢いよく彼の手元へ舞い戻る。

投げた槍を引き戻して、イグルーが摑み取る。

その異能じみた技を見て、弓兵の一人が震えながら叫んだ。

「鉄血剣術……ほ、本物の落陽騎士だ！」

思い知った時には全てが終わっていた。その言葉を口にした弓兵の首は槍に貫かれ、城壁から転げ落ちていった。

目の前で繰り広げられる殺戮《さつりく》を前にして、イオリアは頰についた血を拭いもせずに、ただ呆然《ぼうぜん》としていた。人の死には慣れている。濁人に貪り食われる者や、腸《はらわた》を掻《か》き毟《むし》られていく同僚を何人も見てきた。仲間割れで殺し合いに発展したこともあるし、イオリアだって、襲われてやむなく相手を殺したこともある。

だが、これほどまでの圧倒的殺戮を目にしたことはなかった。

ドワーフの鍛冶師の言葉が頭を過《よ》ぎる。その騎士はお前の手に余る。あの言葉は、お前のような嘘《うそ》だらけの人間にはもったいない騎士だ、という意味ではなかった。

お前のような人間には御しきれぬ狂気という意味だったのだ。

イオリアは目を瞑《つぶ》った。イグルーが濁人に対してだけでなく、人間相手でもここまで容赦しないなんて思いもしなかった。

「姫様」

イグルーに呼ばれて、肩を震わせて目を開ける。

そこには、左手を差し出してくるイグルーの姿があった。

城壁の弓兵も、門を守る番兵も、巨人も、すでに何もかもが死に絶えていた。イグルーの身体は血にまみれ、狂気に満ちている。

けれど彼のその顔は、血に濡《ぬ》れながらもイオリアへの……。

「どうかお手を。道は必ずや自分が切り開いてみせます」

否《いな》、フレイリアへの忠義と愛情に満ちていた。

恐ろしさと力強さ、そして得体の知れない安心感が彼にはあった。

震えは止まっていた。この手を握れば、自分はもう引き返せない。逃げるならば今だと頭ではわかっているのに、どういうわけか心は前に進みたがっていた。

覚悟を決めるために、全ては大義ある目的のためなのだと、自分に言い聞かせる。

（そうよ……家族を救うためだったら、あたしは――）

イオリアはゆっくりと彼の手へ自分の手を添える。

たとえその大義が偽りであるとしても、前へ進むために――

☆

常軌を逸した個人のお披露目は、その後いっこうに名乗りを上げる者が出なかった。

この場に集まった者達は、ようやくお披露目の主旨を理解し、自分達が連れてきた者達がこの場に相応《ふさわ》しくないのだと気づき始めていた。

そも、セレスティアスは最初から明言していたのだ。この世界に必要な人材は、英雄でも勇者でもなく、世界のもたらす狂気を凌駕《りょうが》する、さらなる狂気なのだと。

それが有用であれ有害であれ関係がない。イシス城の玉座で冷笑を浮かべるあの少女の思惑など誰にも理解できはしない。帝国残党を率い、今の今までイシスを拠点として多くの人間を守り抜いているという功績はあるが、結果としてそうなったというだけで、善良な人間ではない。暗君でこそないが、底が知れず何を考えているのかわからない。

それが各国残党からのセレスティアスという少女への評価だ。

冷笑の奥で渦巻くものを知る者は誰もいなかった。

ただ一人を除いて。

「またぞろ妙ちくりんな連中を集めているというから見に来てみれば、ひどくつまらなそうな顔をしているなぁ、お嬢」

それはまるで熊が唸《うな》るような、低く太い声だった。次いで、どすん、どすんという象でも歩いているかのような音が響いてくる。セレスティアスが顔を上げて目を見開いた。有象無象の向こう側、大聖堂の扉を開けて何かが近づいてくる。

巨人、というには少し小さかった。けれど人間と呼ぶにはあまりに大きい。しかし恐らく人間だと判断できる程度にしか、そいつは人間ではなかった。はち切れんばかりの筋肉と、大木のような腕。太陽を失って久しいというのに浅黒く焼けた肌。燃えるような赤い髪。そして筋骨隆々とした腕が担《かつ》いでいるのは、明らかに『柱』だった。

柱は柱だ。建物を支えるための柱だ。それを人間の男が肩に担ぎながら近づいてくる。現れたのはただただ巨大な男だった。男はセレスティアスの前までくると、厳《いか》めしい顔つきを崩してニカッと笑った。するとセレスティアスも同じような笑みを浮かべた。

「ヤカおじ！　息災であったのか！　てっきり死んだものとばかり思っていたぞ！」

「いよう！　きてやったぞセレスティアス！」

玉座から立ち上がり、セレスティアスは嬉《うれ》しそうに男へと飛びついた。男は片腕でセレスティアスを抱き上げ、ヒゲを蓄えた大きな口を豪快に開きながら笑った。

「ハッ！　俺様が容易《たやす》く散るものかよ！　よくも見誤ってくれたな我が愛《いと》しの姪御《めいご》よ！」

旧友に会ったかのような親しさで喜び合う二人を、周りの者達はびくびくしながら見つめていた。男のことはこの場にいる誰もが知っている。

ヤカ・オルドワール。闇歩き稼業《かぎょう》を行う『篝火旅団《かがりびりょだん》』の頭領、そして同時に彼は元々凱旋《がいせん》帝の右腕であり、七英雄の一人だった。武人として多くの功績を残し、国民からの人気も非常に高い男であり、凱旋帝にとっては義弟であり親友でもあったと言われている。

彼が帝国《ハンナヴァル》から離反したのは、凱旋帝が七英雄に世界樹の涙を体内に取り入れろとの下知を下したことに激怒し、反対したからだ。

結局彼は命令に首を縦には振らず、ついには国外追放を言い渡された。その後の行方はしばらく不明だったが、災厄後の世界において闇歩きを束ね、再び名を轟《とどろ》かせていた。

凱旋帝と血縁関係は無い。似た境遇にあるためか、ヤカはセレスティアスのことを気に入り、セレスティアスもまた彼には心を開いていた。年相応の無邪気さで笑う彼女を見て、周りの者達は怖気《おぞけ》を走らせている。

この無邪気さをそのまま受け止められるのは、ヤカぐらいのものだ。

「よくぞ生きていてくれた！　わらわはもう二度とヤカおじの豪遊譚を聞けぬのだと毎夜

枕を濡らす日々であったぞ！」我が愛しき姪御が俺の死程度で泣くものかよ！　せいぜい
「心にも無いことを言うな！　とため息を吐《つ》くぐらいであろうに！」

叔父上《おじうえ》もその程度か、とため息を吐くぐらいであろうに！」

「然《しか》り！　よくぞわらわの失望をはね除《の》けてくれた！　わらわは嬉しい！」

ヒゲを撫《な》でられ、「やめぬかやめぬか！　こそばゆいわ！」とヤカが笑う。

その二人の和気藹々《わきあいあい》を冷ややかな目で見ていたロストが、気にくわなそうに鼻を鳴らす。

「ヤカ・オルドワール。背信者がよくも私の前に顔を出せたものですねぇ」

「お？　貴様は聖教の生臭坊主《なまぐさぼうず》ではないか。聖教は参加しないという噂《うわさ》だったが？」

「そういう貴方《あなた》も召喚状など送られていないでしょうに」

「俺様は皇族だぞ、自国の城の門を通れぬわけがなかろう」

「追放された者が何を言う」

ロストは舌打ちをした。

聖国《オーズミック》、というよりは聖教からのヤカへの評価は最悪と言ってよかった。

理由は彼が武器代わりに担いでいる柱にある。この柱は、『ジオベルト聖堂の柱』と呼ばれており、マリアベルの持つロザリオ同様に歴《れっき》とした聖遺物なのだ。本来は聖国《オーズミック》の禁足地に建てられていた聖堂の柱なのだが、災厄で闇に沈む際にヤカが引っこ抜いて盗んだのである。故にたとえ異端のロストであろうとも、嫌悪感《けんお》を持って接している。

しかし、逆に魔都《ギャラハンドール》陣営とヤカの率いる篝火旅団は持ちつ持たれつの関係だ。魔都《ギャラハンドール》の拠点である湿地帯は光の川の効力が少なく、まともに作物が育たない。その代わりに湿地帯には腐る前の世界樹の幹の一部が多量に流れ込んでおり、光脂《こうし》の採掘量が豊富だった。魔都《ギャラハンドール》は光脂の輸出によって、物々交換でイシスから食物を輸入しているわけである。

その貿易を依頼しているのが篝火旅団なのだ。川の支流を辿《たど》る必要がなく、足の速い旅団は魔都《ギャラハンドール》に必要不可欠な取引相手だった。

デイモスがヤカのそばにやってくると、ごく親し気に声をかけた。

「久しいな小僧……貴様が消えたおかげで我らの頼みの綱であった補給路の大部分が機能せず、多くの犠牲を払うはめになったというのに、よくのこのこと顔を出せたものだのぅ。いったいどこで油を売っておった」

「デイモスの旦那、それがよぉ、地形に擬態する濁人《だくと》の群れに出くわしてなぁ？　まんまと罠《わな》にはまった我らはひと月近く闇の中を彷徨《さまよ》うハメになったのよ」

「うぬから弱音など聞きたくないわ。どうせ積み荷の光脂を使って生き延びたのであろう。生きているとわかった以上はひと月分ただ働きをしてもらうぞ」

「おーっとそいつは困る。彷徨っていた間にかき集めた遺品の半分を提供すっから勘弁してくれ。使えるもんをたんと拾ってきた」

「ならん。三分の二ならば考えよう」

「かっ、お得意様は厳しいねぇ」

巨大な手でがさがさと頭を掻くヤカを、デイモスはくぐもった声で笑った。

「して、小僧。この時に顔を出したのならば、うぬも一口乗る算段なのであろう？」

デイモスの問いかけに、「おお、そうであった」と言いながら片腕に抱き上げたセレスティアスを床に降ろした。

「可愛《かわい》い姫御が、常軌を逸した個人とやらを探していると聞いて、ちょっくら顔を出そうと思ってよ」

「ヤカおじが自ら名乗り出んのか？」

「そうしたいのは山々だがな。実はうちで抱え込んじゃいるが、正直もてあましている奴《やつ》が一人いる。そいつのせいで俺様はひと月もまともに眠れてねぇのさ。柱《こいつ》を担いじゃいるが全力で振るうには一眠りしたいところだ」

眉根を寄せるセレスティアスだったが、ヤカの目元に刻まれた色の濃い隈《くま》を見て、彼が万全の状態ではないことを察する。

ヤカはわざとらしく盛大にため息を吐きつつ、肩越しに後ろを見た。

「おい、帝《みかど》の御前だ。飯食ってねぇで面《つら》ぐらい出しやがれ」

ヤカがそう言うと、カツカツと小気味よい靴音を響かせながら、小さな影が躍り出た。

両手に骨付き肉を持ち、それに齧《かぶ》り付きながら現れたのは女だった。

猫を思わせる耳と、独特な瞳孔を持つ目。牙の生えた口。そして革のショートパンツの臀部《でんぶ》から伸びる長い尾。魔族であるウェアキャットだった。

「この人がお頭《かしら》の言ってた羅刹の姫なの？　ふぇ、ボク好みの綺麗《きれい》な人じゃんか」

ウェアキャットは耳を動かしながら軽やかな足取りで前に出る。

「初めまして、ボクはペイルって言うんだ。よろしくね、綺麗なお嬢さん」

ウェアキャットがニコニコしながら肉を投げ捨てて礼をする。

ウェアキャットの種族としての立場は基本的に低く、能力も素早いところと繁殖力が高いという以外に特筆すべき点が無い。見たところ、普通のウェアキャットだ。身体《からだ》を守ることを考慮していない、ほとんど裸同然の軽装。見た目は可愛らしい典型的なウェアキャットで、仕草や表情からは理知的なものは感じられない。

しかし、彼女のセレスティアスを見る目は異常だった。

猫のような瞳孔が細くなり、まるで獲物を前にした獣のようだった。

「特に瞳がいい……とても綺麗な瞳。少しでいい、ボクに舐《な》めさせておくれよ」

踊るように軽やかだった足取りが突然深く踏み込まれたその瞬間、ヤカがウェアキャットの首を摑《つか》んだ。喉を潰さんばかりの力で絞め上げると、ウェアキャットは足をじたばたさせながら笑っていた。口から涎《よだれ》を垂らしながら、必死にセレスティアスに手を伸ばしている。ヤカはその様を見ながら顔を顰《しか》めた。

「てめぇは発情した猫か。ペイルレイン、ちったぁ場と相手を弁《わきま》えろ」

「うにゃははは！　冗談、冗談だよお頭《かしら》～。ボクはお頭《かしら》一筋だよ～」

「言ってることとやってることが釣り合ってねぇ。今の踏み込みは本気だろうが」

ヤカが口にしたウェアキャットの名を聞いて、群衆がどよめいた。

「『瞳狩り』のペイルレイン！　あのろくでもない罪人がまだ生きていたのか……！」

「七英雄の一人の両目をくりぬいたと言われている弓使いか……！」

嫌悪感を込めて口々に話す群衆に囲まれながら、ヤカはペイルの首を絞める手を一切緩ませずにセレスティアスに詳細を話した。

「逸話ぐらいは聞いたことがあるだろう。瞳に取り憑《つ》かれた、目ばかりを狙う弓使い。七英雄の一人の双眸《そうぼう》を貫き、盲目にさせた女……こいつがその『瞳狩り』だ」

「大戦中どの勢力にも属さず、ただただ強者の目を射貫《いぬ》くということだけをしてきたという、あの殺人鬼か」

セレスティアスのペイルを見る目が変わり、宝物を見つけた子供のような輝きを宿す。

まだ子供だったセレスティアスも話ぐらいは聞いたことがあった。

――夜に泣く子は、猫に目玉をくりぬかれるぞ。

それは悪い妖精のお伽話《とぎばなし》だったが、実際に両目を奪われて殺害される者が続出する時期があった。瞳狩りの妖精の噂は、現れる度にどの国にも広まった。

被害者の多くは特別に美しい者、特別に強き者、特別に残忍な者、特別に貧しい者など、良きにしろ悪《あ》しきにしろ、某《なにがし》かの特筆すべき点のある者達だった。

生き残った被害者曰《いわ》く、唐突に目玉を貫かれた。曰く、射貫かれる者は頻繁に黒い猫を見かけるようになる。曰く、這うように放たれた矢に目を貫かれた。

世界樹の涙を口にする前とはいえ、七英雄の一人もまた、戦場で唐突に瞳を失い盲目となった。同じく弓使いであったその英雄の敗北は、当時の帝国《ハンナヴァル》では大事件として扱われていた。それをやってのけたのが、この瞳狩りのペイルレインだとヤカは言う。

「こいつの出自がどういうものかは俺様も知らん。罪人奴隷を専門にしている商人が行方不明になり、その捜索を依頼されたんだが、商人が子飼いにしていた傭兵《ようへい》や闇歩きは全員死んでいた。旅団はそいつを探すために闇の中に入り込んだわけだが……」

「その先でこの女と遭遇し殺し合いになったと、そういう顚末《てんまつ》なのだな」

「ああ、その上諸共《もろとも》に闇に呑《の》まれた。昨日の敵は今日の友じゃねぇが、共闘せざるを得なくてな。正直こいつがいなけりゃ篝火旅団の全滅は避けられなかったろう」

ヤカは首を絞める手を少しだけ緩めて、ペイルを床に降ろした。

「悪いことに俺様の瞳がこいつのお眼鏡にかなっちまった。気を抜けば俺様の目を射貫こうとしてきやがるもんで、ろくに眠れてねぇってわけだ」

「………」

「近づくなら気をつけな。こいつの構えは俺様の動きよりも速い」

セレスティアスに見つめられて、ペイルはニヤニヤと笑っている。

「ああ、いいね、とてもいい。お頭《かしら》のピュアな金色の瞳も好きだけど、君の混沌《こんとん》とした赤色の瞳も心が躍るなぁ。君はとっても素敵な人……是非射貫いてみたい」

恍惚《こうこつ》とした表情のペイルに呼応して、肩にかけている弓がカタカタと微《かす》かに震える。

その弓は、トネリコの枝で作られた簡素な弓だった。

しかし、弓のゆずか（握り）の部分に穴が空き、そこに黒い球体が収まっていた。

球体の中で、眼球のようなものがぎょろりとセレスティアスを見つめている。

「これは『這《は》い回る弓』って言うんだ。選《え》り好みしない子なんだけど、こんなの久しぶり。

君みたいな魅力的な人達と出会う機会がたくさんあるから、災厄後の世界は大好きだよ」

セレスティアスは興味深そうにペイルに近づき、小首を傾《かし》げる。

「そなた、何故《なぜ》そこまで瞳に固執する？　眼球を集めてどうするというのだ？」

「集める？　ボクは瞳を集めたことなんか一度も無いよ。ボクが固執するのは瞳を射貫くことだ。射貫いたらそれまで、眼球に価値なんか無いさ。だって気持ち悪いし、輝きを失って腐るだけだろう？」

ペイルはくすりと笑って目を細め、品定めするようにセレスティアスの瞳を見る。

「血が通っていて、肉体に繋《つな》がっていてこその瞳だ」

「…………」

「そう。その目だよ。君がボクに何を期待しているか、手に取るようにわかる。同じように、君もボクが何を期待しているか、わかるでしょ？」

その言葉に、セレスティアスもまたニヤリと笑った。

「いいだろう。貴様が七英雄の首を取った暁には、わらわの瞳を差し出そう」

「嬉《うれ》しいな〜。でも、一人につき一つだとして、ボクが七英雄全員の首を取ったらちょっと瞳が足りなくないかい？」

ペイルが尋ねると、ヤカが口を挟んだ。

「その時は俺様の目もくれてやるチャンスをやるぜ。それでも足りなければ、帝国国民全員の瞳を差し出すなんてのはどうだ？　無論、この世界を闇から解放した後までお前さんが生き残っていればの話だがな」

「ボクは国になんか興味ないし、射貫けるなら願ってもない話さ……だけど」

目が三日月のように細まり、ペイルはセレスティアスの瞳を覗《のぞ》き込む。

「君の瞳をもらう時は必ず抵抗してほしい……死を受け入れた時の瞳は濁っていて魅力が無いから、必死に抗《あらが》うことをお願いするよ」

「当然であろう。差し出すとは言ったが、素直にくれてやるとは言っていない」

「よかった！　そうでなくっちゃ！　公認がもらえちゃったんだもん、その時になったら誰にも文句は言わせないんだから！」

ペイルは喜びながら軽やかな足取りで後ろに下がると、再びテーブルの食事に手をつけ始めた。食事の作法など気にせず、何でも手づかみで口に運ぶその姿は、この大陸においてのウェアキャットのイメージそのものだった。

各国残党の要人が連れてきた常軌を逸した個人は、そのほとんどがセレスティアスの見込みとは違うものだった。

だが、数は少なくとも粒は揃《そろ》っている。

魔都《ギャラハンドール》の大罪人、デュナミス。聖国《オーズミック》の聖女、マリアベル。篝火《かがりび》旅団の殺人鬼、瞳狩りのペイルレイン。そして、帝国《ハンナヴァル》のハイエルフ、赤盾《せきじゅん》のスフィアレッド。

「さて……」

少しだけ満足したのか、セレスティアスは玉座へ戻り、皆へ振り返った。

「此度《こたび》のお披露目は様子見と考えている者も多いはずだ。またぞろ世間知らずの小娘が妙なことをしでかそうとしているとお思いであろう？」

笑みを消し、神妙な顔つきで腰に手を当てる。

「わらわが戯《たわむ》れにこの場を用意したわけではないことを皆に知ってもらいたい」

セレスティアスはゆっくりと片手を上げ、重力に任せてすとんと落とす。

瞬間、地鳴りのような音が響いたかと思えば、玉座の背後の壁が動き始めた。

「これは代表としての覚悟だ」

それが隠された石門だと気づいた時、常軌を逸した個人以外の全ての者達が、震えた。

この世の邪悪を釜で煮詰めたかのような、重く激しいうなり声。石門の向こうの闇に、あまりに巨大な何かがいる。鎖が揺れる音が響き、闇の中の巨体が前脚を出す。

その巨大な何かは深く息を吐く。

獣じみた臭いと共に、息に微かな炎が混じる。その炎が巨体の姿を露《あら》わにさせた。

竜だ。この世の生命の頂点に君臨する、命という概念すらもデタラメな生物。

赤く輝く双眸、裂けた口から覗く夥《おびただ》しい数の牙と、逆立つように身体を覆う漆黒の鱗《うろこ》。角は禍々《まがまが》しく渦を巻き、大翼は金属が擦れ合うような音を立てて蠢《うごめ》いている。

一瞬しか姿は見えなかったが、誰もがその覇者の名を知っていた。

皆が畏怖と嫌悪《けんお》を込めて口々にその名を口にする。

逆鱗《げきりん》の邪竜、『黒天のギュスターヴ』

世界樹の守護竜の一匹にして、史上最も人を食い殺した竜である。

かつて世界樹の守護竜と帝国《ハンナヴァル》は敵対関係にあった。守護竜達は人間に干渉しない勢力であったが、凱旋《がいせん》帝が七英雄に世界樹の涙を体内に取り入れさせたことで彼らは人間に牙を剝《む》くようになったのだ。

しかしそんな守護竜達も災厄の闇には抗えず、狂い、朽ち果て、闇に呑まれた。

その中で唯一ありのままの姿で生き残ったのが、このギュスターヴである。

しかしこの竜は正気とはほど遠い。世界樹を災厄をもたらす存在へと堕落させた人間達を憎み、特に帝国《ハンナヴァル》の皇族に対して殺意を抱いている。

濁人《だくと》とは違えど、人間達にとってこの竜は敵なのだ。

そんなものが凱旋帝の血を引くセレスティアスの背後で大人しく鎖に繋がれていた。

セレスティアスは今にも食らいつかれそうな距離でギュスターヴを背にしていながら、落ち着き払っていた。

「わらわは此度の招集のために黒天のギュスターヴと契約を結んだ」

多くの者が、「そんなことは不可能だ」と口々に呟《つぶや》いている。

そう思うのは当然の話だった。古くから妖精や精霊などの幻魔《げんま》とは契約という形で協力関係を結ぶことが可能だったが、現在は妖精球のおかげで強制的な契約状態にすることができる。この道具が出現したせいで人間と幻魔《げんま》の関係は劣悪なものとなり、言うなれば協力関係から従属へと変化した。幻魔《げんま》側からすればもはや人間は敵として認識されるべき存在であり、災厄後はまともな幻魔《げんま》は狂い果てたか消滅したかのどちらかである。

その幻魔《げんま》の長《おさ》とされるのが、竜種や天使。人間と契約した前例はあるにはあるが、太古の神話だ。その竜種との契約を、この小娘は結んだと言っている。

「さしもの邪竜であろうと、闇には抗えぬのだ。それだけ凱旋帝と七英雄は脅威ということだな。故に手を結んだ」

またしても、不可能だ！　と声が上がる。人間、まして帝国《ハンナヴァル》の血筋と竜種が契約することなどあり得ない、と。

セレスティアスは涼しい顔をしながら胸の前で腕を組んだ。

「対価は我が命。災厄を晴らした暁には、こやつはわらわを喰《く》らうだろう」

自らの命を賭《と》してでも邪竜を味方に引き込もうという女帝の覚悟を目《ま》の当たりにして、有象無象は押し黙った。その沈黙をセレスティアスは笑う。

「提案者である以上は命を捧《ささ》げる程度のことはすべきであろう。闇を晴らさねば我らに未来は無いのだから」

その言葉は自己犠牲を意味しているのかもしれない。だが、この場にいる誰一人も、彼女が自己犠牲を示しているとは思えなかった。

「今一度お前達に問う。徳ある者は死に絶えた。ならばこの世界においての光は何だ？　太陽はどこにある？　何を薪にして世界を照らせばこの闇は晴れる？」

そう言いながら彼女はまるで祭りの前夜の子供のように、笑っているからだ。

背後に輝く邪竜の赤き瞳に照らされながら、セレスティアスは両手を広げる。

爛々《らんらん》と輝く彼女の瞳は、赤き竜のものよりもなお強く狂気を内包していた。

「正気を捨てよ残党共！　この腐った世界で呼吸をすることを止《や》めぬ見苦しい俗物共よ！　正も義も害も悪も諸共に窯に放り込み、そうしてできた煮えたぎる業《ごう》に火を灯《とも》せ！」

羅刹の女帝、セレスティアス・ウェア・ハンナヴァルは、己の狂気に火を灯し、この場にいる全ての者達を鼓舞する。

「──狂気には狂気を、常軌を逸した個人を集わせろ！　その我らの業火《ごうか》をもってして、この世にはびこる闇を払うのだ！」

竜の唸《うな》りにかき消されることなく、覇気を含んだセレスティアスの声が響き渡り、その場にいる誰もが震えた。狂気に狂気をぶつけたところで、世界を包む闇が払えるという道理などどこにもない。

されどこの羅刹の姫の言葉と姿には、もしやと思わせるだけの得体の知れない力があった。残党の連合を招集させるための催しと思っていた者達は、自分がこの場にいるべきでないことを即座に理解し、逆にこの場に相応《ふさわ》しき気風を持つ者達は高揚感を胸に抱いた。

そしてセレスティアスが覚悟を示したその直後、

──大聖堂の大扉が重々しい音を立てて開かれた。

皆の視線が何事かと扉の方へ移る。そこには、薄汚れたドレスを身につけた女と、錆《さび》だらけの鎧《よろい》を纏《まと》う騎士が一人立っていた。

唐突に現れたその二人に皆が眉を顰《ひそ》める中、セレスティアスは訝《いぶか》しげに騎士を見て、そしてその横に立つ奇妙な女を見た。女もまたセレスティアスの姿を視界に捉える。

そして二人は同時に驚きを表情に露わにした直後──女はセレスティアスを睨《にら》みつけ、セレスティアスは女を嘲笑《あざわら》うように目を細めるのだった。

第三節
波乱含み
個人は集う

大聖堂へたどり着いたイオリアは、セレスティアスを瞳に捉えながら怒りを発露させた。会うのは十年ぶりだがイオリアはひと目でその女がセレスティアスであることに気づいた。

あの夜、躊躇《ちゅうちょ》することなく手を離した時から、妹は何一つ変わっていなかった。まるでこの世で最もくだらないものを見るような目で……あの頃と何も変わらない瞳で、玉座の上でイオリアを眺めている。

怒りで奥歯を割り砕きそうになりながら、イオリアは彼女を睨みつけた。

「何者か」

セレスティアスが問うと、イグルーが前に出てイオリアを守るように剣を構えた。衛兵達が即座に二人を取り囲み、槍《やり》と剣を向けてくる。

イオリアは平静を保とうと必死だった。ここに至るまでに、イグルーは立ちはだかる障害を全て薙《な》ぎ倒してきた。彼はイオリアを連れてただ真っ直《ます》ぐに大聖堂へ向かい、そしてたどり着いた。何人の兵士が犠牲になったのか考えると血の気が引く。

だがすでに非情への一歩を踏み出している。イグルーにフレイリアの名を騙《かた》った時から、もう後戻りなどできはしないのだ。

イオリアはヒールの踵《かかと》を打ち鳴らしながら一歩前へ出た。

「──私はバルハント王の嫡子、フレイリア・フィオス・バルハント！　常軌を逸した個人の招集に応じるためにここへ来た！　女帝セレスティアスにお目通り願いたい！」

一切の躊躇なく堂々と、イオリアは権力者達の前に出る。血に濡《ぬ》れたボロボロのドレスを身に纏い、傍《かたわ》らに錆びついた騎士を侍《はべ》らせながら、己はフレイリアなのだと胸を張る。

「……彼《か》の国は十年も昔に闇に呑《の》まれ、王の血統は諸共《もろとも》に潰《つい》えたと聞いていたが、そなたはその生き残りだと申すのか？」

「ええ、そうよ。見ての通りでしょ」

腰に手を当てて、イオリアは高圧的に言った。

わき起こるのは失笑だった。

「よりにもよってあのバルハントを名乗るとは、酔狂な輩《やから》がいたものだ」

「まだ同盟を結んでいた時代、帝国《ハンナヴァル》の庇護《ひご》を受けることになった後も、自国の誇りを捨てなかった唯一の国だ。夢見がちな国だと蔑む者はいるが、その名を騙《かた》ることがどれだけ軽々しいことか、わからぬ者はおるまいに」

「どうせ娼婦《しょうふ》崩れが此度の話をどこかで聞いたのだろう。貧者の考えそうなことですな」

「あの騎士もどき、あんな鎧をどこで拾ってきたのだ？　見窄《みすぼ》らしいにもほどがある」

小国ながらもバルハント騎士団の威光は光奪《こうだつ》戦争まで潰えることがなかった。たとえ滅びたとしても、その誇りを嗤《わら》う者はいない。それがバルハントという国だ。

いま誰もがイオリアを笑い、誰もが軽蔑していた。

しかし二人を囲む衛兵は気づいていた。イオリア達の足下が赤く汚れている。汚れは点々と大扉の向こう側から続いていた。衛兵が扉向こうの渡り廊下に目を凝らす。ごろりと転がる無数の亡骸《なきがら》を見て、衛兵二人の顔が見る見るうちに蒼白《そうはく》になっていった。

まだ騒ぎになっていない。イオリアとイグルーが如何《いか》にして城の最奥《さいおう》たる大聖堂にまでたどり着いたのかを疑問に思う人間は少なかった。動揺しながら、衛兵がイグルーを見る。

蒼《あお》い目がじっと自分のことを見つめていることに気づき、衛兵は恐怖に震え上がった。

槍の柄を握る手に力がこもり、ぎちりと音が鳴る。

イグルーもまた剣の先をわずかに揺らす。

「イグルー、殺さないで……この場を血で汚せば、話をする前にあたし達が殺される」

小声で諭すイオリアの声に、イグルーは頷《うなず》いた。

衛兵が突きを放ったのはその時だった。狙いはイグルーの首。

真っ直ぐに伸びた槍を、イグルーは空いた左手で目にも留まらぬ速さで摑《つか》んだ。切っ先はイグルーに届くことなく、彼の眼前で左右に震動しただけだった。

摑まれた槍は引いても押してもびくともせず、衛兵は狼狽《ろうばい》したままイグルーの目を見た。

竦《すく》み上がる。二つの眼《め》は見開かれ、丸く蒼い球体が衛兵を見ていた。

完全に戦意を削《そ》がれ、衛兵が槍を手放した。

もう一人はイグルーの異常性に気づいていない。横から隙を突くように剣を繰り出す。

イグルーはそれを見もせずに、左拳の裏で衛兵の頭部を軽く叩《たた》いた。

剣を持った衛兵が大きく仰《の》け反る。誰もが拳で頭を叩かれただけだと思っていた。

イグルーでさえも。

「⁉ しまった……！」

イグルーが焦《あせ》りを見せる。拳を喰《く》らった衛兵は鼻を潰され、衝撃に眼球が飛び出し、頭蓋骨を粉砕され、首がねじ切れていたからだ。

甲冑《かっちゅう》を被《かぶ》ったままの頭が天井にぶち当たり、床に落ちる。頭を失った衛兵は、二、三歩後ずさりすると、まるで噴水のように血を辺り一面に噴き出させた。

悲鳴が上がり、集まった人々がイグルーとイオリアから距離を取ろうとする。

イオリアは絶句したまま、事切れて倒れた衛兵を見てから、次にイグルーを見た。

「っ、加減が……！」

失態を恥じるように自分の頭を叩くイグルーから視線を外し、セレスティアスを見る。

セレスティアスは驚くと同時に興味深そうに目を輝かせている。

イオリアは喉をごくりと鳴らし、この後の成り行きにどう対処するかを思考した。

大聖堂を血で汚したとなれば、セレスティアスはどう出る？

「スフィアレッド」

傍らに立たせていた女エルフ、スフィアレッドに呼びかけ、セレスティアスは玉座から身を乗り出した。そして眼を見開き、告げる。

「あの二人を殺せ、今すぐにだ」

「御意のままに」

エルフの騎士が剣に手を添え、身をかがめた。

瞬間、玉座横の床が弾《はじ》け、エルフの騎士が跳躍した。細身の剣を前へ突き出した格好のまま、人々を飛び越えて一直線にイグルーへと迫る。

対してイグルーは衛兵から奪った槍を左手に持ち、肩より上で構えた。

投擲《とうてき》である。思い切り振りかぶり、イグルーは全身全霊を込めて投げ放った。投射と同時に大聖堂の空気が渦巻き、一直線に槍が飛ぶ。

スフィアレッドは目と鼻の先に迫る切っ先を、身体《からだ》ごと捻《ひね》って空中にて回避。槍は外れて邪竜が現れた門へ直撃した。

跳躍の勢いのまま、スフィアレッドがイグルーへ剣を突き立てんとする。イグルーは槍を投げ放った姿勢のまま、今度は大剣を下段からスフィアレッドへ振り上げる。

その一撃の凄《すさ》まじさたるや、まともに喰らおうものなら鎧を着ていようと血煙と化してしまうだろう。スフィアレッドの剣は細身だ。イグルーの得物であるローンダイトの鋼鉄が相手では容易《たやす》くへし折れる。

しかし、両者の一撃は激突しなかった。

スフィアレッドは剣同士が接触した瞬間、着地と同時に突きの軌道を変えて上方へそのままイグルーの一撃を受け流した。竜巻のごとく空気が巻き上がる中、大きく空振りをしたイグルーは剣ごとわずかに浮き上がった。

右脇ががら空きになる。大剣と細剣、立て直しが速いのは当然後者だ。受け流したといっても、スフィアレッドの身体もまた反動と衝撃で後方へ吹き飛ばされる。このまま距離が離れて着地を待ってから攻撃に移るようでは、イグルーに対処する猶予を与えてしまう。

スフィアレッドは、剣を左胸前に握りしめるように構え、空中にて右足を曲げた。右足の裏側に凍った空気の壁を出現させ、スフィアレッドはそれを蹴った。

足場魔術によって空中で二段目の跳躍を果たしたのである。

グンッと、スフィアレッドがイグルーの眼前に迫る。

スフィアレッドの中で心象が先行する。このまま突きを放ち、鎧の隙間に刃《やいば》が滑り込み、イグルーが事切れる瞬間までを容易く予測できた。

しかし、その心象は覆《くつがえ》る。大きく剣を振り上げたイグルーがスフィアレッドを見ていたからだ。焦りを一切感じ取れない蒼い瞳。この瞳の輝きは、絶望ではなく静観だ。

「！」

イグルーが左手で拳を握ったのをスフィアレッドは見た。全身の毛穴が開き、予知じみた第六感によって、彼女は左腕に装着させていた盾を咄嗟《とっさ》に背後へ振り払った。

衝撃と、盾を削り取るようなけたたましい金属音。

盾が受けたのは槍だ。さっきイグルーが投擲した槍が、スフィアレッドへ向けて舞い戻ってきたのである。槍は丸みを帯びた盾に阻《はば》まれ、軌道を逸《そ》れて大聖堂の天井へ。

防御には成功したが、スフィアレッドの顔から血の気が引く。イグルーが上方へ受け流された剣を引き戻すようにスフィアレッドの脳天へ向けて振り下ろしたからだ。

縦一閃《いっせん》。落雷の如《ごと》く振るわれた鉄塊がスフィアレッドに迫る。

死を覚悟すべき状況。この一撃がスフィアレッドに直撃することは免《まぬが》れない。

スフィアレッドは目を見開き、奥歯を割れんばかりに噛《か》み締めた。

そして、後方を防御していた盾を思い切り真上へ掲げ、イグルーの剣と激突させた。

彼女の盾は大剣を防御できるような大きさではない。盾の丸みを使って受け流すことは可能だが、これだけ大きい剣が相手では真っ向から激突させたところで盾ごと真っ二つにされて終わりだ。苦し紛れの盾撃《シールドバッシュ》。イグルーにさえもそう見えた。

だが、

剣と盾が衝突したのと同時に、スフィアレッドが叫んだ。

「――叫べ、グリモア！」

瞬間、盾の中央にはめ込まれた水晶のような球体に異変が生じる。蒸気でも詰め込んだかのような靄《もや》のかかった水晶の表面に、赤子のように小さな手形が無数に張り付き、内部に棲《す》む何かが金切り声を発した。

イグルーが戦慄する。爆発に等しい衝撃。盾から信じがたい威力の衝撃波が放たれたのだ。寸前で剣を引いて飛び退《の》いたイグルーだったが、鎧《よろい》は衝撃波によって熱を帯びている。吹き飛ばされた勢いを殺すために剣を床に突き立て、イグルーは彼女の盾を見た。

「……あれが哭鳴器《フェアリーブリンガー》という武具か」

イグルーは知らないが、スフィアレッドの名は世間には知れ渡っている。

イシスの都から濁人《だくと》を退け、セレスティアスを玉座にまで導いた傑物中の傑物。彼女の得物は剣ではなく、報復妖精グリモアを封じ込めた血染めの盾『インドゥルゲンティア』だ。

盾に棲む不気味な存在を警戒しながらイグルーが立ち上がる。スフィアレッドはイグルーの剣戟《けんげき》を殺し切れず、肘から骨が飛び出した左腕をだらりと下げていた。

こちらを睨《にら》むスフィアレッドにイグルーは目を輝かせた。

左手を前に突き出し、右手に握った剣を担《かつ》ぐ。

突き出した左手に衛兵が持っていた剣を引き寄せ、握る。

「名高き武人とお見受けした。バルハント騎士が一人、イグルー・シュヴァルケイン。貴殿ほどの騎士と剣を交えられることを、自分は光栄に思う」

血を浴びた錆《さび》だらけの鎧と、歪《いびつ》な構え。

その異質さと凜々《りり》しさが共存する振る舞いを、スフィアレッドはおぞましいと感じた。

「賊が騎士の真似事《まねごと》か。陛下は殺せと命ぜられた……私はただ貴様を殺すだけだ」

「その忠義、理解できる。自分もまた姫様をお守りするのみ」

「ほざくな、騎士もどきが……！」

イグルーの態度に苛立《いらだ》ちながら、スフィアレッドは左腕の骨を肉の中にバキリと戻した。

その時、人混みを押し分けて衛兵達がぞろぞろと集まってきた。彼らは槍《やり》と剣を構え、イグルーへ攻撃をしかけようとする。

「やめろ！　お前達は手を出すな！」

すでに構えているイグルーに対してその制止はあまりにも遅かった。イグルーの肩に担がれた大剣が水平に振るわれる。切れ味を失った剣によって、衛兵達は粘土が押し潰されるかのように頭部や胴を粉砕された。衛兵達の装備が無造作に床に転がり、飛び散る肉片と血しぶきがスフィアレッドの身体を汚す。一振りで七名もの衛兵を屠《ほふ》った後、イグルーは何事も無かったように再び剣を肩に担いで構えている。

「我が鉄血《てっけつ》に火花を」

血煙の中、騎士が蒼き目を輝かせる。その構え、その口上、その能力。どれをとってみても、彼が落陽騎士であることは明らかだった。

逃げ惑う人々の誰もが叫ぶ。

本物だ、本物の落陽騎士だ――と。

「…………」

スフィアレッドは頬にかかった血を手で拭い、呆《ほう》けたように目を泳がせていた。

逃げ惑う人々、部下達の死、イグルーの鬼神の如き強さ。恐怖を抱くのは当然だろう。この混沌《こんとん》をどう収めるかという責任ものし掛かっている。

しかし、違う。それらに対して彼女は狼狽《うろた》えているのではなかった。

彼女の視線の先にあるのは、自分を汚す赤い液体と肉片だった。

「は、あ……？」

手で拭った血と肉を見て、スフィアレッドは目を大きく見開いて口を戦慄《わなな》かせる。

「…………なんてことを……」

震える指先。跳ね上がる鼓動。スフィアレッドの意識が混濁する。

わき起こるのは絶望と悲嘆と――そして怒りだった。凄絶に顔面を引きつらせたまま、スフィアレッドの盾を握る左手に夥《おびただ》しい血管が走り、筋肉が膨れあがった。

「お前……私を、汚《けが》したな……！」

目が血走る。数秒前まであった理性が消し飛んでいく。凄まじい怨嗟《えんさ》を吐き出した彼女の口には、二本の鋭い牙が生えていた。さらには身体についた血液が、まるで染《し》み込むようにスフィアレッドの肌へ吸い込まれていく。

その姿、その体質が意味するのは――

「貴殿、まさか吸血鬼なのか？」

最強を豪語し、災厄により滅びた不死の種族。スフィアレッド・ルドワールは、エルフと吸血鬼の混血だった。吸血鬼と口にされ、スフィアレッドの怒りが爆《は》ぜる。

「私を、その名で呼ぶなああああああああああああッッ！」

スフィアレッドが上体をかがめた瞬間、大聖堂の床が砕けた。

イグルーは咄嗟に剣の腹を盾のように構える。直後、尋常ではない衝撃が彼を襲い、その身体が大聖堂入り口の壁に激突した。

「――ぐッ！」

わずかな呻《うめ》き声が漏れるが、イグルーの眼《め》は見開かれたまま次なる攻撃を予見した。激突した壁を蹴り、床へ向かって跳躍したのは回避のためだった。

入れ違いでイグルーがいた壁が衝撃に弾け飛ぶ。大聖堂の入り口は壁ごと崩壊し、衛兵や権力者達を幾人か巻き込んだ。大聖堂の壁を一撃で崩したのは、スフィアレッドの盾と凄まじい腕力だった。彼女の武器は剣ではなく、妖精の呪いを纏《まと》った盾による殴打《おうだ》だ。

壁に盾を叩《たた》き付けた彼女は、着地したイグルー目がけて跳躍した。

稲妻の如く飛来するスフィアレッド。イグルーは振り返りざまに大きく剣を振るった。

激突する二つの狂気が衝撃を生む。拮抗《きっこう》する中、イグルーはスフィアレッドを脅威と断定した。長引けば守るべき姫に被害が及ぶ。これはもはや武人同士の戦いではない。

ならば、

「爆ぜよ、鉄血」

イグルーの眼が蒼《あお》く輝き、鎧に纏わり付く錆が一瞬蠢いたかと思えば、大聖堂の広間に散らばった剣や槍、権力者達の護衛を務める兵の武器がカタカタと音を立てた。

刹那、床に落ちていた槍はひとりでに勢いよく跳ね上がり、兵の剣はひとりでに鞘《さや》から抜き放たれて回転しながら飛翔《ひしょう》した。

総じて三十あまりの武器がイグルー目がけて順番に飛来する。

だが、スフィアレッドは再び盾の魔力を解き放ちイグルーの剣を弾《はじ》き返すと、飛来したほぼ全ての武器もまた盾で弾き飛ばした。

武器の数々が砕け散る中、イグルーは両の足を踏ん張ると、大剣の突きをスフィアレッドへ放つ。その襲撃をスフィアレッドは再び盾で防ぎ、衝撃波により弾いた。

イグルーは彼女の盾の力を理解する。あの盾は受ければ受けるほど衝撃そのものが蓄積するのだ。イグルーの斬撃が重ければ重いほど、赤き盾の報復も重くなる。

であるならば重さではなく、速さで勝負を挑むまでのこと。

イグルーは攻撃を弾かれた勢いのまま、己《おの》が体内を駆け巡る鉄血に熱を迸《ほとばし》らせて、大聖堂にあるあらゆる武器を引き寄せた。左手に飛来した剣を掴《つか》み、スフィアレッドへ投擲《とうてき》。

続けざまにもう一投、さらに一投。そして三投目に重なるように大剣を繰り出す。スフィアレッドは剣の投擲を連続で弾き、振り下ろされた刃に対して衝撃を破裂させる。

止まりはしない。一瞬でも動きを止めれば、間違いなく止めた方が屠られる。二人の猛攻の応酬は大聖堂をかき乱す暴風と化していた。

その嵐の中で、イオリアは立ちすくんでいた。

「あ……う……っ」

自分がバルハントの王族であるなどという嘘《うそ》が通用しないのはわかっていたが、イグルーが本物であるという事実を証明できれば受け入れられると思っていた。

証明はできたが、各国残党の権力者の集まる場所でこの暴走。死罪は免れない。常軌を逸した個人に参加することはもはや不可能だ。

「イ、イグルー、やめなさい……イグルーっ、戦っちゃダメよ！」

声が届かない。剣戟に掻《か》き消されて少しも聞いてくれない。

恐ろしさにたまらず親指の爪を噛む。

どうする？　どうすればいい？　何をすれば、この場を収められる？

イオリアは震えたままその場に膝をつこうとした。

不意に、視線の先の玉座に座っているセレスティアスが自分を見ていることに気づいた。

セレスティアスは冷ややかにイオリアを見下ろしていた。まるで塵芥《ちりあくた》でも眺めているかのように、つまらなそうに一度だけ見つめて、すぐに暴れる二人の方へ視線を戻した。

――込み上げた。何か、どす黒い感情が――

ああ、そうだ。あの目だ。闇に呑《の》まれた森の中、谷に自分を叩き落とした時のあの目。

忘れもしない。まるでゴミのように、まるで蟲《むし》のように――！

――ただいらない物を捨てただけだとでも言うように、あたしを！

震えが止まる。怒りがわき起こる。

拳を握り顎を上げ、イオリアは引きつった顔のまま歯を食いしばった。

そして叫ぶ、この状況を収めるための唯一の方法を――

☆

イオリアが叫ぶ少し前、イグルーとスフィアレッドの剣戟の刃音を耳にしながら、魔人デュナミスと瞳狩りのペイルレインはその戦いを食い入るように瞳に焼き付けていた。

二人を連れてきたデイモスとヤカもまた観戦している。逃げ惑う権力者達など気にもせずに、二人はまるで木にとまった小鳥でも眺めているかのようだった。

ヤカは酒を呷《あお》って、スフィアレッドの様子に肩を竦《すく》めた。

「相変わらず、あの嬢ちゃんは血を嫌ってんのか」

「赤盾《せきじゅん》。その異名の由来は、返り血を嫌うあまり盾だけが赤く染まっていたからじゃと聞くが……そんな娘が吸血鬼になるとは皮肉なものじゃな」

「あの潔癖ぶりに血の渇きはつれぇだろうに、意固地なもんだなぁ」

「さて、どうかの。あれは潔癖というよりはむしろ……いや、言うまい」

デイモスが続きを濁すと、ヤカは横目で彼を見た。

「どう思う翁《おきな》よ。あの錆だらけの騎士は本物か？」

「鉄血などという鬼畜な人体改造の末に得た異能を用いる騎士など、彼《か》の国の者以外におるまい。本物じゃろうて」

「へぇ。しかしあんなバケモンが何百人もいる国が、なんで滅びたんだ？」

「古い慣習に縛られた国に未来なぞあるものか。滅びるべくして滅びた国よ。落陽騎士にしたところでアレは異常じゃがな」

「あれ程の男を殺してしまっていいものかね。姪御《めいご》の要望にうってつけだと思うんだが」

「やめておけやめておけ、アレはあのまま殺しておくが吉よ。落陽騎士なぞ、どこの誰でも手に余る」

「そうは言うがこのままじゃ泥沼だぜ。決着がつかねぇよ」

ヤカが空になったグラスをそのへんに投げると、彼の脇腹を小突く者がいた。

ペイルだ。涎《よだれ》を垂らしながらしつこく小突いてくる。

「お頭《かしら》、お頭《かしら》、矢をおくれよ。ボクに番《つが》えさせておくれよ……！」

妄執が宿る彼女の瞳に、ヤカはうんざりしたような顔で骨付き肉をむしゃりと齧《かじ》った。

「矢なんざ持ち込んでるわきゃねぇだろうが」

「このさい棒状のものならなんでもいいよ。あの騎士の目、ほしい。あれはボクのだ、誰にも渡さない……！」

身を捩《よじ》らせるペイルに呆《あき》れるヤカ。それをデイモスは笑った。

「よいではないか。そやつが本物の瞳狩りかどうか、ここで披露するのも悪くなかろう」

「そう言うならそっちも示したらどうだい。戦前の魔人なんざ誰も知らねぇんだからよ」

「ふん。小童《こわっぱ》がぬかしおる」

デイモスは横目でじろりとデュナミスを見た。静かに佇《たたず》む魔人は、氷のような冷たい瞳でイグルーを見ている。デイモスはその瞳の奥に宿る凍えそうな感情を読み取った。

「……『黒片《こくへん》』を此処《ここ》へ」

細く干からびた右手を横へ広げると、床に影が蠢《うごめ》き、影の中から従者らしき者が現れてデイモスに一振りの刀を差し出した。デイモスはその刀を摑むと、左手の指をパチンと鳴らす。指が鳴ると同時に、デュナミスにかけられていた手枷《てかせ》と足枷が砕け散った。

デイモスが刀を投げ、デュナミスが右手で摑む。

「聖堂は壊してくれるなよ。敵は落陽騎士ただ一人、他は殺《あや》めるでない」

デイモスの言葉を聞いているのかいないのか、デュナミスは鞘から刀身を覗《のぞ》かせて眼前に寄せる。鞘から覗く刃《やいば》は、柄《つか》も鍔《つば》も無く、まるで巨大な黒曜石を割り砕いて偶然できた破片をそのまま刀にしているかのようだった。はばきがあるため元は刀の体《てい》を成していたのだろうが、剝《む》き出しになった茎《なかご》に布を巻いただけの代物だ。

長年の酷使により朽ち果てたのであろうが、その刀身は今もなお闇より深い。中には、はばきの部分には小さな水晶、妖精球がはめ込まれていた。中には、蠢く黒き羽根が詰まっている。それを確認して、デュナミスは刀身を鞘に収めて腰に携えるように持った。

半身を引き、静かに刀を構える。

――間合いは遠い。二歩三歩の踏み込み程度で届く距離ではない。

だがデュナミスは己の間合いにイグルーを捉えていた。

彼にはイグルーに対する明確な殺意があった。その殺意の根源が如何《いか》なるものかは計り知れずとも、清流のような動きで構えた彼の所作の全てに、殺すという意思が宿っている。

ヤカは横目でデュナミスを見やりながら舌打ちをした。

「薄気味のわりぃ野郎だ……まあ気味の悪さならこっちも負けちゃいねぇがよ」

言いながら、ヤカが食べ終わった骨付き肉の骨の先端を折る。

折れた骨の大きさは小柄な人間の腕ほどの大きさだ。

「ペイル、てめぇならこいつで十分だろ」

ヤカが骨を放ると、ペイルがイグルーを見たまま骨を掴んだ。ペイルは武者震いをしながら、その骨の関節部を弓に番え、目の前のテーブルを蹴り飛ばして障害物を排除した。

「あは……あはっ……！」

その構えは、弓術にしてはあまりに異形であった。腰を深く沈め、左足を前に伸ばしきり、右足は折り曲げている。まるで地に這《は》わせるように弦《つる》を引き、見上げるような形でイグルーを狙っている。それは断じて弓を射る構えではなく、まるで背を伸ばす猫そのものだ。

弦が金切り声のような音を立てる中で、笑みにまみれたペイルの悦楽が頂天に達する。

そして今まさにイグルーへの攻撃を開始しようとした——その時だった。

「——あたしを狙いなさい！」

阿《あ》鼻《び》叫《きょう》喚《かん》の大聖堂で女が叫んだ。血に濡《ぬ》れた古びたドレスを身に纏い、怒りに任せて叫ぶその女に、ペイルとデュナミスの注意が初めて向いた。嵐のような剣戟《けんげき》を交わすイグルーとスフィアレッドを背にしながら、イオリアが開けた大聖堂の中央で己の胸に手を当てながら叫んでいる。

「誰でもいい、これ以上死人を出したくないならあたしを殺しなさい！」

ペイルとデュナミスは一瞬動きを止めた。

女からは余裕の無さが滲《にじ》み出ていた。身体は震え声も上ずっている。殺せと言うわりに死を覚悟している様子は無いし、むしろ生きようと足掻《あが》こうとする往生際《おうじょうぎわ》の悪さが垣間《かいま》見《み》えた。

誰が見たってわかる。あの女に死ぬ気なんか無い。

「驚いた、ありゃあイオナか？　なにやってんだあいつ」

イオリアと面識のあるヤカは、まず彼女が生きていたことに驚いていた。

イオナはイオリアが旅団に所属していた頃の偽名だ。元七英雄の一人だったヤカがイオリアを旅団に入団させたのは、彼女が皇族の一人で凱旋《がいせん》帝の娘だったからではない。

そもそもヤカはイオリアが皇族だということに気づいていなかった。王宮にいた頃から、彼はイオリアに興味が無かったのだ。彼が覚えていた凱旋帝の遺児はセレスティアスだけであり、他の子供達には一切関心を払わなかった。災厄後の世界を生き残った幸運と才能だけを見て彼女の入団を許し、そこでようやくヤカはイオリアの顔を覚えたのである。

とはいっても篝火《かがりび》旅団の顔ぶれの中の一人であり、若い雌ガキは珍しい程度の認識だ。

「元々切羽詰まったガキだと思っちゃいたが、性根は時が経《た》てども変わらねぇもんだな」

イオリアを特段気に掛けていたわけでもなく、旅団を抜ける際も興味を示さなかったヤカは、彼女のもがく姿にわずかな哀れみを向ける。

その時、ペイルの引いた弓の弦がキリリと音を立てた。見れば、彼女の瞳にはイグルーを見ていた時の恍惚《こうこつ》とは違う、蔑みのようなものが宿っている。

「あの子、お頭《かしら》の知り合い？」

「昔旅団で面倒を見ていたクソガキだ」

「そっか。殺すね」

「あん？　別に構わねぇが、目は狙わないのか？」

ペイルの狙いがイグルーからイオリアへ移った。

「ああいう目は殺すことにしてるんだ。目障りだからね」

弓の中央にはめ込まれた水晶の中で、瞳の姿をした妖精が激しく震えた。

「みっともなく輝いてんじゃねぇよ、ガラス玉……！」

ペイルは骨を放った。通常の矢とは違い、骨は直線でもなければ羽根も鏃《やじり》もついていない。狙い通りに飛ぶわけがないのだ。放たれた後、骨はあらぬ方向へと荒ぶりながら飛んでいく。わずかに浮き上がったかと思えば地面に墜落、本来ならばそういう軌道を描くはずだった。

それは墜落後——床を這った。まるで蛇のように、矢が飛ぶのと同じ速度で床を這い進んだのである。糸で縫うように群衆を、障害物を避けて一矢《いっし》がイオリアへ迫る。

真《ま》っ直《す》ぐに飛ばず、うねる矢など存在しない。

骨だったものは放たれた直後に矢の形へと変化していた。両手を広げて叫んでいたイオリアが気づいたのは、床から飛び上がるように矢先が眼前に迫った時だった。

煌《きら》めく矢の切っ先が、頭蓋を割って外に出るのが容易に想像できた。こんな時ばかり想像力豊かな自分の頭が憎らしいと思うところまでが、イオリアに許された思考だった。

「姫様！」

イグルーが危機を察知する。スフィアレッドと剣戟を交わしている最中に、イグルーの顔が強張《こわば》ったかと思えば、彼の纏《まと》う鎧《よろい》の錆《さび》の一部が蠢いた。

瞬間、イグルーの身体《からだ》が凄《すさ》まじい速度でイオリアの目の前に移動した。

移動の際、衝撃波が生じて周囲一帯の物や人が吹き飛ぶ。相手をしていたスフィアレッドもイグルーが消えたようにしか見えず、衝撃波に晒《さら》されて壁に打ちつけられた。

光の如《ごと》き速さで躍り出た直後、矢がイグルーの鎧の隙間を的確に射貫《いぬ》く。

「イグルー！」

イオリアの読みは当たった。周りに自分を狙わせれば、イグルーは戦いを止めてイオリアの守りに入る。一瞬でも止めることができれば口を挟む余地が生まれるはずだと考えたのだ。

今しかない。戦いを止めるように、イグルーを諭すのだ。

「イグルー聞いて！　これ以上暴れればあたし達は——」

「姫様！　決して動かぬように願います！」

肩口を貫かれたイグルーは剣を構えようとしたが、風を切る音が背後に迫るのを聞いて、剣を背後へ振り払った。貫通した矢が舞い戻ってきたのである。

驚くべきはそれだけではなく、矢は五本に増えていた。

イグルーの振り払った剣が五本の矢を砕く。矢は材質が骨なため砕け散る。

砕け散った破片が宙を舞うが、その破片全てが再び矢へと変形してイグルーの元へ舞い戻った。まとめて叩《たた》き落とそうとしたが、矢は蛇のようにうねる軌道でイグルーの剣を回避し、彼の鎧の隙間を貫いていく。

「面妖な……！」

弓使いに一瞬だけ目をやる。そいつは矢を放った格好のまま笑みを浮かべている。

「逃がさない、逃がさない逃がさない逃がさないよォ……！」

誘導されているかのような軌道を描く矢の数々。魔性の類であることは間違いないが、誘導とは違う。矢の一本一本が、まるで一個の生物のように意思を持っていた。

だが、分裂した矢は砕けた破片の大きさのままだ。

ならば全てを粉々に砕いてしまえばいずれは殺傷力を失う。

火の粉を振り払うように矢を砕いた時、イグルーの脳が警鐘を鳴らした。弓使いの左側、料理やテーブルの散らばった場所に、何かがいる。

黒い、影のような男だ。ぼろ布を身に纏った見窄《みすぼ》らしい外観とは裏腹に、その出《い》で立ちは武人のそれだ。まるで城壁のような威圧感にイグルーは畏怖を抱いた。

男の長く伸びた前髪に隠れていた瞳が、隙間からわずかに覗く。

そこにある殺意は闇よりも暗く鋭い。

「おおお――ッ！」

イグルーが雄叫《おたけ》びを上げた瞬間、男の殺意が爆《は》ぜた。

鞘《さや》から抜き放たれた刀がイグルーを襲う。

防いだはずだ。刀身はイグルーの剣と衝突したはずだった。

だがその刃はイグルーの身体を抉《えぐ》った。袈裟《けさ》斬《ぎ》り一閃《いっせん》。一度の踏み込みで届くはずのない距離を詰め、男はイグルーを斬った。

刀は剣と重なっている。防いだはずだ。それなのに斬撃は届いていた。血が噴き出し、口からもあふれ出す。胴を断たれてはいないが、刃はあばらを切断し内臓にまで届いていた。

さらには、防ぎきれなかった矢の数々がイグルーの身体を突き刺す。

既に満身創痍《まんしんそうい》のイグルーは、それでも刀を押し返した。

「姫様は、自分がお守りするのだ……！」

愚直な言葉に対して、男、デュナミスは口を開いた。

「国を守る者として、俺は貴様を嫌悪《けんお》する」

歯を食いしばるイグルーにデュナミスは言葉を続ける。

「貴様、騎士なのだろう？　国を守ることが務めである男が、いったい何をしている」

「騎士の本懐は、王をお守りすること……！　姫様を守ることこそが、自分の務めである！」

「護国の定義を問うつもりはないが、バルハントの王……この女がか？」

デュナミスが視線を外し、イグルーの肩越しに背後のイオリアを見た。自分が偽者《にせもの》だということを見抜かれたのだと、イオリアは直感的にそう感じた。

デュナミスはますますイグルーを蔑んだ。

「やはり相容《あいい》れぬ。国諸共《もろとも》泥に沈んでいればいいものを……敗残小国の道化騎士が」

「バルハントを侮辱する気か！」

「この一斉攻勢に貴様の狂気は利にならん。ここで死ね」

「訂正しろ！　我が国を侮辱することだけは誰であろうと許すわけにはいかない！」

イグルーの怒りが爆発し、両者の剣戟が始まる。攻撃をいなすような真似《まね》はしない。真っ向から得物を打ちつけながら、斬撃の応酬を繰り広げる。イグルーの剣は確実に刀と打ち合っているのに、デュナミスの斬撃は防いだにもかかわらずイグルーの身体に届いていた。

イグルーが繰り出す猛襲を受けてもデュナミスは一歩も引かない。

力も、技も、イグルーに劣るどころか一歩先を行っているかのようだった。

鉄血による剣の乱舞も、大剣による岩をも叩きつぶす斬撃も、デュナミスは全て叩き伏せる。激情に任せるイグルーに対して、デュナミスは息一つ乱さず、眉一つ動かさない。

相手がデュナミス一人であれば対等の戦いができたかもしれないが、しかし、
彼との剣戟の最中に、ペイルがテーブルの脚を折り、それを矢として番《つが》えた。

「割り込んできてんじゃねぇよォ……！　邪魔すんな腐れ魔人がァ！」

矢が高く放たれ、天井付近で分裂して降り注ぐ。イグルーだけにではなかったため、デュナミスもまた火の粉を振り払うように矢を叩き落とした。

驟雨《しゅうう》の如く矢が降り注ぐ中であっても、二人は剣戟《けんげき》を交わし続ける。

大聖堂はもはや地獄と化していた。存在することを許されるのは、この場に見合った者だけだ。

故に、だからこそイオリアは自分が相応《ふさわ》しくないことを自覚していた。

（ふざけんな……っ、どいつもこいつもあたしを無視しやがって……！）

最初から蚊帳《かや》の外でお門違い、この場所でもっとも不釣り合い。

だからどうした、そんなことはわかっている。

（このまま、ただ死んでなんかやるもんか……！）

何のためにここにきた。何のために敵に自分を狙わせたのだ。

（この馬鹿騎士を止めてやる――何がなんでも！）

イグルーが身体中から血を噴き出しつつもデュナミスの刀を弾《はじ》き返す。そして大きく踏み込み、剣を振り下ろそうとした時――イオリアはイグルーの目の前に飛びだした。

「っ、姫様、何を……！」

両手を広げたイオリアが目の前に現れて、イグルーの動きが止まる。

皮一枚のところで額に振り下ろされた剣が止まる。身体は震え、膝だって今にも折れそうだったが、イオリアは目だけは閉じなかった。

真っ直ぐにイグルーを睨《にら》み、頭一つ分背の高いイグルーの頬を殴りつけるように叩いた。

「王命を無視するとは何事か！　騎士として恥を知りなさい！」

怒号を飛ばすと、イグルーはわずかに仰《の》け反った。

狼狽《ろうばい》した様子で剣を引き、オロオロとし始める。

「も、申し訳ございません……しかしっ、自分は、姫様をお守りするため――」

「本分をはき違えるな！　私はこの場を血で汚すなと言ったぞ！　それが果たせぬというならば戦うな！　私の命を危うくしているのは敵ではない！　お前だ、イグルー！」

「……っ！」

「周りを見なさい……！　これは全てお前がやった！」

言われるがままに周囲を見回すイグルー。大聖堂は血と臓物《ぞうもつ》で彩《いろど》られ、床も壁も砕かれて赤く染まっていた。今になって気づいたのか、惨状を目の当《ま》たりにして絶句する。

イグルーは剣を床に落とし、その場に膝をついて頭《こうべ》を垂れた。

「この不敬と失態、弁明するつもりはございません。自分の本分は姫様をお守りすること……しかし夢叶《かな》い浮かれていたことに、今さらながらようやく気づきました」

「…………」

「騎士が姫様の政《まつりごと》の邪魔になるようなことはあってはならぬと、団長殿からも再三にわたり戒められてきたというのに、それを、自分は……っ」

イグルーは剣を差し出すように持ち上げた後、柄《つか》を握り直して刃《やいば》を自分へ向けた。

「償いは、この命をもって――！」

「――血潮にかけて私を守る、あの言葉も嘘《うそ》か？」

イグルーが目を見開き、己を貫こうとする刃を止める。

イオリアは冷たい瞳でイグルーを見下ろしている。

「いいえ、決して……！」

「王と騎士がいればバルハントは滅びない。お前が言ったのだぞ。お前が死ねばバルハントは滅びる。努々《ゆめゆめ》それを忘れず、引き続き私の騎士として仕えよ」

感極まった顔を上げ、瞳に涙すら浮かべて、イグルーはイオリアを見上げた。

「御心のままに……！　感謝します、陛下！」

刃を再び返し、額の前で誓いを立てるように剣を握る。

イオリアは深く息を吐き、心を落ち着かせる。このやりとりの全てを、大聖堂に残った者達は見ていた。イグルーを止めるのには成功したが、同時にこの惨事の責任の追及が自分にくるということの証明にもなった。

（構うもんか……何がどうあれ、これでこいつらはあたしの話を聞く……！）

イオリアはイグルーの前に立ったまま、大きく息を吸った。

「見た通りよ！　お望み通り、常軌を逸した個人を連れてきたわ！　あたしの騎士の力は十分に理解できたはずよ！」

礼儀作法や王族らしい言葉遣いなど知ったことかと言わんばかりに、イオリアはあるがままに声を張り上げる。逃げようとしていた者達も、皆がイオリアを見ていた。

「この男はあたしの言うことなら耳を貸す……！　この男が欲しいなら、あんた達の一斉攻勢にあたし達を受け入れなさい……！」

言っていて恥ずかしくなるが、事実だ。たとえ何の力も無くとも、イグルーを戦わせるためにはイオリアの存在が不可欠。自分自身の必要性は十分に示したはずだ。

（あとは……！）

その時、静まり返った大聖堂に乾いた笑い声が響いた。

セレスティアスが、蔑むような冷たい瞳でイオリアを笑っていた。

「飼い犬が噛《か》みついた後に叱りつけるだけならば、誰にでもできよう」

「っ！　見たでしょう⁉　彼はあたしを害そうとする者全てを斬り伏せる！　彼を戦わせることができるのも止めることができるのもあたしだけ！」

「それは従っているとは言わぬ。そなたはただ守られているだけだ」

セレスティアスの言うことは正しい。

イグルーの暴走を許し、暴れ尽くした後に言うことを聞かせただけだ。何か言い返さなくてはならない。自分がバルハントの王族ではないことなどとっくにバレている。セレスティアスはその事実をこの場で明かさずに、イオリアに猶予を与えているのだ。

純粋な理由ではない。あの女は、姉の足掻《あが》きを高みから見下ろして楽しんでいるのだ。まるで道化を見て笑うかのように！

イオリアが怒りを堪《こら》えようとしていると、セレスティアスは何か思いついたとばかりに人差し指を立てた。

「しかし、そうさな、興味はあるぞ。そなた実際に一度死んでみてはどうか？」

「……は？」

「自分を殺せと叫んだであろう？　そなたが殺されて、騎士がどう出るか見てみたい」

「……っ、そんなこと」

「できぬか？　案ずるな。そなたにできずとも死は勝手に訪れる。それ、すぐそこだ」

「——え？」

突然、背中に鋭い痛みが走り、その痛みは腹へと突き抜けた。

腹から黒い刃が突き出している。デュナミスがイオリアを背後から刀で突き刺したのだ。

肩越しに後ろを見ようとして吐血する。

「ゴホッ……あん……た……っ！」

「これ以上の茶番に付き合うつもりはない。諸共に死ね」

デュナミスが容赦なく刃を下向きから上向きに返す。イオリアが刃を両手で摑《つか》んで押しとどめようとするが、傷口が開き、気が遠のくほどの痛みが走る。

イオリアは一秒でも長く命を繋《つな》ぎとめようとしていた。確かに茶番だが、イオリアにとっては命を賭《と》した茶番だった。ここで死ねば負けになる。それだけは我慢ならない。

（せめてっ、セレスティアスに認めさせるまでは、まだ、死ねない——！）

だが、デュナミスの刀がイオリアの上半身を両断することはなかった。彼の動きが突然ぴたりと止まったのである。どころか、大聖堂全体が無音に近い静寂に包まれていた。

イオリアは血を吐きながら前を見た。

「イグ……ルゥ……？」

そこには跪《ひざまず》いているイグルーの姿があった。彼の鎧《よろい》から蒼白《あおじろ》い霧のようなものが立ち昇っている。霧に隠れて顔は見えず、双眸《そうぼう》だけが蒼く蒼く輝いている。

いや、霧ではない。あれは錆だ。鎧と剣を覆っていた錆《さび》が剝がれて立ち昇っているのだ。

デュナミスが刃を引き抜くと、イオリアはその場に倒れ伏した。今まで一度たりとも表情を動かさなかったデュナミスが、眉間に皺《しわ》を寄せてイグルーを睨んでいた。

「やはり貴様は……ここで死ぬべきだ」

黒い刀に魔力が通ったのか、鈍い光を放つ。だがその光を飲み込むかのように、イグルーから立ち昇る錆が激しさを増し、まるで炎のように彼を包んでいく。

「…………」

セレスティアスすらも、イグルーのその姿に目を奪われていた。

朦朧《もうろう》とする意識を保ちつつ、イオリアもまた伏せたまま彼を見る。

暴風のように渦を巻く錆の中で剣を握るイグルーに向かって、イオリアは床を這《は》いずった。止めなくてはならない。追い詰められた思考が、今この時が好機なのだと囁《ささや》く。イグルーの異常さに誰もが目を奪われている今こそ、動くべきだと思考が耳を打つ。

イオリアは怒りに我を失おうとしているイグルーの足を掴んだ。

「イグルー……やめなさい……命令よ……」

足にしがみつくようにして、身を寄せる。

「お願い……やめて……」

目の前が暗くなる。鉄靴《サバトン》の冷たい感触に体温がますます下がっていく。

「守るんでしょう。あたしを……フレイリアを……バルハントを……」

意識を保っていられず、イオリアが目を閉じようとする。

「あんたの血潮は……何のためにあるの？」

その一言が全てを止めた。錆が揺らぎ、今にも爆発しそうなほどに膨れあがった瞬間であった。何事もなかったかのように錆は鎧に付着し、イグルーは鎮《しず》まった。そして足元に縋《すが》り付くイオリアを悲痛な表情で見下ろして、彼女の身体《からだ》を両腕で支える。

「――姫ッ……！　姫様、姫様！」

正気に戻ったイグルーの姿を見て、イオリアは目を閉じる。

もうまもなく死ぬというのに、イオリアは安堵《あんど》していた。

身を挺《てい》してこの哀れな狂騎士を守ることができたから、ではない。

これでイグルーを制御できることが証明できたからだ。

全ては打算。自分の命すらも擲《なげう》った打算である。

（これで……あいつは……あたしを……認めざるを得ない……）

イオリアはイグルーに抱かれながら、小さな勝利に口元に孤を描かせるのだった。

☆

意識を失ったイオリアと、彼女を抱きながら必死に呼びかけるイグルーの姿を見ながら、セレスティアスは思案していた。

イグルーは涙を流しながら、両手から零《こぼ》れ落ちていく水を必死に留《とど》めるかのように、イオリアの傷口を手で押さえている。先ほどまでの鬼神の如《ごと》き男はどこにもおらず、そこにいるのは壊れゆく宝物を直そうとする子供のような一人の人間だ。

セレスティアスは頰杖《ほおづえ》にしていた手の指先で、頰骨をこつこつと叩《たた》く。

デュナミスが刀を構え直し、今まさに二人を殺そうとした時、彼女は口を開いた。

「──待て、魔人。殺すでない。瞳狩りも番《つが》えた矢を外せ」

デュナミスは刃を止めて、セレスティアスを横目で睨んだ。ペイルは今にも矢を放ちそうだったが、ヤカが番えた矢を奪って止めた。

デュナミスはしばしセレスティアスを睨んだままだったが、再び視線をイグルーに戻すと、止めていた刃を前へ押し出した。

だがその突きは飛来した赤い影に阻《はば》まれた。衝撃に仰《の》け反り、後退するデュナミス。

「……邪魔をするな、吸血鬼」

「陛下の命令だ。貴様こそ弁《わきま》えろ、下郎」

盾を振り切った状態のスフィアレッドが、イグルーとイオリアを守るように立っていた。

スフィアレッドはデュナミスの動きを警戒しつつ、蹲《うずくま》るイグルーを見た。怒りがぶり返したのか、盾の持ち手を握りしめる。

「スフィアレッド」

セレスティアスに名を呼ばれて、スフィアレッドは右手に持った剣の柄《つか》でイグルーの後頭部を強打した。イグルーは白目を剝《む》き、イオリアに重なるようにして床に倒れた。

激情を堪えながら従ったスフィアレッドに、セレスティアスは目を三日月のように細める。

「殺してはならぬ。女もだ」

「……しかし、女の方はもはや手遅れかと」

床に広がるイオリアの血を眺めながら、スフィアレッドは剣を鞘《さや》へと収める。

出血は明らかに致死量に達し、イオリアの肌はすでに青白くなっていた。

「ご心配には及びません」

大聖堂に芝居がかった声が響く。直後、倒れ伏したイオリアとイグルーの真上に、薄ぼんやりとした明かりが灯《とも》ったかと思えば、明かりは眩《まばゆ》い輝きと化して大聖堂を照らした。

一同目を細めながら、出現した輝きの中に翼を広げた天使の姿を垣間見《かいまみ》る。

天使は羽根を散らしながら両手を合わせ、祈りを捧《ささ》げた。その僅か五秒足らずの間に、見る見るうちにイオリアの傷が塞がり、床に広がった血液が彼女の体内に戻っていく。まるで時間を巻き戻しているかのように、イオリアの身体は元通りになった。

「各々方《おのおの》のお披露目に割り込む隙がなかなかありませんで困っていたのですが、第十三聖女のお力の証明は……これでよろしいですかな？」

大仰な台詞《せりふ》と共に、腰を曲げて恭《うやうや》しく礼をする大司教ロスト。

そしてその横にはロザリオを握りしめる元聖女のマリアベルが、膝をついて祈りを捧げている。その姿は奇跡の体現者たる聖女そのものであり、慈愛と神聖さに満ちている。

やがて天使の姿が空気に溶けるように消え失《う》せて、マリアベルがうっすらと目を開ける。

その瞳は潤み、肌は上気し、恍惚《こうこつ》に満たされていた。

「た、戦いの傷は……こ、このわたくしが、すべて……ッ！」

上ずった声でそう口にした直後、マリアベルの腹部にじんわりと赤いシミが広がった。

喜びに弧を描く唇から血が溢《あふ》れ出し、マリアベルは悦に入った表情のまま床に倒れた。

突然傷を負って身悶《みもだ》えるマリアベルを見ながら、ロストはおどけたように両手を挙げた。

「ご覧の通り、彼女の体現する奇跡は『他者の損傷を自身へ転移』させることです。魔の眷属《けんぞく》の方々には効果を発揮できませんが、対象が生きているのであればどのような傷であろうと彼女は請け負うでしょう。まさに自己犠牲、まさに聖職者、まさに聖女でしょう？」

淡々と説明するロストの横で、マリアベルは嬌声《きょうせい》に近い喘《あえ》ぎ声を上げながらロザリオから水を滴《したた》らせていた。ロザリオから溢れる得体の知れない水が床に広がり始めると、見る見るうちにマリアベルの腹部の傷が治っていく。

「ああ……主よ……どうか、どうか汚《けが》らわしいわたくしを……お許しください……」

マリアベルは床に片頬をつけながら涙と涎《よだれ》を垂らす。表情は悦楽に歪《ゆが》みながらも、そこには確かな悲しみが宿っている。その姿を楽しげに見下ろしているのはロストだけだ。

スフィアレッドはあまりの哀れさに目を逸《そ》らし、デュナミスは刀を収め、ペイルはヤカから矢を奪い返そうとしていた。そしてマリアベルが気を失い、大聖堂が静寂に包まれる。

混沌《こんとん》の宴《うたげ》が酣《たけなわ》となった時、手を叩く音が響いた。

喝采と呼ぶには乾きすぎているその音の根源には、セレスティアスがいた。

血みどろになった大聖堂に咲く一輪の花のように、羅刹の女帝は微笑《ほほえ》んだ。

「招集への参上、大義である。此度《こたび》の攻勢はここに集いし常軌を逸した個人を主として組み上げる」

拍手を止めて、両手を合わせながらセレスティアスは小首を傾《かし》げた。

「向かうは断崖要塞、狙うは七英雄が一人——『抱翼《ほうよく》のアーヴァイン』の首だ」

その名を耳にした者達は、皆鋭く目を細めた。

セレスティアスは凄絶な笑みを浮かべながら両手を広げた。
「さあ、共に闇を払おうではないか、諸君」
影になった少女の顔。その瞳の奥に宿るのは、ただただ純粋な期待と享楽だった。
背後で邪竜がうなり声を上げ、大聖堂の大扉が閉じられる。
かくしてお披露目は幕を閉じ、常軌を逸した個人は集った。
この者らに協調性や仲間意識など存在しない。使命感や大義名分も欠片《かけら》も無い。
あるのはただ、煮えたぎるような利己的な狂気のみであった。

第四節

狂乱する森

遠くから聞こえる鐘の音に目を覚まし、イオリアは薄暗い石造りの天井を眺めながら、ぼんやりとした頭でいましがた見たばかりの夢の余韻にため息を吐《つ》いた。

それは幼い頃の記憶だった。煌《きら》びやかな庭園で、噴水のそばに座りながら、母と姉と共に過ごす穏やかな午後。凱旋喇叭《がいせんらっぱ》の音と共に城門が開いたのに気づき、三人で走り出す。

城門を越えて、銀の鎧《よろい》に包まれた兵士達と共に、白馬に乗った父と英雄達が姿を現す。民衆の歓声に包まれながらやってくる父に駆け寄り、抱き上げられる。

頬ずりすると黄金の髭《ひげ》がくすぐったかったのを覚えている。

けれど、父の顔も英雄達の顔も、どれ一つとして思い出せなかった。

石天井に映されていた夢の残滓《ざんし》が闇に溶けて消えていく。

イオリアは身体を起こし、どうして眠っていたのか思い出そうとした。

「そうだ……あたし、後ろから刺されて……！」

腹部に手を当てるが、傷らしきものは見当たらない。周囲を見回す。自分がいる場所は簡素なベッドと燭台《しょくだい》だけが置かれた牢《ろう》の中であることがわかる。刺されたことも、イシス城へ乗り込んだことも夢ではなかったのだと知り、イオリアはベッドから立ち上がった。

イグルーはどうしたのだろうと考えて、さっきから響いている鐘の音に気が向く。

ゴン、ゴンと音がする。鉄格子《てつごうし》に顔を近づけて廊下の奥を見る。音は奥牢の鉄扉《てっぴ》から響いていた。

きっとあの牢にイグルーがいるのだ。

イオリアは牢から抜けだそうと、鍵開けに使えそうなものが無いか床を調べた。

その時、鉄扉を叩く音に混じって足音が近づいてきた。イオリアは慌てて立ち上がり、狸寝入《たぬきねい》りをしようとベッドに潜り込もうとした。

「そんなに慌ててどうしたというのだ。まさか錠前を開くための針金でも落ちていないか探していたのではあるまいな」

その声に、イオリアの動きが止まる。

鉄格子の向こうから近づいてくる足音がすぐ目の前までやってきた。そこには、ローブを羽織ったセレスティアスが、ランタンを片手に立っていた。

イオリアがあからさまに睨《にら》みつけてくるのに対して、セレスティアスは無表情だった。

「十年ぶりといったところか。正直、生きているとは思わなかったぞ」

「セレスティアス！」

鉄格子を殴りつけるような勢いで摑《つか》みながら、イオリアはセレスティアスに顔を寄せる。

「あたしがあんたのせいで、今までどれほど……！」

「あぁ、よせよせ、貴様の身の上話になど興味は無い」

「……な、なんですって⁉」

「私が貴様に問いたいことは一つだけだ」

セレスティアスはイオリアの怨《うら》み言を歯牙《しが》にもかけずそう返した。イオリアが屈辱に顔を歪ませる。怒りを抑えようとするが、表情から血のように滲《にじ》み出てきてしまう。

落ち着けと自分に言い聞かせる。セレスティアスが言うように、自分もまたこの女に復讐《ふくしゅう》するためにイシスまでやってきたわけではないのだから。

セレスティアスが視線を外し、今も轟音《ごうおん》が響いてくる鉄扉の方を見た。

「貴様は本当にあの男を御せるのか？」

「それだったら証明してみせたでしょう！　イグルーを解放しなさい……！　あたしがそばにいれば大人しくなる……あのままでは死んでしまうわ！」

息を荒げながら言うと、セレスティアスは鉄格子を指でひと撫《な》でし、目を細めた。

徹頭徹尾、イオリアに対してはゴミを見るような目だ。

「悪いことは言わぬ。あの男を手放せ。譲るのならば望むものをくれてやるぞ」

「絶対に嫌よ。あいつはあたしが拾った！　誰にも渡すもんですか！」

一歩も引かず拒絶を示しても、セレスティアスの反応は変わらない。

ただ一度だけ嘆息し、鉄格子から手を離した。

「そうか。ならばそれでよい」

「あたしを殺すつもりなら好きにすればいい。殺した後にあいつがどう出るかわからないような無能だっていうならね！」

「そのような無益なことはせぬ。貴様がいなければあの男が機能せぬというのなら、貴様ごと迎え入れるまでのこと」

イオリアは少々面食らうが、あのセレスティアスに自分を受け入れさせられたことに優越感を感じてしまう。訝《いぶか》しみながらも口元に笑みを作る。

「いっそあたしのことが必要って、素直にそう言ったらいいじゃない？」

「貴様がやらぬなら私が自らあの男を使うだけだ。しかし本当によいのか？」

セレスティアスがフードを被《かぶ》り、鉄格子に背を向ける。

何が？　イオリアは眉根を寄せた。

「貴様、前線に立つ覚悟はあるのか？　思うに、あの男は貴様のそばを決して離れぬ。貴様がいなければ機能しないのだから、貴様にも戦いに出てもらう他あるまいよ」

イオリアは自分の頬が強張《こわば》るのを感じた。よくよく考えれば当然だ。イグルーを戦わせるのならばイオリアの存在は不可欠、イオリア自身も戦いに身を投じることになる。

「と、当然でしょ。これでもあたしは闇歩きよ。修羅場を乗り越えた数は――」

「二日後に我らが落とすのは断崖要塞だ」

虚勢を張ろうとしたイオリアを遮るようにセレスティアスは告げた。

その場所の名を聞いて、イオリアは全身の血の気が引くのを感じた。

「七英雄が一人、『抱翼のアーヴァイン』の手によって母親の命が奪われた場所といった方が、貴様にはわかりやすいか」

断崖要塞と呼ばれる場所は、イシスへ繋《つな》がる山道を守るための難攻不落の拠点だった。

そしてイオリアが母親を失った場所でもある。

災厄の直前まで、イオリアの母、姉のカルナとセレスティアスは断崖要塞でイシスからの迎えを待っていた。情勢の緊迫化が進み、疎開しようとした折に災厄に見舞われたのである。

断崖要塞は世界樹の腐った樹液の波が到達する前に、すでに地獄と化していた。

元凶は皇族警護役として随伴していた七英雄の一人、アーヴァインだ。果実の摂取により根が身体《からだ》に浸透していたアーヴァインは、世界樹の崩壊と共に理性を失った。

イオリアはアーヴァインが異形の翼で母の身体を包み込むようにして握りつぶしたのを確かに見た。今も目に焼き付いたままで夢に見るほどの光景だ。その後、イオリアは深い森を抜けて逃げる最中に姉を失い、妹に谷へと突き落とされたのである。

「あそこが今どうなっているか、闇歩きならば知らぬわけではないだろう」

地域の危険度はイシス湖を水源とした川からどれだけ離れているかによる。イシス湖の水は川だけでなく地中に浸透し、地下水脈となって大陸中に行き渡っており、湧水となって川を形成する支流も多く存在する。

そういった水の恩恵を得られない地域に濁人《だくと》は溜《た》まり、七英雄が根城としていた。

狂乱する森と呼ばれる危険地帯を抜けた先に断崖要塞はある。水源もなく川もない隔絶された闇の中にあるその場所は、イシス近辺では最も闇の濃い魔境と呼ぶべき場所だった。

「貴様が何をしにイシスくんだりまで足を運んだかは知らぬし、興味も無いが、命をかける価値があるものか今一度よく考えてみるがいい」

頬を嫌な汗が伝う。狂乱する森と断崖要塞。どんなにがめつい闇漁《あさ》りであろうとも絶対に近寄らない。あの森を突破した者は誰もいなければ、入って帰ってきた者もいない。

自分以外は――

かつての記憶が蘇《よみがえ》る。谷底に落とされ、助かったはいいものの、目を覚ませば辺り一面は闇で埋め尽くされていた。濁人どもの雄叫《おたけ》びだけが響いていたのを覚えている。膝を抱えて泣くこともできず、足の裏の皮がめくれ上がるまで走り続けた。

あの記憶を忘れたことはない。心が恐怖に蝕《むしば》まれ、おぞましい何かに変質しそうになった時、母から預かった王器を握りしめると正気を取り戻せた。正気に戻れたからよかったなどということはない。正気に戻れば恐怖が戻ってくる。いっそ壊れてしまったほうが楽だった。

短剣を捨ててしまえば自分も家族や友人と同じになれる……そんな誘惑をどうして撥《は》ね除《の》けられたのか、自分でもわからない。

あの時思い浮かべたのはセレスティアスの目だった。谷へ落とされた時に向けられた妹の目だ。その目が脳裏を過《よ》ぎると怒りのおかげで壊れずに済んだ。皮肉にも、イオリアが今こうしてここに立っているのは彼女への憎しみのおかげだったのだ。

恐怖に震え始めたイオリアを見て、セレスティアスは黙ってその場を去ろうとした。

「──ねぇセレス。谷底に落とされた後、あたしが何を見たか、少しも興味は無いの？」

「無い」

「谷底から這《は》い上がった後、この腐った世界で、十歳にも満たない子供が生きるために何をしたか、知りたくないの？」

「貴様の身の上話を聞くつもりはないと初めから言っている」

うんざりした様子のセレスティアスに、イオリアは下を向く。

「……あたしさ。あんたに、何かした？」

「………」

「思い出せないのよね。あんたとほとんど関わっていなかったし、話したことだって数えるほどしか無い。助けようとしたのに裏切られるほどのこと……したの？」

イオリアの前髪の隙間から覗《のぞ》く赤い瞳は、地べたを這いつくばってきた者特有の光を宿していた。下から見上げる目だ。

セレスティアスは、この時初めてイオリアと真《ま》っ直《す》ぐに視線を合わせた。

上から見下ろす目だった。

「いいや何も。貴様を殺すと決めた理由は、相応しくないと思ったからだ。貴様には人を導く者としての可能性が無い。皇位の継承に血を優先されては敵《かな》わぬ。だから落とした」

「………」

「幸い人類はまだ息をしている。私の判断は正しかった。貴様に対する感情など無いよ。強いて挙げるなら、姉面《づら》をされるのは鬱陶しい、それだけだ」

その言葉には温かさも冷たさも感じない。まったくの無だった。

「……そう」

故にイオリアは、小さく息を吐く。

「安心した」

それは心からの安堵《あんど》だった。セレスティアスに対しての疑問は消え去った。

もうこれで心置きなく――こいつを憎むことができる。イオリアは鉄格子《てつごうし》の間から手を伸ばし、去ろうとしたセレスティアスの胸ぐらを掴んだ。そして彼女の眼前に顔を寄せて、あの時闇の中で抱いた憎しみを、瞳に込めて真っ向からぶつける。

「――行ってやるわよ、断崖要塞！　あたしがこの手でアーヴァインを葬《ほうむ》ってみせる！」

セレスティアスのイオリアを見つめる瞳は変わらない。イオリアが殴りかかるような勢いであろうとも、相も変わらずゴミを見るような目だった。

「貴様らしいな。母の仇《かたき》……それとも貴様を排除しようとした私への復讐か？」

「あたしの目的はあんたへの復讐なんかじゃない！」

「…………」

「お父様や英雄達をこの手で闇から解放する……！　何をしてでも、彼らから狂気を濯《すす》いでみせる……それがあたしの悲願よ！」

「くだらぬ。聞くに値しないとは思っていたが、昔から何も変わっていないな」

「あんたみたいな頭のおかしな女にわかってもらおうと思わないわ！」

「正気で生きる時代は終わったのだと何故《なぜ》わからぬ？　狂気蔓延《はびこ》るこの世界を受け入れた上で凌駕《りょうが》する。それが唯一、人が生き残る手段だ」

「勝手にやってなさい！　狂気だとか正気だとか、あたしは知ったこっちゃない……！

そんな御託で生き残ってきたわけじゃないもの！」

不意にセレスティアスがくすりと笑った。

「やれるものならばやってみるがいい。蛇蝎《だかつ》が跋扈《ばっこ》するあの森を抜け、貴様の手で英雄の首を取ってみせよ」

「上等よ。あたしは絶対に、家族を見捨てたりしない……！」

炎のような激情を宿した瞳と、氷のように凍《い》てついた瞳が交錯する。

母の血こそ違えど、二人は確かに凱旋《がいせん》帝の血を引いている。二面性の強かった王を、ある者は善王として称《たた》え、ある者は狂王として恐れた。

その因子は、確かに娘二人に受け継がれているのだった。

☆

一夜が明け、集った常軌を逸した個人達は指揮所に集まり、作戦の概要を髭《ひげ》を蓄えた初老の男から聞かされていた。彼は帝国騎士団の軍団長であり、本来は本作戦の指揮を執る立場だ。

「イシスの都から大河を下り、南西へと進んだ場所に狂乱する森は広がっている。森を抜け、断崖を迂回《うかい》し側面から要塞を攻め、アーヴァインを討伐するのが我々の任務だ」

広げられた地図に線を引きながら、軍団長が駒を移動させる。

「我が騎士団から出せる人員は三千名。常軌を逸した個人達には、それぞれ独自に動けるように、我が騎士団から十名ずつ兵を貸し出すように仰《おお》せつかっている。基本的に好きに動いて構わない……陛下からそうさせるように命令されているのでな」

得体の知れない連中に好き勝手に動いていいという免罪符を与えることは、軍団長にとっては不本意なのだろう。口調には明らかな棘《とげ》があった。

「たどり着くまでに濁人の襲撃を避けることは絶対にできないと思え。移動には馬を使うが、馬から下りる状況に陥ることも十分に考えられる。ただし、その場合本隊が合流を待つことは期待するな。止まれば全滅は必至、容赦なく捨て置く」

軍団長が素早く駒を動かし、森を直進させて断崖要塞の真上で止めた。

「素早さが全てだ。できうる限りの速度で直進し、本丸を叩《たた》く……それ以外に作戦らしい作戦は無い」

屈辱だと言わんばかりに軍団長が集まった連中を睨《にら》みつける。

「後はあなた方常軌を逸した個人の仕事だ。我々の仕事は、あなた方をアーヴァインの元へ送り届ける。それだけだ」

無謀な特攻にしか思えぬような作戦内容ではあったが、事実、あまりにも情報が少なすぎるのだ。断崖要塞にたどり着いた者はおらず、森の中が現状どうなっているのか明確なことは何もわからない。

ただし、アーヴァインに関してはいくつか知り得ていることがあった。

帝国騎士団は、アーヴァイン率いる濁人の群れから襲撃を受け、幾度も部隊を全滅させられていた。アーヴァインの行動に一貫性は無く、時折まるで迷い込むように森の外の川付近に姿を現し、行軍中の騎士団や拠点、生命線となる村々を襲う。その際の被害は尋常ではなく、川も汚染されてしばらく使い物にならなくなった。

生き残り曰く、アーヴァインの姿は爛《ただ》れた翼を持つ化け物だという。かつて七英雄随一の美貌を誇った彼の面影はどこにも無く、彷徨《さまよ》う災害そのものと為《な》り果てていた。

（アーヴァイン……お母様の騎士だった人……）

指揮所の壁際《かべぎわ》に背を預けながら、イオリアは彼の姿を思い出していた。アーヴァインは皇族の近衛《このえ》騎士団の騎士団長として活躍した有翼種の男だった。帝《みかど》が不在の時は皇妃を守るのはアーヴァインの仕事であり、イオリアもまた彼によく面倒を見てもらっていた。

背に負ぶられながら、よく彼の綺麗《きれい》な髪を梳《す》いたものだった。アーヴァインは「お妃《きさき》様の髪の方が綺麗ですよ。きっとイオ様も大人になったらお妃様に負けないぐらいお綺麗になるのでしょうね」と微笑《ほほえ》みながら、翼を動かして羽根で頬をくすぐってくれた。

彼が母を見つめる瞳は、まるで遠くに咲く花を見つめるようだった。

アーヴァインはきっと幼い頃からの馴染《なじ》みである母に懸想《けそう》していたのだろう。

だが、母を殺したのもまたアーヴァインだった。体内に取り込まれた果実が根を張った英雄は、世界樹の崩壊と共に体内から腐った樹液を溢《あふ》れさせて正気を失った。押し迫る狂気に苦悩しながら、抱き留めるようにしてアーヴァインは母を翼で握りつぶした。

母を殺しながら、アーヴァインは慟哭《どうこく》と共に狂い果てた。己の翼に握りつぶされた母に必死に手を伸ばすも届かず、絶望の最中、両手で顔面を掻《か》きむしるアーヴァインの姿を覚えている。母の血肉が滴《したた》り落ちて、母だったものすらも磨《す》り潰された後、バケモノになったアーヴァインは辺りを見回した。

──私ハ何を……どコです。どコへ消えてしまっタのです？

──我が皇妃、我ガ姫……我ガ愛しキ、遠き星よ。

腐った樹液の濁流に呑《の》み込まれる瞬間、アーヴァインは母を探していた。

彼はきっと、今も母の姿を探して彷徨っているのだろう。

「姫様」

イオリアがハッとして顔を上げると、イグルーが顔を覗き込んでいた。

「体調が優れませぬか？　部屋を宛てがわれていらっしゃいます故、お休みになられては……」

心配そうに見つめてくるイグルーに、イオリアは首を横に振った。

「ううん、大丈夫よ。あたしも森へ向かうんだし、作戦の概要ぐらいは頭に入れておかないと。休んでいる暇なんか無いわ」

「しかし……自分は反対です」

何が？　と返すイオリアに、イグルーは不安げな表情で下を向く。

「姫様が戦場に出陣なさる時は騎士団が総動員される決まりです。しかし今は自分一人だけです。まして敵は人ならざる化生《けしょう》の大群。乱戦になれば、我が剣技をもってしても、姫様をお守りできるかどうか……」

自信が無さそうなイグルーを見るのは初めてだったイオリアは意外に思った。

「え、自信が無いの？」

「いえっ、そのようなことは、決して……！」

取り繕うように首を振る姿を見て、イオリアは苦笑した。

「あたしだって伊達《だて》に十年も災厄後の混沌《こんとん》を生きてきたわけじゃないわ。そもそもバルハントに戻るために濁人《だくと》だらけの谷に乗り込んであんたを見つけたのよ？　闇の中での戦い方ぐらい心得てる。ていうか、むしろここは騎士として喜ぶところじゃないかしら？」

「喜ぶ……何故でしょう？」

「あたしを守れる日がくるのを、バルハントでずーっと待っていたんでしょう？　だったら腕の見せ所じゃない。それに、これはあたし達の故郷、バルハントを再興するための戦いよ。敵将の首を取れば土地の支配権が得られるってこと、忘れたの？」

こん、と胸の鎧《よろい》を拳で軽く叩くと、イグルーは顔を赤くして姿勢を正した。

「確かに！　自分は騎士なれば、あらゆる危機から姫様をお守りすることが本分！　その機会が与えられたのだから、ここは歓喜に打ち震えるべきところですね！　我が鉄血《てっけつ》にかけて、全ての脅威を打ち払ってみせましょう！」

無理をしている様子は無く、イグルーは不安が綺麗さっぱり消え去ったようだ。

本当に奇妙な男だとイオリアは思った。戦いとなれば冷酷で容赦が無くなるのに、こうしてこちらの言葉に一喜一憂する姿を見ていると、ただの年頃の新米騎士にしか見えない。

故に、本物のフレイリア姫とイグルーの関係は想像できた。そこまで深い仲ではなく、イグルーは新米騎士としてフレイリアに執拗《しつよう》なまでの憧れと敬愛を向けていたのだろう。

戸惑うと同時に罪悪感がすごかった。手玉に取りやすい男だと思ってしまっている自分に嫌悪《けんお》感を抱きつつも、年上の青年をだまして操っていることに優越感も抱いてしまっている。

しかし、もし彼に自分がフレイリアではないことがバレたら、いったいどういう反応をされるのだろう？　烈火の如《ごと》く怒り狂うだろうか？　今こうして向けてくれている屈託の無い表情も、鬼の形相に変わるのだろうか？

いかんいかん、とイオリアは不安を打ち消す。王族らしからぬくだけた口調は、この十年間で世間から浮かないようにするために身につけたものだと説明してあるし、セレスティアスも彼に真実を打ち明けるようなことはしないと約束した。仮に他にイオリアの素性を知る者が現れても、狂信的なイグルーが自分を疑うようなことは無いはずだ。

大丈夫。この関係にもいずれ慣れるだろうし、罪悪感だってそのうち薄れていくはずだ。

「でも、昨日みたいな暴走は二度としないでちょうだい。ここに集まった連中とは同盟を組んでいるんだから、仲良くしろとまでは言わないけど、一応味方として――」

その時、風が頬を撫《な》でた。右頬のすれすれをイグルーの剣が通り抜けていったのである。

頬を掠《かす》めそうなほどの距離に刃《やいば》が鈍い光を放つのを見て、イオリアは固唾を飲んだ。

バレた？　何がきっかけで？

そう思ったが、すぐにその疑惑は消えた。イグルーの剣の切っ先は自分にではなく、自分の背後に向けられたものだったからだ。

冷や汗をかくイオリアの後ろに、両手を挙げた女がニマニマと笑顔で立っていた。

「なはは～、相変わらずすごい反応速度。これでも気配は消していたんだけどなぁ」

獣の耳を上下に動かしながら、瞳狩りのペイルレインがイオリアの背後に立っていた。

慌てて振り返ろうとすると、イグルーが前に出てイオリアを下がらせた。

「安心しなって。女帝さんから味方同士の殺し合いは御法度《ごはっと》だって言われてるし、無闇矢《むやみや》鱈《たら》に矢を番《つが》えたりしないよ」

降参降参、と両手を挙げ続けるペイル。イオリアは殺気をひっこめないイグルーの腕を下げさせようとしたが、びくともしなかった。

「信用できぬ。瞳の奥には尋常ならざる妄執が見える……貴殿のような者に、我が姫君を近づけるわけにはいかん」

「ありゃりゃ、嫌われたもんだね。ボク、別にその女の子に興味ないんだけどな」

「貴殿はフレイリア様を殺そうとした。このイグルー、そのこと一生忘れんぞ」

「そりはほら、その子がそうしろって叫んでいたからそうしたわけで、別にボクは……」

「それ以上近づけば、斬る」

変わらず剣を向け続けるイグルーに、ペイルは心底困ったように頰を爪で掻いている。

ペイルはイオリアの方を見ると、両手を挙げて肩をすくめるような仕草をした。

助けて、ということらしい。イオリアがジト目を向けて無視していると、今度は両手を合わせて舌をぺろっと出しながら、「お願い」と懇願するような仕草をした。

イオリアは嘆息してイグルーの腕にしがみついた。

変わらずびくともしなかったが、ぐっと自分の胸を押しつけるようにする。彼女はそれなりにグラマラスな体型をしているため、鎧越しでもそれとなく感触が伝わっただろう。

イオリアはわかっている。たぶんこの男は、こういうことをされるのに弱い。

真剣な表情をしていたイグルーだったが、ほんのりと頬が赤くなっていった。

「姫様」

「何よ」

「姫様…………あの…………警護中です。そうも密着されては、ですね」

「だったらその剣を下ろしなさいよ」

「し、しかし」

「その女を殺したらあたしも死ぬのよ。剣を下げてこれを見なさい、イグルー」

言われてイグルーが視線を下げると、イオリアは自分の首を指さしていた。

首には銀製の首輪のようなものが嵌《は》められている。

「味方を殺せばこの首輪が絞まってあたしは死ぬ。そういう呪いがかけられているのよ」

「⁉ そ、そんなっ、どうしてそのようなことに……⁉」

「この連中に混ざるためには、この首輪をつけることが条件なの。まともじゃない連中の集まりだもの、仲間割れを防止するためよ」

「でしたらその首輪は自分がつけるべきでは⁉」

「あんたがつけたって意味ないでしょ。あたしを守るためだったらあんたは自分の命を投げ捨てる……だからあたしがつけたの。その方が説得力あるし」

「いけませんっ、すぐに外してくださいっ」

「ダメ。だから二度と暴走しないでって言ったのよ」

イグルーは慌てふためきながら剣を仕舞い、イオリアの首輪におっかなびっくり手を伸ばそうとしたり、やっぱり引っ込めたりを繰り返している。

「あー、ちなみに、ボクの首にもついてるからね？　さすがに自分の首を差し出してでも欲しい瞳にはまだ会ったことないから、とりあえず安心しておくれよ」

言いながら、ペイルは音もなく踏み込んで二人に顔を近づけた。

イグルーは剣こそ引いたが、イオリアを守ろうと前に出る。ペイルは薄目を開けてまじまじとイグルーを観察したが、やがてニコリと笑顔を作った。

「自己紹介しよ。瞳狩りのペイルレインだよ。気安くペイルちゃんと呼んでくれたまえ」

尻尾を振りつつ、今度はイオリアの方へ目を向ける。

「お嬢さんが彼のご主人様でいいんだよね。フレイリア姫、でいいのかな？」

「え、ええ。バルハントの末裔《まつえい》、フレイリアよ」

「ふぅん、へぇ～」

「⁉ な、なによっ」

ぬっと首が伸びて、ペイルが耳元に口を寄せてくる。イグルーが止めに入ろうとしたが、イオリアに胸を押し返される。ペイルはイオリアの耳元で囁《ささや》いた。

「お頭《かしら》から聞いたよ。前に篝火《かがりび》旅団にいたんだろう？　イオナ、だっけ？」

「……あたしの素性をネタに脅そうっていうの？」

素性と言っても、ヤカはイオリアが凱旋《がいせん》帝の娘だということに気づいていない。彼が知っているのはあくまで偽名のイオナの方だが、いずれにせよフレイリアではないことをイグルーに告げられるようなことになれば厄介ではある。

だが、ペイルは首を横に振って否定した。

「まさか。君がフレイリアでないと彼が機能しないのはわかってる……君がいれば彼の瞳が輝くなら、生かしておいてあげてもいいかなって思ってるんだ」

いやに上から目線だが、ペイルからしてみればイオリアの瞳は価値のないガラス玉同然。彼女のお眼鏡に適《かな》う代物ではないのだろう。

殺人鬼風情《ふぜい》に品定めなどされたくはなかったが、イオリアはぐっと堪《こら》えた。こいつらに対して怯《ひる》むことも、侮《あなど》ることも許されない。セレスティアスにあれだけ啖呵《たんか》を切ったのだ。戦列に加わる以上、ただのお飾りでいるわけにはいかなかった。

戦いの中でこいつらを使う立場にならなければならない。

「それはどうもありがとう。でも間違えないでほしいわね」

イオリアは背筋を伸ばし、イグルーにも聞こえるほどの声で言った。

ペイルが首を傾《かし》げる。

「あたしが彼の一部なんじゃなくて、彼があたしの一部なのよ。あんたがどう思おうが、彼に命令するのはこのあたし。そういうわけだから――」

胸を張り、イオリアはペイルに手を差し出した。

「よろしくお願いするわ、殺人鬼。仲良くするつもりはないけど、利用できるものは利用するつもりでいるの」

自信に満ちた顔のイオリアにペイルは両目をしばたたかせた。

「ボクを利用するとは、ずいぶん大きく出たね」

「あんただけじゃないわ。あたしはアーヴァインを討つためだったらどんな奴《やつ》とでも手を組む。どうせ単独行動するつもりなんでしょう?　あたしについてくれば得よ」

「へぇ、何が得なのか、聞くだけ聞いてあげるよ」

「あたしは狂乱する森の全容を把握してる。災厄の時、あの森を彷徨《さまよ》ったことがあるの。あたしのそばにいれば断崖要塞にたどり着くか、生き残れる可能性が増えるはずよ」

イオリアは、「それから」と付け加え、自分の瞳を指さした。

「あたしの目に価値が無いと思っているらしいけど、この目は闇歩きとしては一級品よ。弓使いのあんたも相当なものをお持ちなんでしょうけど、あたしのは闇の動きが見える」

イオリアが闇歩きとして生計が立てられたのは、闇に対する耐性だけでなく、その目の良さだった。暗闇の中であろうとも視界が開けている限り遠くまで見渡せ、闇の濃度や動きを計測できる。闇の中でも金目の物を確認できるため、この目は闇歩きとしては重宝された。

しかし、狂乱する森の全容を把握しているというのはハッタリだった。彷徨ったことがあるのは十年前だ。さすがに覚えていない。

どの道、ハッタリだろうが協力関係を作るための材料としては申し分ないはずだった。

ペイルは眉を八の字にさせて頬を指で掻《か》いた。

「うーん、正直そそられないんだよねぇ。いや君の能力にじゃなくて……この集まりの目的自体に、なんだけども」

「どういう意味？」

「だって敵は濁人《だくと》じゃない？　たまに面白いのはいるけど、闇に屈した連中の瞳は死んだ魚のようじゃないか……そんなの射貫《いぬ》いたってつまらないよ」

ペイルは残念そうに深いため息を吐《つ》いた。

「ボクは常軌を逸した個人が集まるからっていう理由で、お頭《かしら》に連れてこられたわけ。最初はわくわくしていたよ。あわよくばお気に入りの瞳を射貫いてその瞬間を脳裏に焼き付けようと思っていたんだけど、こんな首輪をつけられちゃったおかげで興ざめなのさ」

そう言って、ペイルは恍惚《こうこつ》とした表情でイグルーを見た。

「君にわかるかなぁ。お腹《なか》が減ってしょうがない時に、ごちそうを目の前にして待てを強要されているボクの今の状況が……」

牙の間から涎《よだれ》が漏れ出すのをペイルは拭う。

呆《あき》れ半分、怖気《おぞけ》半分でイオリアは顔を引きつらせる。可愛《かわい》い顔をしているが、この猫女はあくまで殺人鬼。そんな相手に生存の可能性が増えると言ったところで靡《なび》くわけもない。

だが、それならそれでわかりやすかった。

「あんた、災厄後の七英雄を見たことはある？」

「無いね。さすがにボクも七英雄達の根城には一人で乗り込む自信は無い」

「そう。じゃあ、彼らがどういう瞳をしているか、見たことがないのね」

興味深かったのか、ペイルの耳がぴくんと動いた。

かかったと内心でほくそ笑みながら、イオリアは話を続ける。

「夕焼けという言葉を知っているかしら」

「ゆう、やけ？　聞いたことないなぁ」

「大昔、この世界には果実ではない太陽と星があった。その太陽が空にある時は昼で、沈むと夜になる。太陽が沈むまでの短い時間を夕焼けと呼ぶのよ」

「……へぇ」

「そしてその時の太陽は、終わりの色になるらしいの。誰が言ったかは知らないけど、狂った英雄達の瞳は、その色と同じだとか」

「…………」

「あたしは見たことがある。赤と琥珀《こはく》の交じった燃えるような色……けれど消える前の蝋《ろう》燭《そく》の火のような、寂しい色。うまく形容できないその色のことを、黄昏《たそがれ》色と呼ぶらしいわ」

ペイルが目を丸くして表情を消した。イオリアの目にはわずかにペイルの髪と産毛《うぶげ》が重力に逆らって浮き上がったように見えた。

「どう？　見たいと思わない？　闇の動きが見えるあたしなら、アーヴァインの居場所を特定できる。いの一番にあんたに見せてあげられるわよ」

ペイルの見開かれた瞳が、真《ま》っ直《す》ぐに見つめ返してくる。その奥に渦巻く底知れぬ欲望に引き込まれそうになった時、ペイルがニタリと笑った。

そしてイオリアの手を両手でぎゅっと握りしめる。

「いいね！　黄昏色か……そそられたよ！　君の瞳は嫌いだけれど、その情報はとても魅力的だ！　君についていけばその英雄に会えるというなら、ボクは喜んでついていくよ！」

ペイルが上下に手を振りながら、尻尾を左右に振る。

掌《てのひら》を返すような態度だが、イオリアには馴染《なじ》み深いものだった。

（イグルーみたいな真っ直ぐな奴より、このぐらい現金でわかりやすい方が手玉に取りやすいわ……案外素直なのよね、こういう欲望に忠実な——？）

これで一人協力関係には引き込めたと安堵《あんど》した時、後ろから近づいてくる気配があった。

振り向くとそこには背の高い美女が立っていた。赤盾《せきじゅん》のハイエルフ、スフィアレッドだ。彼女はイオリア達に敵意を向けつつも、剣に手はかけずにその場に佇《たたず》んでいる。

「な、何か用？　別にやましいことは何もしていないわよ!?」

動揺すると嘘《うそ》が下手になるのは昔からだったが、さすがにあからさますぎだった。スフィアレッドは慌てふためくイオリアに不服そうにしながらも、剝《む》き出しの敵意を収めた。

「警戒する必要はありません。陛下より、バルハント代表の貴女《あなた》を警護するようにと仰《おお》せつかったのです。作戦中、私は貴女を守ります」

「は？　なんで？」

「常軌を逸した個人の中に凡人が混ざっていてはすぐに命を落とす。だから守ってやれ……陛下はそうおっしゃっていました」

信じられないような間抜けな顔をして、イオリアは首を傾げる。

あのセレスティアスがあたしの心配？　何故《なぜ》？　そう思った時、変わらず不服そうな顔をしていたスフィアレッドがイグルーを睨《にら》みつけた。イグルーはスフィアレッドに対しては同じ騎士として好感を抱いているのか、敵意を向けたりはしなかった。

「おお、昨夜の女騎士殿か……！　バルハントの剣術はどの国にも劣ることはないが、貴殿の盾捌《さば》きは見事だった！　いつかまた手合わせができる日がくると自分は嬉《うれ》しい！」

昨日の暴走のことなど覚えていないとでもいうような爽やかさのイグルーに、スフィアレッドは静かに怒りを露《あら》わにする。

「……昨晩の暴挙には目を瞑《つぶ》りましょう。同盟者として背中も預けましょう。だが、貴方《あなた》には一つ言っておきたいことがある」

「何か？」

「貴方が正気かそうでないかなど問題ではない。その剣が、もしもセレスティアス様に向くようなことがあれば……！」

左腕に装着した盾の握りを強める音が響く。イグルーは彼女からの敵意を察知したようだったが、受け流すように笑みを浮かべた。

「ご心配めされるな。自分はフレイリア様に害を与えぬ限り帝国《ハンナヴァル》の皇族であれど危害は加えぬ。世界の闇を払うための此度《こたび》の攻勢、かつての敵国同士が手を取り合う必要があることは重々承知しているつもりだ。貴殿や他の者に背中を預けることも躊躇《ちゅうちょ》はしない」

言葉に表裏が無いことは彼の顔を見れば一目瞭然だっただろう。

だがスフィアレッドは訝《いぶか》しんだに違いない。イグルーという男が正気ではないことが昨夜の戦いでわかっているだけに、今の好青年ぶりは不気味でしかないからだ。

「陛下は、何故このような男を……」

小声だったが、イオリアは確かにスフィアレッドの悪態を聞いた。

そこでセレスティアスの思惑に合点《がてん》がいく。スフィアレッドを護衛に寄越したのはイオリアを守るためではなく、イオリアが命を落とした後にイグルーを回収するためだ。暴走し、自暴自棄になる前に彼を回収し、再利用する腹づもりだろう。

回収にどういう手段を使うかはわからないが、あの妹の考えそうなことである。

「その言葉、決して忘れるな。我が盾を貴方の血で汚すことは望まない」

「もちろんだ。貴殿には同じ騎士として共感できる部分も多い。そして恐らく、貴殿は騎士として先輩だ。戦いの中で騎士の矜持《きょうじ》を学ばせていただきたく思う」

屈託のない顔で差し出されたイグルーの手に、スフィアレッドは一瞬面食らったようだが、すぐに不機嫌そうに目を逸《そ》らした。

「私は吸血鬼だ。肌からでも吸血を行ってしまう。不用意に触れるものではない」

「自分は種族に対する偏見は持ち合わせていないつもりだ。それに多少吸われたところで別に問題は……」

「っ、貴方は昨日の戦いで私が何を嫌悪《けんお》しているか理解できていないのか⁉」

「何をだ？　もしや吸血対象に女性と男性でこだわりが？」

「違うっ、私は吸血行為そのものを嫌悪しているのだ！」

「吸血鬼が、吸血を嫌悪……？　それは人間が食事を嫌悪することと同義では？　いかなる理由があれ、騎士たるもの、衣食住を疎《おろそ》かにするのはよろしくないと自分は思う」

「……衣食……住……？」

「お腹が空くのは、よくない！」

ごもっともだが、衣食住の衣に関してはお前が言えたことじゃないとイオリアは思った。

「〜〜っ！　おい自称フレイリア姫！　なんだこの男はっ、配慮に欠けるぞ！　私はいちいちこの男に自分のことを説明しなければならないのか⁉」

イオリアは「あたしに言われてもね」と返しつつ、内心でいい気味だと笑う。味方に引き込めたとは言いがたいが、二名の常軌を逸した個人の協力を得られる状態になった。

（あとは……あいつだけど）

言い争うスフィアレッドとイグルーから視線を外し、イオリアは反対側の壁際《かべぎわ》に立つ男を見た。先ほどから視線を感じていたが、やはり見られていた。

魔　都《ギャラハンドール》からやってきた魔人、デュナミスだ。デュナミスはただじっとイグルーを見ていたが、イオリアの視線に気づくと静かにフードをかぶり直し、影に隠れた。

あの男と協力関係を結ぶのが不可能だということはイオリアにもわかる。

イオリアは子供の頃から他人の敵意や殺意には敏感だった。

昨夜の戦いであの男の殺意だけは他と質が違った。ペイルが純粋な興味であり、スフィアレッドが嫌悪感からくる殺意だとすれば、あの男の殺意は使命感に近いように感じた。

ああいう殺意は覆《くつがえ》らない。呪いの首輪を身につけていようとイグルーの殺害を実行に移す可能性がある以上は、そばに置いておくわけにはいかなかった。

他に引き込めそうな奴《やつ》がいるとすれば……。

作戦室の隅に視線を移す。実に場違いな修道服を着た女が所在なさそうに佇んでいた。

うつむいて視線を泳がせながら、女は周りに怯《おび》えていた。

イオリアは少し考えた後、イグルー達から離れて彼女に近寄った。

「ねぇ、あんた」

声をかけると、大げさなぐらいに驚きながら肩を跳ね上がらせる。顔を赤くしながら、聖国《オーズミック》の第十三聖女、マリアベルは顔を上げた。

「は、はいっ、マリアベルに、何かご用でしょうかっ」

声が上ずっている。気の毒になるぐらいの怯えように、イオリアは頬を指で掻《か》く。

「昨日あんたに命を救われたって聞いてさ。その……礼の一言でも、と思ったんだ」

イオリアが言うと、マリアベルは顔を伏せて頬を赤らめた。

「お礼だなんて……わたくしは、ただ修道女として当然のことをしたまでですので」

朗らかに微笑《ほほえ》みを浮かべようとしているが、身体《からだ》が小刻みに震え、頬には汗が伝っている。彼女の経歴についてイオリアは詳しく知らない。わかっているのは元聖女であり、奇跡によって他者の傷を自分の身体に転移させるということぐらいだ。対面してみても敵意は欠片《かけら》も感じられないため、あわよくばこちら側に引き入れたいと思うのだが……。

（何か引っかかるのよね。なんかこの子……ちょっと苦手）

うまく言えないが、生理的な拒否感情がイオリアにあった。見た目も雰囲気も清廉としているのに、相反するえも言えない濃厚な香りが、不快ではないのに一歩退《ひ》かせる。

何か、これ以上関わるのは危険だという直感がわき起こった。

次の言葉が出てこず、イオリアが狼狽《ろうばい》し始めた頃、先にマリアベルが口を開いた。

「あの、まだ出会ったばかりですのに、こんなことをお頼みするのは忍びないのですが」

「な、何かしら？」

「わたくし、こういった場所に来たのは初めてでして、どうしたらいいのかわからないのです。もしお嫌でないのでしたら……い、一緒にいても、よろしいでしょうかっ」

「ええ、それはもちろん、構わないわ。頭のおかしな連中の集まりですもの、見た感じあんたはまともそうだし、一緒にいたほうが気が安らぐと思う」

「ああ、よかったです……わたくし、拒絶されたらどうしようかと思っていました。あなたに出会えたことを、神に感謝させていただきます」

縋《すが》るような潤んだ目で見上げられて、イオリアは少し後ずさった。言っていることもまともだし、態度も別におかしくない。それなのに妙な圧を感じる。

彼女自身というより、彼女の纏《まと》う空気からだ。清廉さと雌の匂いを併せ持つ人間を前にしたのは初めてだからか、妙に鼓動が落ち着かない。

イオリアはマリアベルを連れてイグルー達の元へ戻った。

そこで、軍団長と常軌を逸した個人の幾人かが揉《も》めていることに気づく。台に手をついて、勇者然とした佇まいの青年が、地図の狂乱する森の場所を指さしていた。

「あまりにも無謀です。わずか三千程度の人員では森を突破するのは不可能だ」

赤髪の青年、アレスだった。名のある英雄の弟らしいが、イオリアがセレスティアスから詳細を聞いているのは、声をかけた三名とデュナミスだけだ。

イオリアは軍議の様子を窺《うかが》おうとしたが、背が低いためなかなか見えなかった。

「そのぼうずの言う通りだぜ。ベテランの闇歩きとして言わせてもらうが、川もねぇ、兵もねぇ、正面突破以外に作戦もねぇ……狂乱する森に足を踏み入れれば一時間ともたん」

一流の闇歩きを自称する男が口を挟み、地図上の断崖要塞がある場所をナイフで突く。

侵攻経路としてはイシス湖から南に流れる川の本流を辿《たど》り、狂乱する森へ突入する形になっている。道の無い森を直進し、ある程度下ったところで山道への合流地点に到達し、そのまま断崖要塞に突入する形だ。しかし狂乱する森に川は無く、濁人《だくと》を遠ざける手段は光脂《こうし》しか存在しない。山道といっても今は闇に沈んで使われていないため、はっきり言えば森の中を直進するのと大差が無かった。仮に森を抜け山道を通ったとしても、アーヴァインが根城としている断崖要塞にたどり着いた後が問題だ。断崖要塞は本来、イシス防衛のために設けられた砦《とりで》であり、麓からの敵の侵攻を想定した屈強な要塞だった。

そしてそれは今も変わらない。濁人は闇に呑《の》まれる前の行動を執拗《しつよう》に繰り返す傾向にある。断崖要塞に残された兵士達は今も要塞を守り続けているのだ。

いつの間にか軍議の中心となったアレスは、冷静に本作戦を分析していた。

「濁人の軍勢から拠点を守った経験のある僕から言わせてもらえば、五千……いや、一万の兵力が必要だと断言しますよ。農民や動物の濁人と兵士の濁人では質が違う。数を用意しなければなりません。難攻不落の断崖要塞と言えども、イシス側からの奇襲は想定していなかったはずです。本隊の兵士達は予定通り山道を通り、要塞の裏から仕掛けます。常軌を逸した個人を主体とする混成部隊は、山道を使わずに断崖を直進、上から仕掛ける」

「待て、山道を使わず断崖を直進だと？　俺達に垂直の崖を飛び降りろっていうのか？」

「ご安心を。僕の相棒は一流の魔術師です。百人程度を降ろすための足場魔術であれば構築は容易《たやす》い。濁人共も頭上からの奇襲には対応できないはずです」

アレスが横に控えていた少女を見ると、魔術師の少女は静かに微笑んだ。

続いてアレスは要塞中央の城を指さす。

「混成部隊は三つに分けて防壁へ着地させ、要の中央を担当する部隊を城の踊り場から侵入させます。アーヴァインを見つけ次第角笛で報《しら》せ、部隊を集結させて全力で叩《たた》く」

アレスの作戦に対して、周りは口を挟む余地が無い。濁人との戦闘経験がある者は多くとも、軍勢を相手にしたのは彼だけであり、その実績に文句を言う者はいなかった。

しかしイオリアだけが眉をひそめていた。

（崖を飛び降りて上から攻めるっていうのは面白い発想だけど、これってそれ以前の問題じゃない？　狂乱する森に万の軍勢で攻め込むのは……）

イオリアは意見を言うために声を張り上げようとした。

「自殺行為だ。万の軍勢など必要ない」

先に声を上げたのは、いつの間にか作戦台のそばに立っていたデュナミスだった。

視線が集まる中、彼は地図を見下ろしている。

「兵など多ければ多いほど邪魔になる。闇に沈んだ森の中で、濁人の奇襲により隊は分断され、霧散して消えるのみだ。たどり着ける者など一人もいない」

「アーヴァインが数人で討伐できるような敵だとでも思っているのですか？」

「――では、この集いは何のためのものだ？」

場が静まりかえった。デュナミスはフードを外して冷ややかな視線を周囲へ向けた。

「群ではなく、個として濁人を屠《ほふ》り得る者達。それが我ら常軌を逸した個人であろう。ならばそのようにすべきだ。兵など濁人の気を逸らすための生餌《いきえ》にしかならん」

　悪びれもせず、デュナミスはただ淡々と事実を述べるように、兵士を生餌と呼んだ。

　静寂の中、机を殴りつける音が響く。

「――ふざけるなッ！　他国の兵であろうと、一人として無駄な命など存在しない！」

　アレスだった。打ち付けられた拳が机に食い込んでいることからどれだけ彼が怒っているのかがわかる。この時勢、彼のようにまともなことを言う人間は珍しかった。

　彼の迫《せ》り上がった肩に、横に控えていた魔術師の少女が手を置いて宥《なだ》める。

　アレスは深く息を吐くと、集まった者達全員に語り始めた。

「僕が孤立したファブマーレ要塞を守り抜けたのも、兵一人一人の献身があってこそだった。僕らは確かに個としての力を買われてここに集められたが、命の重さは兵の一人と変わらないはずだ。生餌なんかじゃない……！」

　多くの兵を率い要塞を守りきった彼の言う言葉には重みがあった。この場に集められた常軌を逸した個人達の中にも、言葉にはせずとも頷《うなず》く者が数人いた。

「熱将イルレリウスの弟として、全ての散っていった英雄の遺志を継ぐ者として、僕はここに立っているつもりだ」

　使命感に満ちたアレスの瞳には、確信が宿っている。

「断言しますよ。兵は必要だ。彼らの力無くして世界は救えない」

世界を救う。それが彼の目的であり使命なのだろう。彼は事実として英雄なのだ。

しかしデュナミスは違う。

「我らの、目、目的は世界を救うこと、では、ない。兵など一千もいれば事足りる」

ただ淡々と、デュナミスはアレスの高説を否定した。

アレスは再び机を殴りつけ、デュナミスを怒りの形相で睨《にら》みつけた。

「兵無くして何ができる⁉ 個人が敵を一匹や二匹屠れたとして、そこまでだ！」

「一匹や二匹？ 貴様、よもやその程度でこの集いに参加したのか？」

「論点をずらさないでください！ 要塞を占拠するためには兵力がいりますよ！」

「仮に兵を連れて占拠できたとして、兵達がその場に留まり続けることなど不可能だ。そもそも我らの目的はアーヴァインを討つことであり、要塞の占拠ではない」

「そうだとしても、何の策も弄さず、兵の用意もせずにたどり着ける場所ではない！ 貴方《あなた》には僕らだけで七英雄の元にたどり着くための妙案があるのですか⁉」

アレスが怒りのあまりにくってかかろうとするのを、魔術師の少女が止める。

デュナミスは断崖要塞ではなく作戦の出発点である川の本流を指さした。

「川を決壊させて水攻めを行う。崖上から滝の如《ごと》く要塞を水で浸せば、要塞内の濁人は一時的に退けられよう。断崖要塞には、万が一占領された時のための最終防衛手段として、水攻めを行う仕掛けがある。狂乱する森にはそのための水路がまだ残っているはずだ」

水路のある場所を指さしながら、デュナミスは淡々と言った。

しかし話を聞いていた軍団長は、その案を鼻で笑った。

「帝国騎士団は十年もの間このイシスを守り抜いてきたのだぞ。その間、堰《せき》を作り水を放ったが、要塞のある場所は水が流れ込まなかった。水路は突貫で開削された簡素なもの……とうの昔に決壊しているのだ！」

机に拳を叩き付けて、軍団長は声を荒らげた。

「アレス殿の言っていることは正しい！　水攻めなど行うよりも数で押した方がよっぽど現実的だ！　そもそも堰を切って放水を行えばイシスから伸びる本流も痩せる！　そうなれば川沿いの村や拠点、補給線が餌食《えじき》となろう……！　少しは先を見越したらどうだ！」

「堰がすでにあるのだな。好都合だ」

「聞いていなかったのか⁉　水路は決壊し、水は要塞まで届かぬと言っている！」

騎士団長が怒鳴ろうとデュナミスは反応を示さない。魔族と人間は価値観の違いから軋轢《あつれき》を生むことが多々あるが、ここまで噛《か》み合わないのは珍しい。議論すること自体を視野に入れず推し進めようとするデュナミスは、普通の人間にとって極めて不快であろう。

多くの者がデュナミスに怒りを爆発させようとしたその時、

「川が無いなら、川を作ればいいじゃない？」

突然女の声がして、皆が顔を顰《しか》めた。

視線が女の方へ集まる。

そこには、さっきから地図が見えずに飛び跳ねているイオリアがいた。

☆

川を作る。つまりは、壊れている水路を直すということだった。

しかし濁人で埋め尽くされた狂乱する森でのんきに補修工事を行うことなどできるわけがない。数時間どころか数日かかる作業だ。

作戦室にいた誰もがイオリアの提案を馬鹿げていると笑った。イオリア自身、思いつきをつい口に出してしまったと後悔しかけたが、半ばやけくそで話を続けた。

『魔術で壁を作って、補修してやればいいのよ。実際に溝を掘って水路を一から作るならともかく、魔術で壁を構築して補修するだけならそう時間はかからないわ』

言いながら、イオリアは地図上の水路が決壊している箇所に印をつけた。

魔術で壁を作ったとして、一時凌《しの》ぎに過ぎない。そんなものは川とは呼べない。

と誰かが言ったが、イオリアはふんと鼻を鳴らした。

『目的は英雄を倒すだけなんだから、一時的で構わないのよ。侵攻経路がイシス側からで、狂乱する森を抜けないといけないのは、断崖要塞が麓から攻めるのは厳しいからでしょ？　それなら、万の兵士を使うより、少数精鋭で森を突っ切って水路を補修し、傾斜を有効活用して水を流し込む方がよっぽど効果的よ』

言い終える頃には誰も笑っていなかった。しかし一向に肯定する声が上がらなかったため、イオリアは自信を無くして引き下がろうとした。

所詮は小娘の戯《ざ》れ言と思われたに違いない。そう肩を落とそうとした時、

『決まりだ。水路を直し、要塞を浸す。女帝に魔術師を用意させろ』

デュナミスの言葉を皮切りに反対意見は出ず、その後計画実現への軍議に移ったのである。

「あっはははははははは！」

スフィアレッドから作戦の詳細を聞かされて、セレスティアスは玉座にて腹を抱えて笑った。笑い続ける彼女に、スフィアレッドは跪《ひざまず》いたまま顔を上げる。

「こんなものは机上の空論に過ぎません。魔術師達を守りながら狂乱する森を抜けるのは至難の業。堤防を構築できたとして、川を維持できるのは一時間足らずです。要塞を浸す

だけの水を流し込むにはあまりにも……」

スフィアレッドがそこまで口にすると、セレスティアスが笑みを消した。

「何を言っている。その机上の空論を形在るものにするのがお前達常軌を逸した個人の役目であろう？　子供の思いつきのような発想だが、実現してみせるがいい」

当たり前だとでもいうように、頰杖《ほおづえ》をつきながら目を細めた。

「さて、貴様が本当にあの者達を御せるかどうか……見せてもらおうか、我が姉よ」

☆

巨大な水門が、松明《たいまつ》の明かりに照らされている。

その水門の前に千頭の馬に乗った兵士と、荷車に乗せられた魔術師達が、戦々恐々としながら息を潜めていた。誰もが今にも悲鳴を上げそうだった。悲鳴を飲み込むように喉を鳴らし、息を吐く度に嗚咽《おえつ》が漏れ出しそうになるのを堪え忍ぶ。

目の前には途方も無い闇が広がっていた。

災厄後の世界において、人がもっとも恐れるのは闇だ。昼も夜もなく、闇はそこら中に溢《あふ》れ、灯《あか》りを絶やせば気が触れるか、何も見えぬ闇の中でバケモノの餌食になる。

それがこの世界の日常だ。ここに集められた兵は、皆闇に耐性のある者達だった。闇歩きとまではいわないが、ある程度は闇の中でも正気を保つことができる。

だがその程度ではこの狂乱する森の闇には太刀打ちできない。心が悲鳴を上げ、今すぐ振り返って逃げ出しそうになる。あるいは己の首を掻《か》き毟《むし》り、命を絶ちたくなってくる。獣が動く音も、鳥のさえずりも、虫の鳴く声もしない。聞こえるのは隣にいる者の息づかいと、松明が燃える音だけ。震える身体《からだ》は動かず、呼吸が荒ぶるのに息ができない。このままでは闇に溺れてしまうのではないかと、誰もが思った。

「——総員、光を灯《とも》せ」

誰かの声が響いた瞬間、隊列の先頭から青白い光が燃え上がった。総勢三十名の常軌を逸した個人がランタンに闇を払う火を灯したのである。

闇が開けて森の姿が露《あら》わになる。立ち並ぶ巨木には青葉の茂っていたかつての面影は無い。葉も枝も幹も、世界樹の腐った樹液で黒ずんでべたつき、蝋《ろう》で固めたような姿になっている。

怖気《おぞけ》を催す黒き森。光脂《こうし》の灯りは力強くはなく、一面を見渡せるほど明るくもない。

しかし兵士達につい今し方までの恐怖は無かった。

自分らの前に立つ者達がいるからだ。

それは王でもなく、英雄でもなく、勇者でもない者達。されどこの世界を包む抗《あらが》いようのない闇に晒《さら》されようと、ありのままでいられる者達。

闇に挑まねばならぬ状況下では、これほど頼もしく映る者達はいなかった。

この狂った世界においての唯一の篝火《かがりび》。

常軌を逸した個人。

「これより断崖要塞への侵攻を開始する。前進せよ」

彼《か》の者らは進む。闇の渦へ。

帝国軍団兵一千名。帝国魔術兵五十名。常軌を逸した個人三十名。

それが侵攻にあたる戦力の全てだった。

先鋒《せんぽう》隊に兵三百。先鋒隊先頭、左翼右翼に五名ずつの個人。四百の帝国兵が魔術兵の乗る馬車群を護衛し、個人を五名配置。殿《しんがり》に兵を三百と個人を十名。

侵攻の要は常軌を逸した個人だが、進行の要は魔術兵だ。水路の決壊した箇所に壁を作り、補修する。補修完了後、常軌を逸した個人以外の兵は全員撤収。

個人は断崖にまでたどり着き、光脂の火矢を打ち上げて堰に合図を送り、水を放流する。

大半の濁人《だくと》は水に流され、残っていたとしても光の影響で弱体化するだろう。そして放流を止めた後に常軌を逸した個人を断崖から要塞へ下ろし、アーヴァインを討伐する。

作戦は単純だが、そう簡単に運ぶものではない。壁の構築にかかる所要時間は一〇分。一〇分間は森の中で立ち止まらなければならず、魔術兵を守らなければならなかった。狂乱する森で立ち止まるということがどれほど難しいかは想像に難《かた》くない。

「姫様、いかがされました？」

馬を駆り森を進むイグルーの後ろで、イオリアは周囲に視線を走らせ、目を細めていた。

「妙だわ。闇が凪いでる。森に入って四半刻《しはんとき》……一度も襲撃を受けないなんておかしい」

狂乱する森の中は確かに闇は濃いが、濁人の姿が見当たらなかった。他の者達の目にはほとんど森の中を視認できないだろうが、イオリアにはある程度見渡せる。

イグルーやイオリアは後衛、殿を任されていた。先鋒隊は先んじて濁人を屠《ほふ》る役割であり、後衛は魔術兵の馬車を守っている。

イオリアとイグルーの近くには、スフィアレッドとペイルが併走していた。

「高純度の光脂を定期的に焚《た》いている。下位の濁人達ならば退けられているはずだ」

「なんだよ、興ざめじゃんか。このまま一本も番《つが》えないままたどり着いちゃいそうだね」

ペイルが馬の上で欠伸《あくび》をする。イオリアはランタンの青白い光を見つめた。

「光脂だって万能じゃない。確かに下位の濁人なら逃げて行くけど、それ以外の連中には怯《ひる》ませる程度の効力しか無いわ。ここにいるのはキャラバンや闇漁《あさ》りを襲うような雑魚《ざこ》とはわけが違うはずでしょ……何か変よ」

スフィアレッドが横目でイオリアを見る。

「貴女《あなた》には闇歩きの目があるのだったな。周囲に濁人の姿は？」

「一匹も見当たらない。川の近くでだって、こんな状況なかなか見られないわ」

「…………」

スフィアレッドが黙り込んだ時、前を進んでいた兵士の一人が馬の速度を落として近づいてきた。兵士は彼女に何か言うと、すぐにまた速度を上げた。

スフィアレッドが盾を握る。

「アレス殿の指示だ。堤防の修復地点に着いた。兵を散開させ、警戒させろとのことだ」

馬車が停止し、後衛の兵士達が馬に乗ったまま散開する。明かりが届く範囲で、決して離れすぎぬように気をつけながら。その様子に、欠伸で涙をためていたペイルが目を擦《こす》る。

「散開かぁ。いい手段だとは思わないけどなぁ。先鋒が前に出すぎだし、言ってやったほうがいいんじゃない？　つーか、なんであの勇者様みたいな奴《やつ》が仕切ってんのかな」

「わかりやすい武勲を持つアレス殿が兵達からの信頼が一番厚いのだ」

「エルフちゃんが仕切ったらいいんじゃない？　有名なんでしょ、『赤盾《せきじゅん》のハイエルフ』」

ペイルが意地悪く言うと、スフィアレッドは顔を伏せた。

「……私のはただの悪評だ」

「おやまぁ、それはそれは。君ももしかして殺人鬼だったりするの？」

「黙れ、貴様と一緒にするな。私は護衛兵と共に魔術兵の盾となる。殺人鬼とシュヴァルケイン殿は後ろの守りを」

馬車からぞろぞろと魔術兵が降りてきて、水路に壁を構築し始めた。

水路は溝を掘って石畳で作り上げた簡素な堤防があるだけの雑な代物だったが、水攻めを想定していただけあって幅は十分な広さがある。

水路が曲線に差し掛かったところで、片側の堤防が決壊していた。これだけ派手に決壊しているとなると、片側の傾斜に水が流れ込んで要塞へ水が届かない。

魔術兵達は迅速に魔術を練り上げ、壁を構築していく。下からゆっくりと半透明の強固な壁が作られていくが、作業時間はどれだけ早くても一〇分かかる。

されどやはり敵の影すら見当たらない。

イグルーが馬の向きを反転させ、修復地点から離れた後方で周囲を警戒する。

兵士達も松明の明かりが届く距離で間隔を開きながら散開している。

静かすぎる森の只中《ただなか》には、馬の蹄《ひづめ》が地面を叩《たた》く音だけがコツコツと響いていた。

「姫様」

イグルーに呼ばれて、イオリアは肩を跳ね上がらせて驚いた。

正直に言えば、イオリアはびびっていた。長年闇漁りの手伝いやキャラバンの護衛こそ請け負ってきたが、基本的にはリスクを避けるのが仕事だった。安全確保と確実な危機回避、その二つが揃《そろ》って初めて闇歩きは闇の中へ入れるのだ。

こんな風に、戦うために自分から飛び込んでいくのは初めてだった。

「な、なな、何よ。いきなり声かけないでよね」

「すみませぬ。しかし何があろうと、しっかりと自分に摑《つか》まっていてください」

「言われるまでもないわよ……！　真壁蝨《まだに》みたいにあんたにひっついてやるわっ」

「姫様の予測は正しいかと思われます」

ザリンッ……と、錆《さび》を擦り合わせるような音と共に、イグルーが剣を抜いた。

「これは待ち伏せです」

イオリアはハッとして周囲を見回した。しかし敵の姿はどこにも見えない。

(待ち伏せ？　濁人がそんな組織的な行動できるはずがないのに……)

森は巨木に囲まれてはいるが、木と木の間隔が広いため視界は開けている。背の高い藪《やぶ》などは生えていないため、隠れられる場所など幹や岩の陰ぐらいだ。これだけ見晴らしがよければ、闇歩きの目を持つ自分になら、濁人がいれば影の一つぐらい……。

「……？」

視界に違和感があることに気づいたのは、その時だった。

まばたきを一つした直後のことだ。視界から木が数本消えたのだ。

気のせいかと思い目を擦って、もう一度見渡す。

消えた。遠くに見えていた木がまた消えた。まばたきをする度に、徐々に、少しずつ。

それが消えたのではなく、闇に溶けたのだということに気づいたのは、今まで見通せていた森そのものが見えなくなった時だった。

突然真っ暗になり、松明《たいまつ》の明かりが届くところまでしか見えなくなった。兵は気づいていない。闇歩きの目を持たない彼らには、元々明かりが届く範囲までしか見えていないからだ。

血の気が引く。兵士達が持つ松明の炎が揺らぎ始める。

「⁉　おいっ、火が消えるぞ、明かりを絶やすんじゃない！」

「な、何だ？　風なんか吹いていないのに……」

兵士達がいそいそと松明の火を絶やさぬように布を巻こうとする。

そんなものに意味はない。松明の炎が消えるのは、雨や風のせいではない。この一瞬、まばたきをたった数度繰り返しただけの合間に——闇が猛烈に強まったのだ。

「光脂を着火させなさい！　今すぐにッ‼」

イオリアが叫んだ瞬間、兵達が持っていた松明の炎が一斉に消えた。イオリアは真の闇の中で、懐《ふところ》から光脂を取り出してナイフの背を擦り合わせながら頭上に掲げた。

火花が散る音と共に、青く眩《まばゆ》い閃光《せんこう》が放たれる。

――一気に闇が晴れた。

「――ひッ」

光に照らされた光景を見た瞬間、イオリアから上ずった悲鳴が漏れる。

視界が異形で埋め尽くされていた。頭上より襲いかかる濁人の軍勢。人型ではあるものの頭が異様に大きく、口は大きく裂けている。まるで噛《か》みつくためだけに進化したかのような姿で、身体は木乃伊《ミイラ》のように細い。それなのに鎧《よろい》の名残が見て取れる。

その名残が示すのは、それらがかつて人間だったものだということだ。巨木の上部からそれらの濁人共が一斉に舞い降りてきた。自分達が立ち止まるのを待ち構えていたのだ。

鰐《わに》のように裂けた口がイオリアに迫る。避けることも防ぐこともできずに、イオリアはただ怯《おび》えた表情のまま――

「退け、下郎」

――叩き潰される濁人を目《ま》の当たりにした。振るわれた剣の刃《やいば》が舞い降りた濁人共を押しつぶし、どす黒い血が降り注ぐ。イグルーは蝿《はえ》でも払うかのように、剣で濁人を屠る。

濁人は地面に着地すると同時に四方へ転がるように跳躍して襲い掛かってくる。イグルーは馬に乗ったまま刃を寝かせ、剣の腹を濁人めがけて横薙《な》ぎに振るう。まるで煎《い》った実が弾《はじ》けるかのように濁人の頭が押しつぶされ、破裂していく。

「姫様！」

放心していたイオリアが我に返る。呼吸をするのも忘れていた自分に気づき、どっと息を吐く。周囲を見回すと、同じように木々から舞い降りた濁人達に兵士が蹂躙《じゅうりん》されている光景が目に飛び込んできた。兵士達の阿鼻叫喚《あびきょうかん》が森に轟《とどろ》く。

「嘘《うそ》だ！　嘘だ嘘だ！　なんでこんな、いきなり！」

「上から降ってきたぞ！　い、一旦逃げ――」

「こんなの聞いてない！　常軌を逸した個人達は何をして――ギァッ！」

ある者は舞い降りた濁人に兜《かぶと》ごと噛み砕かれ、ある者は松明を捨てて逃げだし、背中に噛みつかれて背骨を引きずり出されている。

一人の兵士が馬上より剣を振って濁人に応戦する。剣は濁人の額に命中したが、刃は弾かれた。濁人の外皮は極めて硬く、普通の人間には損傷を与えることはできない。

だが、兵士は剣を握り直してからもう一度刃を叩き付けた。

瞬間、剣の柄《つか》に埋め込まれた魔術球が砕かれ、剣戟《けんげき》に魔術による爆発が加わった。濁人は頭を花のように開かせて絶命した。

「や、やった……！　倒せるぞ！　狂乱する森の濁人《だくと》でも哭鳴器《フェアリーブリンガー》なら――」

喜び勇んだ兵士の左肩に別の濁人が食いつき、そのまま心臓を食いちぎられる。

哭鳴器《フェアリーブリンガー》の威力は絶大だが、魔術球の場合は一度使用した後は再装填が必要だ。濁人一体を屠れたところで、こうも囲まれた状況では焼け石に水でしかなかった。

あちこちで同じような光景が広がっており、殿《しんがり》は一瞬にして地獄と化した。

混乱のあまり兵士は対応できず、悲鳴を上げるばかりだ。闇歩きの目を持つイオリアにすら、あまりに急速な闇の氾濫に対応できなかった。

恐ろしさのあまり思考が追いつかずにいると、一帯の濁人を全て叩き落としたイグルーが剣を収め、手綱を握り直した。

「姫様、こやつらは尖兵《せんぺい》に過ぎません。主力は我らを包囲するように展開しているはず」

「どうすれば……っ」

やっと声が出たかと思えば、出てきたのは困惑をそのまま言葉にしたものだけだった。

イグルーは落ち着いた声で「ご安心を」と返す。

「修復地点の守りを固めるべきと考えます。いずれにせよ堤防は作らなければなりません。

優先すべきは魔術兵です」

「で、でも、兵士達が……」

イオリアは縋《すが》るようにイグルーを見た。背筋を伸ばし、臆することなく周囲を警戒する彼の瞳は、どこかいつもより冷たいと感じた。

「彼らを救えと言うのであれば全力を尽くしましょう。自分は姫様の命に従います」

「……っ」

「姫様、お下知を」

イグルーは片手で手綱を握ったまま、いつでも抜けるようにと剣の柄を握りしめている。命令を下すのは自分であることを思い出す。兵士達が殺されていくのを見ながら、イオリアは唇を震わせた。馬から引きずり下ろされた兵士が貪り食われるのを、そばにいたもう一人の兵士が眺めている。彼の様子がおかしい。眼球が墨で塗ったかのように真っ黒だった。

兵士は突然兜を脱ぎ捨てて、その場に膝をついて顔を両手で覆った。

「……へ、変なんだ、誰か……誰かいないか？　何も見えない……」

膝をついた兵士の声音が異様に低く歪《ゆが》む。同時に兵士の身体《からだ》も歪み始める。身体を覆う鎧が内側から盛り上がり、目と口からは樹液のような黒い液体が漏れ出した。

兵士は顔を上げると、何も無い漆黒の空へ手を伸ばした。

「違う、見える……闇が見える……ああ、これに身ヲ委ねればマた会えるのか？　妻ト娘が、そこニいるノか？　サーシャ、フレンダ……俺の、タイセツ……ナ……」

枯れ木が折れるような音を立てて、掲げられた腕の関節が増えていく。

闇に屈した者の末路だ。耐性を持たぬ者は、抗《あらが》うことをやめてしまえば濁人と化す。この場に留まっても恐怖は伝播《でんぱ》し、生き残っている者達も異形と化すのは時間の問題だ。

イオリアは歯を食いしばり、兵士を見るのをやめて前を見た。

「修復地点に戻るわよ、イグルー！」

「ハッ、御心のままに！」

「正気な者と生きている者はあたし達に続きなさい！」

周囲に聞こえるように叫んだが、続く者はいそうになかった。だとしても振り返りはしない。自分は何かを、誰かを救うためにこの場所へやってきたわけではないのだ。

イオリアはわずかな心の痛みを振り払い、ただ前を向くのだった。

先鋒《せんぽう》隊はさほど構築地点から離れていなかった。

先鋒隊最後尾の兵は、騎手とベルトでつないだ状態で後ろ向きに馬に乗り、本隊の明かりを確認していた。光脂《こうし》を落としたランタンは、距離があろうと視認することができる。

「異常なし。伝令、報告を」

監視兵の指示に合わせて伝令が先行していく。そのそばでデュナミスは後方を鋭い眼光で見つめていた。闇の中で揺らぐ炎を睨《にら》みながら、彼は馬に鞭《むち》を打った。

一気に先頭まで駆けると、本作戦を指揮しているアレスの馬と併走した。

「構築地点に動きがあった」

デュナミスの報告に、アレスはあからさまに顔を顰《しか》めた。

「伝令からは異常なしと聞いていますが、そう断じるのはどういう了見です？」

「この状況で後方の明かりが届くのはおかしい」

アレスが馬上にて後方を確認する。

光脂の明かりは、先頭にいる彼の目にもはっきりと見て取れた。

「光脂の光は十里先まで届くと言われています。この程度ならば届いて然《しか》るべきですよ」

「この闇の濃さで届くわけがない。何より静かすぎる」

「何も起きていないから静かなのでしょう？」

「いや、違う。闇が光を惑わし、音を消している可能性がある」

デュナミスの言葉をアレスは鼻で笑った。

「根拠の無い推測で隊列を乱すことこそ危険だ。濁人は獣と同じで組織的な行動はできません。惑わすとか、音を消すとかそういうことはできませんよ」

「これまで襲撃が一度も無いことをおかしいとは思わないのか？」

「恐らく敵は断崖要塞に集まっているのでしょう。連中の恐れるべきは数です。しかしまとまっていてくれるのならば水攻めで一網打尽にできる」

「…………」

「蜂だって巣を守るでしょう。濁人にも似た習性があります」

「……貴様、濁人を蜂と言ったか？」

アレスはデュナミスの表情の変化に気づき、微《かす》かに驚いた。

「わかりませんね。何故《なぜ》僕の濁人への分析に対して、貴方《あなた》が怒りを抱くのですか？」

「…………」

デュナミスは答えず、馬の速度を落とした。

アレスは肩越しに彼を見つつも、首を横に振りながらため息を吐《つ》いた。

「協調性の無い人々なのは予想していたけれど、彼は特に酷《ひど》いな。意見するのは構わないが、受け入れられるだけの根拠を示してくれないとな」

愚痴を口にするアレスに、相棒の魔術師、カナンは苦笑した。

「元々そういう趣旨の連合だもの、そんなに責めないであげなよ」

「だが、世界を救おうという時に、何故足並みを揃《そろ》えるぐらいのことができないんだ」

「まあまあ冷静に。あなたはお兄様の遺志を継ぐのでしょう？　もっと威厳を持たないと」

カナンに諫《いさ》められて、アレスは耐え忍ぶように口元を引き締めた。

「わかっているさ。僕は熱将の称号を継ぐ者だ。この鎧《よろい》と剣にかけて、兄さんと同じように……いや、兄さん以上に人々を導いてみせる」

手綱を握る手に力がこもる。闇の中でもぼんやりと赤く燃えるように光る彼の鎧は、兄から受け継いだものだった。災厄の折、闇から逃れるために兄は軍を率いたが、その道中で命を落とした。アレスはその場で兄の武具を継承し、要塞を守るために戦ったのである。兵を指揮し、先頭に立って戦い、カナンと共に百にも及ぶ濁人を退けたのだ。

その武勇に偽りはない。彼は間違いなく兄と同じ素質を持っている。

「これまでに死んでいった数多《あまた》の命に報いるために、僕は必ず闇を払う。たとえどれだけの恐怖と苦しみが待ち構えていようとも、この剣で道を切り開き、この鎧で全てを防ぎ、前へ進むんだ。それが僕、アレス・オルシオンの使命だから」

本人もそれを大いに自覚していた。瞳の奥に宿るのは迷いの無い純粋な勇気だった。

「そのためにも、カナン、僕には君の補佐が必要なんだ」

アレスは横に並んでいたカナンに顔を向けようとした。

しかしカナンの馬が自分の馬よりもわずかに先行する。

カツカツと蹄《ひづめ》の音を立ててカナンが通り過ぎていく。

「カナン？」

不思議に思いながら、アレスは馬に乗るカナンを見た。

カナンには頭が無かった。首から上がどこにも無い。

「え？」

カナンの身体がしばらく馬に揺られた後、まるで人形のように落馬する。

その姿を見ても、アレスにはまるで思考が追い付かなかった。

直後、何か鋭く素早いものが頬を抉《えぐ》った。続いて、彼の胸部にとてつもない衝撃が襲う。

辛《かろ》うじて落馬せずに済んだのは鎧の強靱《きょうじん》さのおかげだった。

「ひっ！　うっ!?」

大きく身体を仰《の》け反らせ、全身の痺《しび》れに喘《あえ》ぎながらも、何に襲われたのか理解する。鎧が弾いて落としたものが地面に突き刺さったからだ。

槍《やり》の投擲《とうてき》だ。視線を前方の闇、森の奥へ向ける。

剣身が二股に分かれた独特な剣を胸の前に構えて立つ、鋼鉄の騎士がいた。

明らかに他の濁人とは違う異質な佇《たたず》まい。纏《まと》う漆黒の鎧の隙間からは腐った樹液がとめどなく溢《あふ》れ出し、視界の中央で直立したまま動かない。

だが、足元に広がった樹液の泉が泡立ったかと思えば、中から槍を構えた兵士達がまるで湧くように浮き上がってくるのが見えた。

その数は見る見る内に増えていき、やがて視界の届く端から端までを埋め尽くした。

右手が巨人の如《ごと》く膨れ上がった兵士達が、槍を構えている。

そして、それら千の軍勢が一気に槍を投擲した。

矢よりも速く、剣よりも重い鋼鉄の雨が横向きに降り注ぐ。

散開、誰かが叫んだ。散らばったところでどうにもならない。後方からついてきていた常軌を逸した個人が応戦する暇もなく頭を的確に射貫《いぬ》かれていく。

わずか数秒のうちに戦える者はほとんどいなくなった。

生き残った者、負傷した者が馬の向きを反転させて元来た道を一目散に戻り始める。放心していたアレスも慌てて手綱を引いて馬を反転、逃げ出すように駆け出した。

「アーヴァインの抱翼《ほうよく》騎士団！　濁人は組織的な行動ができないはずなのに……！」

明らかに待ち伏せだ。急いで本隊に戻らなければ。

戻って、防御を固めて、それから……。

それから、どうする？　千体近くの濁人《だくと》をこんなに少ない戦力で迎撃するのか？

「っ……！　一度イシスに戻り、帝国騎士団の全勢力をもって挑まなければ！」

アレスは落馬して助けを求める仲間には目もくれず、森を馬で駆ける。

その時、進行方向とは逆に一騎の馬が走ってくるのが見えた。

デュナミスだ。彼は一直線に敵に向かっていこうとしていた。

「ダメだ、よせ！　イシスに戻って立て直すんだ！　今の戦力じゃ連中に対応でき――」

必死に止めようとするアレスの横を、デュナミスが通り過ぎる。

瞬間――デュナミスがすれ違いざまにアレスの鎧の首の付け根を摑《つか》み上げた。

首が詰まって息が止まり、小柄なアレスはじたばたと足をばたつかせる。デュナミスはあろうことか、片手に摑んだアレスの身体を自分の前へ掲げてさらに馬に鞭を打った。

「何をしてるんだ!?　や、やめろ、放せェ！」

デュナミスはアレスを盾にしながら森を直進する。

槍の第二射が投擲。デュナミスは右手に摑んだアレスの身体でそれを防いだ。槍が直撃するも、アレスの鎧は刃《やいば》を弾く。殺しきれなかった衝撃にアレスの身体には激痛が走った。

「うぁぁぁあ！　やめろぉお！」

悲鳴を上げてもデュナミスの表情は動かない。何本もの槍がアレスを襲い、その全てを鎧が弾く。されど無敵の鎧など存在しない。五本目の槍を受けた時、鎧がへしゃげた。

上ずった声がアレスから漏れる。涙を目に溜《た》めながら、アレスは必死に喚《わめ》いた。

「こんなこと許されないぞ！　仲間を何だと思ってる⁉　僕は熱将の弟なんだぞ！」

「──盾がしゃべるな」

喚くアレスの言葉を遮るように冷たい声が響く。

「この攻勢に撤退は無い。逃げ帰るのならばせめて俺の役に立て」

槍に晒《さら》されるアレスの鎧が歪んでいく。アレスも切迫した状況に本性が露《あら》わになる。

「ふざけるなっ、僕には世界を救う素質がある！　他の兵士と一緒にするなここで死なせたら君は後悔するぞ⁉　いいのか⁉　僕は英雄としての使命を、はた、はたっ──」

デュナミスは耳を貸さず、前だけを見据えている。

息ができず、槍が直撃する度に、ひっ、ひっ、と悲鳴が漏れる。

顔面は引きつり、涙でべちゃべちゃにしながら、アレスはついに懇願した。

「お、お願いしますやめてっ！　ぼ、僕は、僕はっ、ひっ、こんな死に方、嫌だ！」

異質を放つ中央の筆頭騎士が侍従兵から槍を受け取り、構える。

右腕を膨張させて振りかぶられた構えから、槍が解き放たれ闇の中を飛翔《ひしょう》する。

「あ、あああああっ、やめて助けて、兄さん！　にいさああああん！」

直撃。まるで鐘を鳴らしたかのような轟音《ごうおん》が響き渡り、槍がアレスの胸を貫く。デュナミスは予《あらかじ》め槍が鎧を貫通することを見越して上体を右にずらした。

デュナミスはアレスの死体をそのまま盾として利用しつつ、槍の嵐の中を疾走する。

彼は軍勢を呼び出す濁人とは以前に遭遇していた。闇の中で一人で生き続け、魔都《ギャラハンドール》に留まり濁人を屠《ほふ》り続けてきた彼にとって、この種は厄介な存在だった。いくら倒せども無限に増え続け、放置すれば拠点を築かれてしまうからだ。

この手合いは時間が経《た》てば経つほど攻め側が追い込まれる。

こちらが取るべき手段は一つ、増殖前に勝負を決するための速攻だ。

デュナミスはアレスの亡骸《なきがら》を投げ捨てると、飛来した槍を片手で摑み取り、馬上から投擲。槍は筆頭騎士の頭部へ向けて雷光の如く飛翔したが、騎士は剣でその一撃を弾いた。

デュナミスはその隙に鞍《くら》の上で立ち上がり、馬が投げ槍に貫かれる寸前に大きく跳躍した。空《くう》を突き抜けながらデュナミスが筆頭騎士に迫る。湧き出てきた濁人兵士達が飛蝗《ばった》のように跳ねてデュナミスに襲い掛かる。

「黒片《こくへん》、燻《いぶ》せ」

デュナミスは空中で腰の刀を一気に抜き放った。

横薙《な》ぎ一閃《いっせん》。振るわれた黒き刃は闇を吸うかのように空間を切り裂く。

直後、刀身から鴉《からす》の羽根を思わせる幻影が出現し、吹雪ように空間を埋め尽くした。

瞬間——羽根が弾《はじ》け散ったかと思えば、デュナミスが最初に繰り出した斬撃と同じものが生じ、濁人兵を斬り裂いた。

彼の哭鳴器《フェアリーブリンガー》『黒片』に封じ込められし妖精、『フッケバイン』は飛散した羽根の数だけ斬撃を複製する。この羽根は魔術に精通しない者の目には見えず、己以外の物に触れた瞬間にその効果は発動し、使い手であるデュナミス自身すらも制御はできない。

羽根からの斬撃により道が開け、デュナミスは再び地を蹴って跳躍した。濁人兵を足蹴にしながら跳躍を繰り返し、抱翼騎士団筆頭騎士に接敵する。

「闇を受け入れてもなお、己《おの》が使命を守り続けるか……」

濁人の中には闇に呑《の》まれる前の習性を持ち、執拗《しつよう》に同じ行動を繰り返す者がいる。そのほとんどは兵士や騎士であり、生前に途方も無い信念や執着を持った者に限られる。

闇に呑まれたというのであればそれは弱者の証《あかし》なれど、屈してもなお使命を捨てきれず守り続けている。そんな彼らに対して、デュナミスはある種の敬意を抱いていた。川沿いで怯《おび》えたように暮らし、ただ生きるためだけに戦う生者よりもよほど上等だと感じている。

濁人は良い。アレには嘘《うそ》がない。何を成し遂げたかったのか、存在がその一点に絞られている。デュナミスにとって嫌悪《けんお》すべきは狂気ではなく、信念の歪《ゆが》みだった。故にデュナミスはイグルーという男が許せない。守る対象を間違え、剰《あまつさ》え騙《だま》されているのにも気づかずに命をかけているあの男は、濁人以下の汚物だ。あのような者が護国の象徴である騎士の称号を持つなどと、デュナミスは断じて認めない。

「あれはこの俺の手で殺す。だが、今は──」

デュナミスは最後の跳躍後、宙に舞った羽根を数枚左手に摑んだ。

「抱翼騎士団筆頭騎士。その執念、見せてもらおう」

デュナミスが右手に握った刀を振り下ろす。

対する筆頭騎士もまた、剣を振るって応戦した。

激突する二つの剣。しかしデュナミスの刃は筆頭騎士の二股の刃の間に滑り込み、受け止められてしまう。相手の刀身を受け止めた上で折り砕く特殊な剣、ソードブレイカーの使い手は珍しい。その上相当な手練《てだ》れだった。

──我ガ腕《かいな》、ハ、帝国《ハンナヴァル》、の、翼……。

筆頭騎士の濁人が言葉を口にして、兜《かぶと》の奥で闇に染まった瞳を渦巻かせる。

──我ガ両翼、ハ、護国、ノ、咢《あぎと》……！

騎士が刃を捻《ひね》り、刀を折ろうとしてくる。黒片があまりの力に軋《きし》みを上げた。

「ハ……！」

デュナミスは狂喜して瞳を輝かせた。

やはり濁人は良い。武人とは、騎士とはこうでなければならない。デュナミスは弧を描かせた口を耳まで裂けさせて、びっしりと生えた鋭い牙を剝《む》き出しにした。

魔族本来の素顔。邪悪なる種族の証たる咢《あぎと》。

彼の純粋な魔族の表情から滲《にじ》み出るものは、紛れもない歓喜だ。

真の愛国者と対峙《たいじ》し、それを喰《く》らうことのできる喜びだった。

「いいぞ、存分に喰らってやる！」

デュナミスが左手に握りしめていた羽根を、筆頭騎士のがら空きになった腹部目掛けて解き放つ。次の瞬間、斬撃の猛襲が騎士の腹部で炸裂《さくれつ》した。

先鋒《せんぽう》、後衛含め、構築地点も同様に濁人の襲撃を受けていた。

木の上から降ってきた濁人を斬り払い、スフィアレッドは周囲を見渡す。彼女の視覚は闇歩きとは違うが人間を凌駕《りょうが》し、ハイエルフとして空間把握能力が非常に高い。

その把握能力でこの一瞬で出た損害を見抜く。魔術兵を守る護衛兵は半数近くが失われた。魔術兵と常軌を逸した個人達は健在だが、混乱状態にある。

スフィアレッドは舌打ちでもしそうなほどに顔を顰《しか》めた。

(練度が低すぎる。集められた兵は新兵ばかり……陛下の考えそうなことだ)

元から死ぬのがわかっているのなら、貴重な手練れを送り込む必要はないという考えだろう。

本来であれば、練度の低い新兵の命を無駄に散らせることは愚策以外のなにものでもない。未来を担《にな》う者達を失えば、国力低下につながり、いずれは国が亡《ほろ》ぶ。かつてスフィアレッドはセレスティアスに若い兵を無駄死にさせるなと進言したことがある。

だがその正論に対する返答は望んでいたものではなかった。

――この世界が十年後もまだ正気を保てていると、本気で思っているのか?

――闇の隙間に光を灯《とも》し、隠れるように生き永らえたところで世界は詰む。

――もはや未来を見据えられるような段階ではない。

――絶望を自覚し、狂気によって前へ踏み出す以外、人類に道は無い。

スフィアレッドはそうは思わなかった。新兵は決して使い捨てなどではなく、帝国《ハンナヴァル》だけでなく人類にとっての未来を担う者達だ。

(彼らは断じて、生餌《いきえ》などであるものか……!)

盾で濁人を潰し、スフィアレッドは息を大きく吸った。奇襲こそ受けてしまったが、濁人はもう降ってきてはいない。兵士の幾人かが光脂《こうし》に直接着火したため、濁人は魔術兵やスフィアレッドを取り囲むようにしながら距離を保っている。幸い、魔術兵に損害はまだ出ていない。兵の半分が今の奇襲で命を落としたが、残り半分は生きている。

しかし新兵達の心が折れて濁人化する前に鼓舞しなければ、敵が増えてしまう。

スフィアレッドは盾と剣を打ちつけて音を鳴らした。

「──落ち着け！　哭鳴器《フェアリーブリンガー》ならば敵は殺せる！　魔術兵達は作業に集中しろ！」

錯乱寸前の兵士達がスフィアレッドを見る。今にも逃げ出しそうだった彼らは、この状況でも気丈に振る舞うスフィアレッドの姿に勇気づけられていた。

「光脂の閃光《せんこう》が消えれば一斉に襲いかかってくる！　だが無駄に着火させるな！　護衛兵はランタンの油に光脂を落とし、戦意喪失しそうな者は気付煙草《きつけたばこ》を食《は》め！　気休め程度にしかならないとしても敵の動きを鈍らせ、正気を保つことぐらいはできる！」

言われるがままに、兵士達が腰のランタンに火をつけて光脂を落とし、携帯していた気付煙草を奥歯に詰めることで気を落ち着かせる。

スフィアレッドはさらに彼らを鼓舞した。

「いいか、立て直すぞ！　陣形を組み守りを固め、濁人を迎え撃て！」

彼女の声に導かれるように、兵士達は魔術兵の前に並び立った。前列は盾を構え、中、後列には槍《やり》型の哭鳴器《フェアリーブリンガー》を構えた兵士達が控えていた。

防御陣形の基本。前列が敵の突撃を防ぎ、中列に控えている兵士が哭鳴器《フェアリーブリンガー》による攻撃を行い、攻撃後に後列と入れ替わる。前に出た後列の攻撃が終わるまでに、後ろに下がった中列は魔術球の装填を終えておくことで、隙を無くすことができる。単純だが効果的な戦法だ。

「来るぞ！」

光脂の閃光が止《や》むと、待ち構えていたように濁人《だくと》共が襲いかかってきた。

スフィアレッドが前に出て剣と盾を振るって三体の濁人を屠ると、彼女を無視して魔術兵を狙う数体の濁人が、兵士達に攻撃を仕掛けてくる。

兵士達は濁人の攻撃を盾で防いだ。下位と言えども濁人の攻撃は鋼鉄製の盾に歯形を残すほどだ。兵士達は身体《からだ》が衝撃で浮き上がるのを必死に足を踏ん張って耐える。

盾ごと食いちぎられるのではないかと思われたその時、

「今だ！　殺せ！」

スフィアレッドのかけ声と共に、中列の兵士達が槍を突き立てる。矛先は盾と盾の隙間から突き出て、濁人の口の中へ。たとえ口内であろうと濁人の皮膚は貫けなかったが、兵士達は一斉に柄に取り付けられた取っ手を引いた。

槍の中央付近にはめ込まれた魔術球が砕け散り、柄を通って矛先で魔力が爆発する。濁人の口内で魔力が爆ぜ《は》て頭が爆散する。

泥のような血と肉片が飛び散る中で、兵士達は束《つか》の間の勝利に歓声を上げようとした。

「気を抜くな！　隊列入れ替え、迎撃準備！」

中列が後列と入れ替わり、再び襲いかかってくる濁人へ対処する。兵士達の構える大盾は大きく撓《たわ》んだが、下位の濁人は猪突猛進《ちょとつもうしん》に盾に噛《か》みつくばかりだ。そこへ再び槍を突き刺し爆散。スフィアレッドは戦いながらその様子を窺《うかが》う。

（しばらくは凌《しの》げるだろう。今のところ濁人の攻撃に一貫性は無い……一斉攻撃をされなければ、あるいはこの新兵達の中にも生き残れる者がいるかもしれない）

盾と剣を握る手に力がこもる。

スフィアレッド・ルドワールは、帝国騎士団において連隊長を任されていてもおかしくない実力と実績を持つ騎士だが、彼女は本来騎士ですらなかった。

光奪《こうだつ》戦争以前に部下達を喰らい尽くした悪鬼として幽閉されていたからである。

脳裏に焼き付いた記憶がスフィアレッドの中を駆け抜ける。部下達の青白く軟らかそうな首筋の奥で脈打つ命の源に、牙を立てた悪夢ような記憶が……。

歯が疼《うず》くのを打ち消すように、スフィアレッドは顎を噛み締めた。

（私は断じて……もう二度と、血の誘惑に敗れたりはしない……ッ！）

盾を振るい、濁人の頭を破裂させるスフィアレッド。

その姿を少し離れた場所で馬に乗った男二人が見ていた。一人は双槍《そうそう》を備えた甲冑《かっちゅう》男、もう一人は軍議の場にいた闇歩きの玄人《くろうと》らしき黒ずくめの男だった。二人は得物にこびりついた濁人の体液を振り払い、見下すような視線を兵士達へ向けている。

「帝国兵の質も落ちたもんだ。この程度の濁人に対応できんとはな」

「連中の頭は災厄前のままだ。基本戦術でどこまで持ちこたえられるか見物ではある」

「見物のためにイシスまできたわけじゃねぇ。最低限の仕事はさせてもらうとしよう」

黒ずくめの闇歩きと甲冑男が馬に鞭《むち》を打ち、スフィアレッドの横を通り過ぎた。

「待て！　迂闊《うかつ》に前に出るな！」

スフィアレッドの制止を聞かずに二人は水路にて馬を駆る。

「素人《しろうと》が。このまま壁を構築できたとして、水路へ敵が群がれば次へ進めまい」

黒ずくめの男の判断は正しい。後が控えている以上は、この場を凌いでも断崖要塞へたどり着けない。先鋒隊が濁人を蹴散らし、後衛が魔術兵を守るという作戦は、木の上で待ち伏せをしていた濁人共に阻《はば》まれた。

であれば、後衛は守りを固めるだけでなく道を塞がれる前に打って出なければ。

「濁人狩りだ。熟練の闇歩きの戦いが如何《いか》なるものか、雑兵《ぞうひょう》連中に見せてやるとしよう」

黒ずくめの男が曲剣を抜き放つ。彼らの判断は正しい。二人はこれまで闇歩きとして数多《あまた》の遺物を回収してきた。濁人の狩り方を身をもって学んできたのだろう。

だが――ここは精鋭が活躍するような場ではない。

ここは狂乱する森。闇が跋扈《ばっこ》し、闇が支配し、闇で満たされた魔境の深淵《しんえん》だ。

「⁉　どう、どうっ！」

馬が急に前脚を高く上げて急停止すると、黒ずくめの男は舌打ちをした。

「何を怯えてやがる……濁人狩りなんざ今までさんざんやってきただろうが……！」

愛馬をなだめようとしながらも、男は異変に気づく。

枯れた水路の中央に木が立っていた。

まるで水路を塞ぐかのように、ひときわ巨大な木がずっしりと。

「こんな場所に大木だと……？　おい相棒……相棒？」

気づけば併走していたはずの相棒が見当たらない。しかし馬はいた。彼が跨《また》がっていたはずの馬は、自分の愛馬と同じように怯《おび》えるように前脚を上げてその場から逃げ出した。

走り出した馬が脚を縺《もつ》れさせた瞬間、今度は悲鳴と共に馬が消えた。

男は何が起こったのかわからず、愛馬をなだめるのも忘れてただ闇を見ている。

真後ろで、金属か何かが落ちてきた音がして、慌てて馬の手綱を引いて振り向かせる。

男は左右を確認してから、闇の中で輝くものを発見した。

甲冑らしきものが転がっている。しかし銀に輝いていたその鎧《よろい》は捻《ねじ》れてひしゃげており、中身は絞り出されていた。鋼鉄が捻れている様は、屋台に並ぶ捻れた飴《あめ》細工のようだと男は思った。滴《したた》る赤に混じって、相棒の白い眼球が転がって、男のことを見つめていた。

不意に女のため息のような音が聞こえて、男は顔を上げた。

そこにはやはり木が立っていた。

しかしその木は根が地中に張っておらず、触手のように蠢《うごめ》いている。血の滴り落ちる葉は一枚一枚が風も無いのに揺れ動き、枝は筋肉のように脈動している。

女のため息のような音の根源には、太い幹に植え付けられた人の顔があった。悲嘆に暮れた女の顔が、呼吸もしていないのにため息のような音を立てている。

それに交じって、ひそひそと子供がささやく声がした。

見上げると枝に実がなっている。奇襲を仕掛けてきた頭の膨れた下位濁人が、木の枝にたわわに実り、破裂しそうな頭部を震わせていた。

見上げる視界を、濁人の果実が埋め尽くしている。

熟練の闇歩きである男にとって、濁人など慣れ親しんだ獲物でしかなかった。狩り方さえ間違えなければ脅威ではなく、名を挙げるための糧《かて》にすらなっていた。

男は知らなかった。闇の根源、七英雄の支配する領域の混沌《こんとん》がいかなるものか。人の境目を失った闇を吸い続ける上位存在を前に、男の経験と戦意は霞《かすみ》の如《ごと》く消え失《う》せた。

「ば、ばけものっ」

残ったものは恐怖だけだった。萎《しな》びた柿のように顔を歪《ゆが》ませて逃げ出そうとしたところへ、両脇から太い枝に摑《つか》まれる。逃げ出そうにも枝が触手のように絡《から》みつき、持ち上げられる。

「い、いやだぁ！　やめてくれぇ！　おれはまだ死にたくないんだぃがぎゃあああぁ！」

泣き喚《わめ》き、口から涎《よだれ》を垂らしながら、男は誰にともなく助けを求めた。しかし返ってくるのは濁人の笑い声だけ。巨木の濁人が閉じた目をわずかに開き、深く深くため息を吐《つ》く。

そして、ゆっくりと男の身体は捻《ね》じられていった。肉が渦を巻き、骨が砕け、血が絞りつくされた後、溢《あふ》れ出た臓物《ぞうもつ》がべたついた大地に広がっていく。

闇歩きが為《な》す術《すべ》もなく殺されたのを見て、隊列を組んでいた兵士達に恐怖が伝播《でんぱ》する。

――勇気を示さなければ。蛮勇だろうと構わない。彼らには今、篝火《かがりび》が必要だ。

スフィアレッドは盾に剣を打ち付けて己の存在を敵に誇示した。

「我が名はスフィアレッド・ルドワール！　今は亡《な》きハイエルフの都の守人《もりと》にして、女帝セレスティアスの騎士である！　我が誇り、我が力をここに示さん！」

濁人に対して名乗りなど意味は無い。怯えた兵士達に一握りの勇気を与えるためだ。

だが、そのような鼓舞など、大火への一滴の水に過ぎないことを思い知る。

水路の両脇に立つ二対の巨木が蠢いた。それどころか、見える限りの全ての巨木が意思を持ったように動き出したのだ。女のため息のような音と掠《かす》れた子供の笑い声が、まるで歌のように木霊《こだま》する。上位濁人と下位濁人の軍勢が、怯える人間達を嘲笑《あざわら》う。

押し寄せる絶望の波。されどそんな中でも剣を手放さず、スフィアレッドの鼓舞によって勇敢にも立ち向かおうとする若い兵士達がいた。

その者達の勇気に報いるためにも、スフィアレッドは闘う意志を失うわけにはいかない。

「――来い！」

今一度盾を打ち鳴らして、彼女は絶望に立ち向かうのだった。

悲鳴と雄叫《おたけ》びが轟《とどろ》く闇の中で女は震えていた。

傾いた荷馬車の隅で頭を抱え、耳を塞いで目を閉じていた。

「どうか、どうかお許しを……お許しを……」

気を失いそうな恐怖の中で、女は自分が何に対して許しを請《こ》うているのか自問する。

こうして丸くなって震えていることしかできない自分の情けなさに対してだろうと女は考えたが、脳裏に過《よ》ぎるのはかつての罪ばかりだった。

第十三聖女、マリアベル。天使の寵愛《ちょうあい》を受けた正真正銘の聖人。

貿易商を営む裕福な家庭で育ったが、齢《よわい》九歳にして父母を災厄で失った。巨額の財産と使用人だけが残り身寄りの無くなったマリアベルだったが、彼女は貧しい者達のために食糧を分け与え、両親が残した財すらもなげうった。マリアベルは人々から称《たた》えられ、修道女として聖教に迎え入れられてからも同じように人々に自らの糧を与え続けた。

――なんと素晴らしい！　まさに聖女だ！

――あなたの行いは尊いものです。人々のために、共に神に祈りましょう。

人々から注がれる溢れんばかりの賞賛に、普通ならば喜びを抱き、これからもいっそう人のために尽くそうとするのだろう。

しかし実のところ、彼らが何故《なぜ》自分を誉《ほ》めてくれるのかマリアベルにはわからなかった。そうすることが当たり前のことであり、普通のことだと思っていたからだ。

当たり前と思えるからこそあなたは尊いのだと、人々は言う。

ならばそうなのだろう。私はきっと彼らの言うような尊く清い存在なのだろう。マリアベルは人々の祝福を素直に受け入れ、修道女として順風満帆の日々を送った。

その慈愛と自己犠牲の根源に何があるのかを知ったのは、彼女が初潮を迎えてからだった。人に慈悲を与えると下腹部が疼き、自らを犠牲にするような行為をすると股が濡《ぬ》れる。立っていられなくなるほどの快楽の波に身もだえそうになってしまう。

それが穢《けが》らわしい性質だということをわからずにいられれば幸せなままでいられたのだろうが、修道女になった彼女には、その頃には聖職者としての観念が出来上がっていた。自分がどれほど穢らわしく、どれほど罪深いのかを思い知っていながら、マリアベルは自己犠牲という名の情事に抗《あらが》えなかった。聖女となり天使に見初《みそ》められながらも、自らを慰めることを止められず、わずか三月《みつき》足らずで聖女の名を奪われたのである。

しかし全てが周知されたことでむしろ彼女は安堵《あんど》した。

この穢らわしい自分は消えてなくなれるのだと、そう思っていた。

それなのに……今彼女は、こんなところにいる。

「ああっ……！」

マリアベルは馬車のカーテンの向こう側に、苦しむ兵士や魔術兵達の姿を見てしまう。外では上位濁人《だくと》とスフィアレッドが戦い、兵士達は下位濁人に翻弄されていた。

魔術兵達も傷つき、喰《く》われ始めている。

助けなければ。このままでは作戦が失敗してしまう。

そのように危惧すべき瞬間だというのに、マリアベルは違った。

その凄惨な光景を前にして、彼女は恐怖に歪んだ顔のまま頰を紅潮させたのだ。

（苦しんでいる彼らと代わってあげられたら……彼らの恐怖も、痛みも、全てこの身に移せたら……きっと、すごく……！　――立っていられないほどのッ……！）

マリアベルはよろよろと立ち上がり、傾いた馬車の荷台から顔を出す。鼻孔を刺激する血と内臓の香りこそすれ、マリアベルの視界には情景がはっきりとは映らない。にもかかわらず、彼女の目には救うべき対象の姿だけが明確に見えている。まるで己の欲望が視力を闇歩きのそれに引き上げているかのように、その部分だけがはっきりと見えていた。

自然と、マリアベルの口角が意に反して吊《つ》り上がっていく。

「ああ、た、た、助けなければ……た、たとえこの衝動が情欲だとしても……それでも、わ、わたくしは……！」

胸のロザリオを強く強く握りしめ、一歩足を踏み出す。

「それでもわたくしは――神の教えに身を委ねると決めたのだから！」

マリアベルが足を踏み出すと、両手に握っていたロザリオから淡い光を放つ液体が溢れ出た。一瞬にして出来上がった水たまりの中を、マリアベルはひたひたと裸足《はだし》で歩く。

濁人に右腕を食いちぎられ、倒れ伏した兵士が顔を上げると、そこには天使を思わせる片翼を生やしたマリアベルの姿があった。

「せ、聖女様……どうか我が魂をお救いください……」

兵士が安らいだように左手をマリアベルに伸ばす。

だが、安らぎを求めていた兵士の表情が一瞬にして強張《こわば》る。

聖女の鑑《かがみ》のような姿をしたその女の顔が、恍惚《こうこつ》を宿していたからだ。

「まあ……今日はこんなにっ、たくさんの……ッッ！」

その上気した頬と輝きに満ちあふれた瞳は、しかしとても正気とは思えない。

けれど彼女の纏《まと》う光は確かに神気を帯び、闇を照らしていた。マリアベルは震えた唇から雫《しずく》を垂らしながら、恍惚の中で微笑《ほほえ》む。

「ご安心ください。皆々様の、苦痛の全ては――」

微笑みが引きつり、身体《からだ》を痙攣《けいれん》させながら、面持ちに狂気を孕《はら》んだ。

「――このッ、わたくしが請け負いますッ！」

快楽に歪んだ素顔を露《あら》わにした瞬間、ロザリオから落ちる液体が湧水のように溢れ出た。水は一瞬にして兵や魔術兵達の元へ届き、彼らから傷を奪った。骨まで達する裂傷も、抉《えぐ》られた内臓も、千切り取られた腕も、まるで傷自体が無かったかのように再生していく。

奇跡か？　誰もがそう思ったが、これは奇跡などではない。翼を広げたマリアベルの身体に、全ての傷が転移したのだ。マリアベルは兵士達の傷を受けて血まみれになった。

「はっ、はっ、んふっ……皆様、こ、これほどまでに、辛《つら》い想《おも》いを……」

その傷も瞬時に癒える。マリアベルの握るロザリオ、『水天のサキエラ』から漏れ出した水によって一瞬にして治癒してしまった。傷を転移させては再生し、転移させては再生しを繰り返すその行いは、まるで不死《アンデッド》そのものだ。

「お労《いたわ》しい……お労しいっ。はぁっ、ん、ぅ……く、ふっ」

何よりも不気味なのは、その顔が聖女とはほど遠い淫婦のそれだったことだ。

自分の致命傷が癒えても兵士達は唖然《あぜん》とするばかりだったが、驚きは途絶えない。何故ならば、すでに死亡した仲間の傷すらも癒えていくのに気づいたからだ。

「あぅっ、んんッ……だめ、だめだめだめだめっ！　まだ、イッ、逝《い》ってはダメです！　イっ、逝かせませんから！　救ってみせますから！」

マリアベルが股をもじらせながら膝をつき、地面を這《は》いずるように蠢《うごめ》く。

その動きに呼応するように、死んだはずの兵達が起き上がった。

傷は再生し肉体は蘇《よみがえ》ったように見える。だが、明らかに彼らは息をしていない。顔色は青白く、血が通っていない。傷は癒えても蘇ってなどいないのだ。

魂無き入れ物、まさに動く無傷の死体だった。動く死体達は無造作な動きながらも濁人に立ち向かい始め、魔術兵の死体も体内に残った魔力を使って壁の構築を再開した。

「な、なんだよこれ……こんなのが聖女の奇跡だってのかよ」

「死んだら俺達もあんな風になるっていうのか……⁉」

濁人への恐怖がマリアベルへの恐怖に変わっていく。生きている兵士達は自分達の傷が癒えたことに喜びを抱くでもなく、ただただその光景に恐怖し後ずさる。

その時、マリアベルが地面を這ったまま顔を上げて、兵士達を見た。

「ああ……お労しい……怖いのですね？　恐ろしいのですね？　泣きたくなるほど悲しいのですね？　ね？　ねッ？　そうですよねっ？　大丈夫ですよ……何も心配いりません。全て、全て全て全て全て、すべてっ、わたくしめに注ぎ込んでくださいませ⁇」

ひっ、と短い悲鳴が上がった時には、すでに遅かった。

兵達の中で、あるはずのものが消えたのだ。今まで散々それに苦しまされてきたというのに、一瞬にして消え去ってしまった。身体の震えが止まり、
いきなり清々しくなった。何かが消えて動けるようになった。

しかし違和感だけが残る。煩わしいのに、生きるために必要な何かが消えたからだ。

誰もが思った。いったい何が消えた？　と。

「――その恐怖も、不安も、すべてすべてッ！　わたくしが請け負いますのでぇッ！」

そう、恐怖が消えたのだ。闘うには邪魔でしかなかった感情が全て消えたのだ。

代わりに湧き起こるのは高揚感と使命感、飢えにも似た闘志だった。

兵士達の身体が、足先から痙攣するように震え始め、剣を握る手に力がこもっていく。

まるで悲鳴のような雄叫びを上げて濁人へ立ち向かっていく兵士達。だが彼らは心の中で同じことを叫んでいた。戦うことへの喜びに満たされていながら、彼らは叫んでいた。

やめてくれ――それは生きるために必要なものだ。

やめてくれ――奪わないでくれ。

その叫びを淫婦が聞き届けることは無い。ただ貪欲に自己犠牲という名の快楽に身を捩《よじ》らせる彼女には、決して届かない。腕が折れようとも、足が折れようとも、内臓がはみ出ようとも、兵士達は剣を振るう。恐れを奪われ、ただただ闘争に溺れていく。

十三聖女マリアベル。彼女の起こす奇跡は、周囲一帯の人間の『負』を肩代わりする。

傷は快癒し、摩耗した精神は澄み渡り、命尽きようとも肉体は稼働《かどう》する。その肩代わりした『負』を、マリアベルはロザリオと天使の庇護《ひご》により瞬時に癒《いや》すのである。

ただしこの効果を得られるのは、心弱き者と清き者のみに限られる。

「――そうです、皆さんはまだ戦えるんです！　心配する必要はありません……イヤなものは全部このわたくしが背負いますからっ！」

恐怖と痛みと不安を一身に受けながら、清廉なる淫婦は貪るように負を奪う。

慈悲に嬌声《きょうせい》を上げ、祈りに熱く喘《あえ》ぎながら、地獄に劣情を咲かせるのだった。


下位濁人を蹴散らしながら馬を駆けさせ、イグルーとイオリアは水路を突き進んでいた。

(闇に目が慣れてきた。これなら迷わず修復地点にたどり着ける……!)

濁人は人間が多くいる場所に群がる習性があるため、イオリア達への襲撃は少なかった。

進行方向の闇に目を走らせていると、剣戟《けんげき》の火花と光脂《こうし》の明かりが見えてくる。

「いた! まだ修復地点を維持できて——」

修復地点の状況を確認したイオリアは、慌ててイグルーの腕を摑《つか》んだ。

「イグルー、止まって……!」

手綱を引いて馬を急停止させ、息を潜ませる。

「いかがされました? 自分の目にはまだ何も見えず……」

「……修復地点が上位濁人に襲われてる」

「では、このまま救援に向かいますか?」

イオリアはすぐに答えられなかった。彼女の目に映っているのは異様な光景だった。巨木の姿をした上位濁人が集まり、下位濁人を量産している。

下位濁人を抑えているのは兵士達だが、彼らの様子が妙だった。まるで歓喜に打ち震えるような表情で、嬉々《きき》として剣を振るい、雄叫《おたけ》びを上げている。その勇猛さとは裏腹に、彼らは明らかに致命傷を受けていた。しかしその傷はほんの一瞬で癒え、塞がっていく。傷が癒えれば兵士達は再び立ち上がり、濁人に戦いを挑んでいく。

目の光を見ればわかる。あれは死者の目だ。彼らは死してなお戦っているのだ。

その地獄のような光景の根源には、片翼を広げて身もだえながら、祈り続けている聖女マリアベルがいた。マリアベルの身体は兵士が傷つく度に同じ傷を負い、得体の知れない力によって瞬時に再生していく。

あれが彼女の常軌を逸した個人としての能力なのだろう。

死体と化した兵士は頭が食いちぎられようとも、胴体だけで戦いを続行していた。

そんな中でも、正気を保っている兵士が幾人かいた。スフィアレッドを守るように盾と剣を構え、上位濁人に震えながら立ち向かおうとしている若い兵士達だ。

スフィアレッドは見るも無惨《むざん》な状態だった。剣を握る腕はひしゃげ、右足は折れ曲がり、片目が大きく腫れ上がっている。

そんな状態でも、スフィアレッドは盾を振るい戦っていた。マリアベルの恩恵を受けられないのは、恐らく彼女が不浄な存在、吸血鬼だからだ。

「……姫様？」

「待って、イグルー。考える……考えてるから」

イオリアは逡巡《しゅんじゅん》していた。

はたして、ここで彼らを助けに行っていいのか？　と。

マリアベルの能力のおかげで堤防の修復は完了し、補修壁はほぼ出来上がっている。

しかし濁人《だくと》は人間ではなく壁を狙っている可能性があった。待ち伏せに波状攻撃なんてものを濁人が仕掛けてきた前例が今までに無い以上、壁を作れたとしても放置して前進するわけにはいかない。結果的に散開させたのは失敗だった。戦力を集中していれば、壁構築後に残って防衛に当たる常軌を逸した個人が生き残っていたはずだ。

ここにいる常軌を逸した個人は三名。イグルーが助太刀したとしても壁を維持するのが限界だ。

維持し続けたとして、森中の濁人がますます群がってジリ貧になるのは目に見えている。そうなれば断崖要塞を落とすことは不可能、作戦は失敗する。

「っ、どうする……！　修復地点が襲われてるのに先鋒《せんぽう》隊は戻ってこない……この場に残っていたはずの他の常軌を逸した個人は皆死んだ。頼れるのはここにいる連中だけ……」

イオリアは焦燥感に煽《あお》られながら手で顔を覆う。

「ここを見捨ててあたしらだけ先に進む？　無理よ、無理無理絶対無理……壁がもたなきゃどうにもならないのよ……どうする、どうするどうするどうすればいいの……っ」

「姫様、どうか落ち着いてください。ご要望とあれば、自分がすべて――」

「――黙って！　今、考えてる！」

語気が強まる。どれだけ無い頭を絞ろうと解決策など出てこない。

人を先導したような経験は無く、考えることと言えばどのように状況を切り抜け、どのように逃げ切るかばかりだった。戦って勝つという選択肢は今まで考慮してこなかった。

自分は所詮その程度の存在でしかないのだと思い知る。目がいいというだけの無能で惨《みじ》めな小娘。墓荒らしのような真似《まね》をしているのがお似合いだ。

そんな自虐を抱きそうになった時、脳裏に忌《い》まわしい光景が蘇る。

セレスティアスの、まるでゴミを見るような目だ。

あの女ならば簡単にこういう状況も切り抜けるのだろうか。お得意の采配とやらで兵を先導するのだろうか。女帝らしく。凱旋《がいせん》帝の娘らしく。誇らしそうに。

あたしを、見下しながら――

それを想像しただけで、イオリアの中に抑えようのない感情が滲《にじ》み出た。

「……クソが……っ」

意図せずして、感情は言葉となって喉から漏れ出した。

「ちくしょうちくしょうちくしょう……！　なんであたしはあいつに、あんな奴《やつ》に……！　何も知らないくせに全部持ってるくせに人のこと貶《おとし》めたくせに……！　なんであいつが……！　ふざっけんな……！」

止まらない。止めどなく溢《あふ》れる。頭を抱えながら髪を振り乱しながら親指を噛《か》む。

噛みついた指から血が滲む。口いっぱいに血の味が広がった、その瞬間だった。

「…………あ」

血の味と共にイオリアの中で何かが染《し》みのように広がった。

それは人心から乖離《かいり》した、理《ことわり》無き発想だった。思いつこうとも実行に移すには嫌悪《けんお》感を抱くような卑劣な策。誇りも体裁も全てかなぐり捨てた先に、その活路は存在していた。

目を見開いたまま、イオリアはその狂気を口にしてしまう。

「生餌《いきえ》は……濁人のためのものじゃない……？」

狂気の発露に、唇が震える。

「――――吸血鬼？」

ほろりと出たその言葉に、イオリアは思わず口を手で塞いだ。

「あ、あたしは今……何を考えたのっ……？」

人として発想してはいけない領域に足を踏み込んだ感覚に寒気が走る。

しかしそれがこの状況を打開するための糸口、一縷《いちる》の望みであるのは間違いない。

――いいやダメだ。そのような判断は人として間違っている。まともじゃない。純粋なイグルーにそんな命令はできない。

無論、自分にだって、誰にだってそんなことをしろだなんて……。

……………いや、一人だけいた。そういうことの専門家が、一人だけ。

「とんでもないこと思いつくね、自称バルハントのお姫様。でもいいよ、面白いよそれ」

短く息を吸い込み、肩を震わせながら横を見ると、いつのまにかそばにやってきていたペイルレインが薄目を開けて笑っていた。

虚《うつ》ろな独り言を聞かれていた上に、何をしようとしているのか勘づかれた。

絶句するイオリアに笑いかけるその殺人鬼は、馬のそばに寄ってきて尻尾を振る。

「それで？　方針決まったんでしょ？　ボクにしてほしいんだろ？　どうしてほしい？」

イオリアは手を伸ばし、やめて、と口にしようとした。

声は出ず、伸ばした手は力なく下がる。ペイルはクスクスと囁《ささや》くように笑った。

「ほら、命令しな。弓を引くのも、放つのもボクがやってやるよ」

イオリアは息を呑《の》み、強張《こわば》った顔をペイルへ向ける。

「だけど矢を番《つが》えるのは――発案者の君の役目だ」

丸くて真っ黒な殺人鬼の瞳が、さっさと命令しろと囃《はや》し立てていた。

イオリアは震えていた瞼《まぶた》を閉じ、苦渋に満ちた表情で胸の前で拳を握る。

良心の呵責《かしゃく》を探す。自分の中に元々さして備わっていない善良さを手繰り寄せようとする。しかしそうしてみても、己の中の善が悪意とせめぎ合うことはなかった。心が定まらずとも、イオリアの中ですでに『これ以外は無い』と答えは出てしまっていたからだ。

故に、罪を覆い隠すために己の大義に縋《すが》りつこうとする。

これは愛する者のためにすることだ。死んでいった姉や友のため、優しかった七英雄や父のため。いっそ偽善でもいい、これは結果として闇を払い、世界を救うための戦いだ。

そうだ、そうだそうだとも、あたしは――！


『さようなら、芥屑《ごみくず》』


過去からの声が耳元で囁いた瞬間、光が消え、代わりに赤い炎が灯《とも》った。

「――――」

一瞬にして、汚濁のような感情の波が全てを攫《さら》っていった。

切り捨てる。振り払う。目的を果たすために、邪魔なもの全てを。

瞼を開けた時、彼女の瞳の奥には、確かに狂気が宿っていた。


もはや自分の息遣い以外に何も聞こえず、膝をつくまいと剣を地面に突き立てながら、スフィアレッドは盾に力を込め続けていた。周囲は濁人に囲まれ、下位濁人が止めどなく襲い掛かってくる。兵達はマリアベルの奇跡によって狂喜しながら戦い続けているが、巨木型の上位濁人の攻撃に耐えられるものではない。

巨木の枝が兵達を鎧《よろい》ごと叩《たた》き潰していく。スフィアレッドが上位濁人を抑え込まなければ、全滅するのは目に見えていた。

上位濁人を三本へし折ったところで、すでに彼女の限界は訪れていた。無事な身体《からだ》の部位がほとんど無い。普通の人間ならば確実に死んでいる。

ここで倒れるわけにはいかない。自分が倒れれば死してなお壁を構築し続けている魔術兵や兵士達の尽力が全て無駄になる。上位濁人の動きは鈍いが着実に壁に迫っている。

(立て……立って戦い、今度こそ守るのだ……！　私の部下達を、今度こそ……！)

震える身体に鞭《むち》を打とうとした時、兵の一人が彼女に肩を貸した。

さらに他にも四名が前に出て、スフィアレッドを守るように剣を構える。

「やめろ……お前達でどうにかできる相手では……っ」

「き、騎士様が戦っているのに、俺達兵士が引くわけにはいきません……！」

「俺達を奮い立たせてくれた貴女《あなた》の勇気に報います！　光脂《こうし》を絶やすな！　惜しまなくていい、使い切るつもりで焚《た》き続けろ！」

「少しでも時間を稼ぐんだ！　聖女の奇跡で俺達の傷は癒える！　致命傷だけ避けろ！」

彼らの握る剣は震えて音を立てていたが、マリアベルの奇跡の影響を受けても正気を保っている。恐れよりも勇気が勝っているからこそ正気でいられるのだ。それがスフィアレッドの鼓舞のおかげだということを兵士達はわかっていた。

彼らの背丈はスフィアレッドよりも低いのに、脇に手を回して懸命に支えてくれる。

皆、まだ少年のようなものだった。彼らは将来良き兵になる。この絶望しかない世界を支える礎《いしずえ》になってくれるに違いない。スフィアレッドはそう確信し、口元に小さく笑みを浮かべ、折れた足に力を込めて一人で立った。

「お前達はここで死ぬべきではない……馬車に積まれた光脂を使ってイシスへ戻れ」

「貴女を置いていくなどできません……！」

「従え！　貴様らは帝国《ハンナヴァル》の、人類の未来を担《にな》う兵士だ！　死す時は今ではない！」

スフィアレッドは兵達に背を向けて、迫りくる上位濁人へ向けて身体を引きずるように歩き出す。左腕は折れた、剣は振るえない。片足は引きずらなければ歩けない。

だが右腕は健在だ。盾を握るこの手だけは、今もまだ戦うことを止《や》めてはいない。

十分だ。壁の構築まで耐えられずとも、彼らが逃げる時間は耐えてみせよう。

「行け！　お前達は生きるのだ！」

スフィアレッドが兵士達に命令した、その時だった。

「――慣れないことはするもんじゃないよ、吸血鬼」

スフィアレッドの足元を何かが通り過ぎた。闇の中、一つの煌《きらめ》きが高速で地面すれすれを、地を這《は》うように蛇行しながら巨木達に迫る。幹に激突する寸前にその煌きは十に分裂し、上昇。巨木の枝に実る濁人共に炸裂《さくれつ》した。

ペイルの矢だ。矢は濁人に突き刺さった直後、金属部の鏃《やじり》を破裂させて敵を爆散させた。

ペイルが馬から軽やかに飛び降りて、着地すると同時に弓を構える。

両足を大きく広げ、地面に這わせるように弓を引き、矢を放つ。

目にも留まらぬ速度で連射された矢は再び分裂し、空間を飛び交った。およそ弓術とは呼べぬような、異質な軌道を描きながら矢が的確に下位濁人を打ち落としていく。

驚く兵士達を他所《よそ》に、ペイルは立ち上がってニタニタとスフィアレッドを見た。

「生餌の面倒なんて見てどうすんのさ～、自分の仕事をしなさいよ～」

スフィアレッドは舌打ちをしていたが、その表情には微《かす》かに安堵《あんど》が見て取れた。殺人鬼の救援を喜ぶ日がくるとは、スフィアレッドは露ほども思っていなかった。

「作戦の成功には彼らが必要だ！　生餌と呼ぶのはやめろ！」

「まあ、必要っちゃ必要だよね。生餌だし」

忌々しげに顔を歪《ゆが》めながらも、スフィアレッドは希望を見いだしていた。ペイルは忌まわしいが、敵ではなく味方だというのなら、この状況でこれほど頼もしい弓兵はいない。

「貴様は実った濁人《だくと》を撃ち落とせ……上位濁人は私が相手をする！」

命令されて、ペイルもまた改めて弓を構えた。

「ふぅん、まあいいけど、でも生餌は使わないとだよね」

「まだ言うか！　彼らは濁人に食わせるためのものでは――」

「違うよ。そうじゃない」

ペイルが目を細め、突然矢を高速で幾本も真上へ放った。

兵士達は彼女が言われた通りに下位濁人を狙ったのだと思った。

しかし矢は当たらず、枝と葉をすり抜けて暗黒の空へ消えていく。

スフィアレッドはペイルを見た。ペイルは無表情だった。

闇の中で、瞳孔の大きく開いた猫の目が、爛々《らんらん》と輝いている。

「――生餌ってのはこういうことさ」

瞬間、弓が撓《しな》るようにペイルの口元が弧を描く。

スフィアレッドは眼《め》を大きく見開き、暗黒の空を見上げた。

「ッ!?　お前達、逃げ――」

思惑に気づいて駆け寄ろうとした時にはすでに遅かった。

矢は上空で分裂し降り注いだ。敵にではなく――背後にいた兵士達へ。

空を見上げていた兵士達の眼球に降り注いだ矢が突き刺さり、体内に入り込んだ鏃が爆発し、兵士達は鎧ごと内側から破裂した。

飛び散った血液が、スフィアレッドの全身を汚す。

ペイルはあえて彼女に血がかかるように矢を放ったのだ。

「そん……な……ひっ、うぁっ」

スフィアレッドは肌にこびりついた血液を手で拭おうとした。無情にも肌が兵士達の血液を吸収してしまう。砂が水を吸うように、恥ずかしげもなく貪りつくしてしまう。

「ああっ、あああああああああああああああああっ！」

慟哭《どうこく》しながらスフィアレッドは膝をつく。

「……未来を担う者達を、喰《く》らってしまった……っ……私は、また同じことを……」

顔を覆う手の爪を立て、自らの皮膚を抉《えぐ》る。

「――ずっとずっと、ずっとずっとずっと我慢して、我慢してきたのに……ッ！」

嗚咽《おえつ》を漏らすスフィアレッドを、ペイルは恍惚《こうこつ》とした表情で眺めていた。

見開かれた眼、強張った頬。スフィアレッドは悲嘆にくれながらも、無に近い表情でペイルを見た。見る見るうちにスフィアレッドの瞳だけが赤く染まっていく。

本能が反応したのか、ペイルの身体中の毛が逆立ち、両の耳がぴくんと跳ねた。

「んん～～っ、やばいねその目、超怖い！　ぞくぞくしちゃう！　君をいますぐこの場で貫けないのが残念で仕方がないよ！」

「………………」

「だけど君も今は自分の仕事をしな。上位濁人の相手をするって自分で言ったんだぜ」

直後、ペイルが手を振ると霧のように姿が消えてしまう。

「茶番お疲れ様。最初からこいつらを食わずに手を抜いた君が悪いんだよ、吸血鬼」

笑い声だけを残して、ペイルの影は霧散した。

残されたスフィアレッドは、剣と盾を手にしたまま項垂《うなだ》れる。兵士達がひっきりなしに焚いていた光脂の閃光《せんこう》が、一つ一つ消えていく。光に抑制されていた濁人の動きが激しくなり、項垂れるスフィアレッドの元へ群がり始める。

濁人が襲いかかる直前に、全ての光源が途絶えた。

残されたのは濁人共の不気味な笑い声のみとなり、場は闇が支配したかに思われた。

闇の中で赤く輝く双眸《そうぼう》が見開かれたのはその直後だった。吹き荒れる血潮の嵐と共に現れたのは、昏《くら》き赤を纏《まと》った鬼である。纏っている赤はこの場で流れた全ての血液だ。

「ああ……私は、またしても」

天を仰ぎ見るようにしながら、スフィアレッドは瞳から血の涙を流す。

集められた血液が肌に染《し》み込むだけで、折れた腕は元に戻り、潰れた足は生え変わった。

吸血鬼が全身で周囲の血液を収集するのは、人間が呼吸をするのと同じだ。

スフィアレッドは今までどれだけ吸血鬼と蔑まれようが、己は人であり誇り高きハイエルフだと自分に言い聞かせてきた。どれだけ渇きに喘《あえ》ごうと、口にするのはセレスティアスのもののみであると誓いを立て、意地の悪い要求にも耐えてきた。

ああ、それなのにどうだ。残酷にもこの身体は血を吸ったことでこんなにも歓喜に打ち震えている。どれだけ我慢しようと、最後はこの口で、この肌で貪ってしまう。そして耐えれば耐えるほど血は甘く芳醇《ほうじゅん》な味わいとなり、抗《あらが》おうにも身体は悦《よろこ》びに咽《むせ》ぶのだ。

心はこんなにも悲しみに暮れている。

だがその悲しみは部下を失ったことに対してのものではなかった。

ここまで手遅れなのかと、スフィアレッドは己の性根に絶望した。

若い少年兵達の血を吸ってしまった時、本当は……。

もっと我慢すれば、もっと美味しくなったのに。

心の底からそう思ってしまったのだ。本当はいつも食事のことばかり考えていた。部下への劣情に耐えるために綺麗事《きれいごと》を並べ立てても、本当は、今我慢すれば明日にはもっと美味《お》しくなるはずだと、毎日毎日毎日舌なめずりをするように……。

諦念に沈んでいたかに思われたスフィアレッドの表情が、突然怒りに染まる。

「汚《けが》らわしい……汚らわしい汚らわしい汚らわしい！」

自己嫌悪《じこけんお》に溺れながら、スフィアレッドは背後に迫る上位濁人の巨大な枝を見もせずに盾で振り払った。馬の胴を幾十も束ねたような巨木の枝が、枯れ枝のように粉々に粉砕され、周囲に群がっていた下位濁人諸共《もろとも》粉々に弾《はじ》け飛んだ。

「濯《すす》がなければ……吐き出さなければ……禊《みそ》ぎをさせろ、この私に……！」

纏っていた血液に炎が灯《とも》り、一瞬にして周囲一帯を包み込む。潔癖からなる尋常ならざる怒りの発露と、自己を憎悪《ぞうお》することにより生まれる自殺願望。その精神負荷を赤盾《せきじゅん》に封じられた報復妖精は蓄積させ、炎として周囲に撒《ま》き散らした。

だが吸血鬼は炎では死なず、身体《からだ》は周りを巻き込み炎上し続け、後には何も残さない。

「私の汚《け》れ《が》を落とすための薪となれ、闇に屈した敗北者共！」

そして赤盾のハイエルフは燃え続ける。

この狂乱する森を灰にし尽くすまで――


スフィアレッドから吹き荒れる炎を見つめながら、イオリアは恐ろしさに自らの肩を抱く。彼女の悲痛な叫びと怨嗟《えんさ》の声が、まるで自分に向けられているように感じたからだ。

イオリアはペイルに命じた。

――兵士達を殺し、スフィアレッドの餌にしろ、と。

大聖堂での一件で、彼女が血を得ると力を増すことがわかっていたからだ。この状況で彼女の本領を使わない手はなかった。この惨状をもたらしたのが自分だということへの責が、肩に重く圧《の》し掛かる。イオリアはたまらず口元を手で押さえ、吐気に嘔吐《えず》いた。

胸の奥に灯ったはずの炎はすぐに消え、後悔の念に苛《さいな》まれる。

自分の判断でどれだけ殺した？　自分よりも若い兵もいたはずだ。家族がいる者もいたはずだ。守るべき者のために戦っている兵がほとんどのはずだ。きっと自分なんかよりもよっぽど上等な人々だ。自分はそんな人々を切り捨て、道を切り開くための贄《にえ》にした。

それも血を吸うことを心から嫌悪する吸血鬼に、無理やりにやらせたのだ。

これほどの邪悪がどこにいるというのか。

「イグルー……あたしを軽蔑する？」

誰かに間違っていると言ってほしかった。頰を打って詰《なじ》ってほしかった。

「いいえ、姫様。貴女《あなた》は間違ってなどいません」

望んだ言葉は得られない。何故《なぜ》ならば、彼もまた正気とは言えないからだ。

「間違いは何も選ばないことだと考えます。たとえ非情で非業《ひごう》なものだとしても、その選択が道を切り開くのだとすれば、それは間違ってなどいない。その両手がどれほどに血濡《ちぬ》れていこうとも、貴女の輝きが失われることはありません」

静かに、穏やかに、イグルーは馬上にて前を向いたまま語りかけていた。

「自分は火花でしかありません。闇の中で煌《きらめ》いて、一瞬で散るだけの火花でしかない。けれど貴女は違う。貴女は俺にとっての……我らバルハントにとっての篝火《かがりび》です」

剣に手を添えて、柄《つか》を握りしめる。

引き抜かれ前方に向けられたその剣は、錆《さび》に覆われ、切っ先は欠けていた。

されど闇の中であろうと、その鈍い光は確かに行く先を示している。

「どうかその炎でもって、進む道を照らしてください。必ずや切り開いてみせましょう」

前を見据えた彼の瞳は、蒼《あお》く澄み渡っている。

「ご安心を。貴女がどこへ向かおうと、俺は貴女の騎士であり続ける」

あまりにも曇りのない意志にイオリアは恐怖すら覚えた。

だがこれでいい。この胸の狂気は彼と共にある。一人ではないのだ。

それだけで震えは止まり、吐気は収まった。

炎の燃ゆる方向から、馬に乗ったペイルが影から浮き上がるように姿を現す。

「言われた通りに吸血鬼を囃《はや》し立てて、荷馬車に残っていた光脂《こうし》を取ってきたよ。ついでに怯《おび》えていた馬が生きてたから連れてきた」

楽し気なペイルをイオリアが睨《にら》むと、彼女は心底嬉《うれ》しそうに耳を上下させる。

「なにさ〜、ぼかぁ君の命令に従っただけだよん〜？」

「馬を連れてこいとは言ってない」

「あ、そこ？　でもほら、君を乗せてたらイグルー君がまともに戦えないじゃん？」

ペイルはそう言って、並走させてきたもう一頭の馬の手綱を手放した。

イオリアはイグルーの馬から降りて、その馬に乗り換えた。馬は怯えてはいたがイオリアに跨《また》がられるのを少しも拒絶しなかった。怯えているくせに逃げもしない。いや、もう逃げられないということをこの馬は悟っているのだ。

まるで自分のようだとイオリアは思った。

「姫様！」

「これでいいの。殺人鬼の言うことも一理あるわ」

イオリアは前を見据えたまま、ペイルから光脂の入ったズダ袋を受け取る。

「あたしが道を照らして、あんたが道を切り開く。そうでしょう？　イグルー」

その問いにわずかに逡巡《しゅんじゅん》した後、イグルーは前を向いて剣を肩に担《かつ》いだ。

背後に気配を感じて振り返る。森の奥から夥《おびただ》しい数の濁人《だくと》が集まってきているのが見えた。

「どうするんだい？　ここにいれば吸血鬼の炎と濁人共で動けなくなるよ」

「やることは最初から変わらないわ」

イオリアは袋から光脂の塊を一つ取り出し、前を見た。

鑢《やすり》状になった袋の表面に光脂を擦《こす》りつける。

「――前へ、進むだけよ！」

光脂が閃光を放ったと同時に、イオリアはそれを前方へ投擲《とうてき》。馬に思い切り鞭《むち》を打つと、嫌がって前脚を跳ね上げたが、イオリアは足で脇腹を蹴りつけて無理矢理前進させた。

光脂が閃光を放ったまま地面を転がると、近くにいた下位濁人が光を嫌がって逃げ出す。

その隙にイオリア達は前進した。光脂の光が届かなくなると同時にまた着火させて前方に投げつける。闇を切り裂くように、イオリア、イグルー、ペイルの馬が駆け抜ける。

前へ。ただ前へ。スフィアレッドがまき散らす炎のただ中に突入すると、進行方向に燃えさかる上位濁人が立ちはだかる。

「イグルー！　道を切り開きなさい！　なぎ倒しなさい——全てを！」

「御意！」

イグルーが馬に鞭を打って前に出た。上位濁人は炎にその身を焼かれてもなおイグルーに枝を振り下ろす。イグルーは手綱から手を離し、両手で剣を握り込んだ。

ギリィイイイイイ……！

柄を握る音とは思えないような奇怪な音の直後、

「ゼィアアアアアアアアアアアアアアアアアアアアアアアアアアアアッ！」

イグルーは敵の攻撃を避けもせずに横薙《な》ぎに剣を振るった。

魔術でもない。妖精の恩恵でもない。そのただの剣撃はまるで横向きの稲妻だった。

強靱《きょうじん》な枝を一撃で叩《たた》き折り、そのまま幹を真っ二つにした。

囂々《ごうごう》と燃え上がりながら倒れゆく濁人の脇を、すり抜けるように三人が前進する。

倒れる上位濁人の影を縫うようにして、濁人が三体飛びかかってくる。イグルーが死んだ兵士の剣を引き寄せて応戦しようとした時、三本に分かたれた矢が濁人の頭を貫いた。

「雑魚《ざこ》はボクに任せちゃって〜、退屈だけどイグルー君の剣技見てるの楽しいからさ〜」

肩越しにペイルを睨み、イグルーは再び前を向く。

イオリアは炎の渦の中心にスフィアレッドを見た。すれ違う時に目が合う。その悲しみと憎しみに充《み》ち満ちた、血に濡れた瞳に胸が締め付けられる。

でもそれだけだった。イオリアは前を向き、光脂を投げながら馬を駆る。

背後で声が聞こえたような気がした。

──狂王の忌《い》み子め……！

それはかつて、民衆から陰ながら言われ続けた呼び名だった。呼ばれ始めたのは、父が英雄達に果実を口にするように命じてからだ。

狂王、暗君、太陽を喰《く》らう恐ろしき王。その通りなのだろう。父は狂っていたのだろう。

構うものか。イオリアにとっては良き父であり、家族同然の英雄達だった。彼らが狂っているというのなら、その狂気を終わらせるのは忌み子である自分の役目だ。

決して、断じて、セレスティアスの役目ではない。

あたしがやる。あの女にだけは渡さない。たとえそれが修羅の道であろうとも。

炎上地帯を越えた後も、濁人は光を避けるようにして襲い掛かってくる。

「邪魔だあああああああああああああああああ！」

その全てをイグルーが蹂躙《じゅうりん》する。剣の投擲を繰り返し行いながら、進行方向を塞ごうとする上位濁人を叩き折る。ペイルはイオリアの後ろから矢による援護を行い、襲い掛かる濁人の頭を的確に射貫《いぬ》いていく。

——妙だ。壁に群がろうとしていた濁人達が、自分達に目標を定めて集まってきている。イオリア達の方が脅威であると判断して目標を変えたのだ。足を止めれば動けなくなる。要塞に到達してから悠長に放水を待っている時間は無さそうだ。

「ペイル！　光脂矢《こうしや》を空に放ちなさい！」

イオリアは後ろを走るペイルに叫んだ。

雑魚を矢で射貫きながら、ペイルが訝《いぶか》し気に首を傾《かし》げた。

「今やるの？　放水に巻き込まれてボクら流されちゃうかもよ？」

「構わないわ！」

「先鋒《せんぽう》隊の生き残りがいるかもしれないのに？　壁を守ってる連中は？」

「構わないッ！」

ペイルがイオリアに追いつき、その顔を……瞳を覗《のぞ》き込む。

見開かれ、前だけを見据えたイオリアの瞳に、ペイルは含みのある苦笑を浮かべた。

「やっぱり君の瞳は好きじゃないな。偽物《にせもの》だ」

「っ……！」

「でも、いいよ。その煩わしい眼光に免じて付き合ってあげる」

そう言うと、弓に光脂を括《くく》り付けた矢を番《つが》え、暗黒の空に撃ち放った。

闇にひと際眩《まばゆ》い閃光《せんこう》が走る。最上級の光脂の光は一時的に狂乱する森の全容を把握できるほどに照らした。森中の濁人達が悲鳴を上げる中、イオリア達は速度を上げた。

ここに至るまで努めて見ようとしなかったものが見えてしまう。

地面に転がる先鋒隊の骸《むくろ》と、濁人化を始めた悍《おぞ》ましい姿だ。怨嗟と執着による意味を為《な》さない言葉を口にしながら、身体が膨れ上がり、内臓は別の生物のように蠢《うごめ》いて外に這《は》い出て、表面に赤子の顔のようなものを出現させている。

心折れた者達の末路を目にしながらも、地獄の渦中《かちゅう》をただ真《ま》っ直《す》ぐに駆け抜ける。

まともに生きている者は見当たらない。先鋒隊は全て闇に呑《の》まれたかに思われた。

だが、進行方向、血反吐《ちへど》と泥に塗《まみ》れた甲冑《かっちゅう》が転がっている先に、そいつはいた。

「あれは……！」

まるで獣だった。巨大な濁人騎士の首に、耳まで裂けた顎門《あぎと》を食いこませ、腐った樹液に浸された肉を貪り食う魔物がいた。

それが濁人ではなく、こちら側の者であるとイオリアが判断できたのは、目だった。

氷のように冷たく突き刺すような、刃《やいば》を思わせる瞳。

行動は狂気に満ちていても、魂は正気だとわかるその眼光だ。

そいつは騎士らしき濁人の首に齧《かぶ》り付いたまま顔を上げ、馬上のイオリアを見た。

魔人デュナミスは濁人を口に咥《くわ》えたまま立ち上がり、地面に突き刺さった刀を握った。

イオリアは彼とすれ違う直前に息を大きく吸い込んだ。

「──来いッ！」

彼に向かって吠《ほ》え、手を伸ばす。

デュナミスは濁人の死体を吐き捨ててイオリアの手を摑《つか》み、彼女の後ろに乗りつけた。

貴重な戦力だ。ここで捨て置くわけにはいかない。

「……貴様……！」

「おいでませ～、魔人君～」

イグルーは剣を振るいつつあからさまに嫌悪《けんお》感を示し、ペイルは矢を射ながら呑気《のんき》に歓迎している。デュナミスは二人を無視して前後を確認する。

「生き残ったのは三人か？」

「そうよ、ご不満かしら」

「いいや、十分だ。このまま征《ゆ》け」

デュナミスは刀の峰を額に押し付けて、妖精球から羽根をまき散らした。空中に散らばった羽根は、イオリア達を追撃してくる濁人共に触れた瞬間、斬撃となって襲い掛かった。

イグルーは上位濁人を雄叫《おたけ》びと共に叩き折ると、鬼の形相で後ろのデュナミスを睨む。

「フレイリア様に指一本でも触れてみろ……！　その首、この場で叩き斬ってやる！」

「貴様は己の背後に気を払うべきだ。隙あらば背骨を抜き取ってやろう」

「おいー！　背骨抜いちゃったら瞳が曇っちゃうだろ！　イグルー君はボクのだい！」

三人が諍《いさか》いを始めた時、

「――お願い！」

会話を遮るように、イオリアが突然叫んだ。

「あたしはあんた達ほど余裕が無い！　協力し合えなんて言わないわ！　終わった後でいくらでも殺し合えばいい！　でも、いい子だから今だけは同じ方を向いてちょうだい！」

軽口のように聞こえるかもしれないが、放っておけば三人は本当に殺し合う。それがわかっているからこそ、イオリアは怒鳴った。

そうだ。これは狂気によって狂気に打ち勝つための戦いだ。

自分は彼らに比べれば羽虫の如《ごと》き存在だとしても、ここにいるのだ。

この、常軌を逸した個人達の中に。

たとえ偽物だとしても、この中に数えられているのならば——

「あたし達の向かう先は、同じなのだから……！」

——イオリアは己《おの》が狂気を受け入れるだけだった。

☆

セレスティアスが夢を見たのは、実に十年ぶりだった。

夢の内容は、父と初めて出会った時の記憶だ。物心がついたばかりの頃、貧者が暮らす貧困街の母の死体の横で、分け合うことになっていたパンの切れ端を独り占めにできることにささやかな喜びを抱いていると、突然父を名乗る男がやってきた。男はそばまでやってくると、襟元を摑んで無造作にセレスティアスを持ち上げた。

そして目をじっと見つめながら、父は口元に笑みを浮かべたのだ。

セレスティアスは幼い目に焼き付けた。

凱旋《がいせん》帝と呼ばれる、ある境地に至った黄昏《たそがれ》色の男の目を——

玉座に腰を深く沈めながら、セレスティアスは夢の余韻に再び目を閉じようとした。

その時、大聖堂の大扉が開かれ、兵士が転がり込んできたことで余韻が打ち消される。

「——申し上げます！　光脂矢の閃光を確認！　放水が開始されるものと思われます！」

「兵達はやりましたぞ……！　要塞を水没させられれば、イシスから増援を送ることで制圧を確固たるものにできます！」

後からやってきた軍団長が高揚した様子で両手を広げる。

しかしセレスティアスはそのまま目を閉じた。

「全軍待機。イシスの本隊は引き続き都の防衛に努めよ」

「なっ！」

無体な命令に軍団長は激しく顔を歪《ゆが》め、悲痛に喉の奥を震わせた。

「新兵や老いぼれた兵ばかりを死地に向かわせ、我々は光ある場所で惰眠を貪れと言うのですか……！」

「わらわは守れと言った。眠れとは一言も口にしておらぬ」

「同じことです！　兵達は命を散らしながらも使命を果たしたというのに、どうして彼らを見捨てられましょう……！　伝令、全軍に出陣の報を送れ！　私も出る！」

軍団長が部下を侍《はべ》らせながら踵《きびす》を返す。

セレスティアスは眉間に皺《しわ》を寄せ、静かなのによく通る声で彼の背に告げる。

「常人がいくら束になろうと英雄に敵《かな》うものかよ。兵を無駄に死なせてくれるな」

軍団長が足を止め振り返る。貴様がそれを言うのか。彼の表情はそう訴えかけている。

「兵を動かすことは許さぬ。軍団長、行くならばそなた一人で向かうがよい。そなたにあの闇を単独で掻《か》い潜るだけの素質があればの話だがな」

厳《いか》めしく結ばれた軍団長の口から反論の言葉は出てこない。行動で示すために覚悟を決めようとしているようだったが、セレスティアスには内心を見透かされていた。

「どうした。剣に添えた手が震えているぞ？」

「……っ！」

「できぬというのであれば都の防衛に努め、要塞攻略は常軌を逸した個人に任せよ。備えが無駄に終わることはない。いずれそなたにもわかろう」

明確な敵意を向けられていてもセレスティアスは歯牙《しが》にもかけない。

彼女は暴君だ。されど暗君とは断言できない。これまでの十年間、セレスティアスの采配が間違いだったことは無かったからだ。どれだけ荒唐無稽であろうと、どれほどの犠牲を出そうとも、度し難《がた》いほどまでに狂気に満ち満ちていようとも、結果として彼女の判断はいつも正しかった。好手に首を振り、悪手を良しとして活路を切り開いてきたのである。理屈はわからない。何故《なぜ》その手段で上手《うま》く事が運んでいるのか、誰にも理解できないからだ。

だがいずれわかるというのなら、そういうことなのだろう。

彼女が言うのであれば、納得できずとも都を守る必要があるということなのだ。

「……ご命令通りに、陛下」

軍団長は怒らせた肩を鎮《しず》めると、部下を引きつれてその場を去っていく。

誰もいなくなった薄暗い聖堂で、セレスティアスは微睡《まどろ》む。

「抱翼《ほうよく》のアーヴァイン……貴様は闇の中でどう肥えた？」

継母《ままはは》を殺した英雄の姿を思い出しながら、女帝はただ静かに眠りに落ちるのだった。

☆

光脂矢を放ってからどれぐらい経《た》ったのかイオリアにはわからなかった。馬の振動により上下する視界。襲い来る濁人《だくと》共の悲鳴と雄叫びの不協和音。剣戟《けんげき》と火花、飛び交う矢と舞い散る羽根。全てのものが渦巻いて見えて、今にも吐きそうになる。

この地獄の中をあとどれだけ進めばいい？　どれだけ前を見続ければいい？

ズダ袋から光脂を取り出しては着火して投げつける。

今自分が摑んでいるものが最後の光脂だということに気づく。光脂の閃光があったからここまで来られた。その恩恵が無くなれば、濁人は隙間無く襲いかかってくる。

そして最後の光脂が指先から離れ、進行方向の遥《はる》か先の地面に――転がらなかった。

地面に落ちることなく消えた？――いや違う！

「イグルー！　止まって‼」

イオリアの叫びに応じて、イグルーが手綱を思い切り引いた。地面を滑るようにして馬が急停止し、続いてイオリアとペイルも同じように馬を止めた。

汗が頬を伝う。イオリアは下を見た。

崖だ。あと一瞬止めるのが遅ければ、イオリア達は空中に放り出されていただろう。

一望すると、崖を直接削って作ったかのような建造物が直下にある。

あれが断崖要塞だ。あらゆる侵攻を防いできたであろう強固な城壁と外郭、数え切れないほどの塔と櫓《やぐら》。中央には居館と礼拝堂、そして城が聳《そび》え立っている。

かつては美しく雄大な場所だったが、今は濁人で埋め尽くされていた。夥《おびただ》しい数の濁人が手を伸ばしながら呻《うめ》き、大挙して断崖を登ろうとしていた。

まるで地獄の釜のようだ。ここへ降りようと考えている自分の正気を疑いたくなる。

ペイルとデュナミスが馬を降りて弓と刀を構えた。

「どうする？　ここから飛び降りるのも下の連中を相手にするのも自殺行為だし、森から濁人も迫ってる」

「水が届くまで凌《しの》ぐ以外にあるまい。もっとも、本当に届けばの話だがな」

狂乱する森から追いかけてきた濁人の軍勢が後ろに迫っていた。イグルーも馬上から飛び降りてイオリアのそばまでやってくると、手を差し出してきた。

イオリアは彼の手を取り、支えられながら馬から降りた。

イオリアは崖下のある一点を凝視したまま、喉をごくりと鳴らす。

「イグルー」

「ハッ」

「今すぐ飛び降りるわよ」

その一言にデュナミスとペイルが振り返り、イグルーも驚いていた。

「光脂《こうし》が切れたわ。ここで放水が届くのを待っている猶予はない」

「しかし、この高さでは……」

「あたしが魔術で何とかする」

袖をまくり上げながら、イオリアははっきりとそう言った。

威勢はいいが額に汗は浮かんでいるし、顔面は蒼白《そうはく》だった。

「四人だったらなんとかできる。城のバルコニーに向けて全員で跳ぶのよ」

ペイルが信用できずに乾いた笑い声を漏らす。

「ハハ……本気？　それ、君に命預けろってことだよね？」

「じゃあ他に魔術かじってる奴《やつ》がいる？　魔族は？」

一番得意そうな奴に聞いてみたが、デュナミスは「必要がない」と答えた。

使えないのではなく必要がないというのは文字通りの意味なのだろう。

「大丈夫……い、いけるはずよ……必ずやり遂げる」

不幸中の幸いか、要塞の城の部分には濁人の姿が見当たらず、バルコニーも着地できそうな状態にあった。常軌を逸した個人の中にいた魔術師が足場を作って兵士を下ろすと言っていたが、イオリアに足場を作る魔術は初歩的なものしか使えず魔力も少ない。

息を短く吸って深く吐くのを繰り返し、意識を集中、研ぎ澄ます。

目を閉じて、焦《あせ》らずに、気持ちを落ち着かせ――

「猶予ないんだろ～～～、がっ！」

突然の浮遊感にイオリアは目を開けた。

臀部《でんぶ》に衝撃を感じた直後、闇に身体《からだ》が放り出されたのだ。

蹴られたのだ、ペイルに。そんな状況で当然平静を保てるはずもなく、

「ひぁあぁあぁあぁあぁあぁあぁあぁあぁあぁあぁあぁあぁあぁぁぁ！」

「ひ、姫様――ッ！」

急ぎイグルーも崖から飛び降りてイオリアを追う。

デュナミスとペイルも同じように躊躇《ちゅうちょ》なく崖から飛び降りた。

「にゃはははははは！　いい悲鳴！　今のは面白かったよ！」

「……無様だな」

「やはり貴殿らを姫様のそばに置くべきではなかった！　姫様ー！」

「——黙って！」

イオリアは落下しながら祈るように両手を合わせ、目を見開く。歯を食いしばり、怒りをもって魔術を編む。感情が邪魔だなんて固定観念はどうでもいい。怖いし暗いしセレスティアスに突き落とされたトラウマのせいで高所が苦手だがそれすらもどうでもいい。

（もう知るかこんなもの勢いよ！　この苛立《いらだ》ちとやけくそで魔術を組み上げろ！　雑でいい、適当でいい、必要なのは数！　属性は風と氷——薄く速く！）

イオリアは思考を叩《たた》きつけるように声を出して、魔術を発動する。

「風、凍りなさい！」

それはあまりにも雑な魔術だった。位置の固定の仕方もおざなりで強度も最低な足場魔術。薄い膜とも言うべき透明な薄氷をそれぞれの落下方向に張り付けただけだ。

その足場は落下中の身体に触れただけで砕け散る。だがこれでいい。あとは繰り返すだけだ。魔術の練習をしていた頃のように、素質が無いくせに意固地になっていた時みたいに、何度も何度も何度も、触れては砕けて突き破りを繰り返す。

魔力が尽きるまでただそれだけをひたすら繰り返す。次第に四人の落下速度が落ち始め、緩やかになっていく。このまま続ければ、着地の衝撃で死ぬようなことは無いはずだった。

（もう少し……もう少しで……！）

あとは自分の魔力が保《も》つかどうかだ。

イオリアは一度まばたきをして、改めて着地点のバルコニーを見た。

瞼《まぶた》を開いた瞬間、何かがそこにいた。幽鬼のように、最初からそこに立っていたかのように項垂《うなだ》れた人型が佇《たたず》んでいる。灰色の長髪で顔を隠していても、イオリアには誰なのかひと目でわかった。姿形は十年前と同じだ。

翼の生えた英雄。抱翼《ほうよく》のアーヴァイン。

当時と変わらぬ、少しのくすみもない美しさで――

「アーヴァ――」

その名を口にしようとした瞬間、彼が顔を上げた。

何もない、がらんどうのように見えた。大きく空いた二つの目とぽっかりと空いた口は漆黒で、世界樹の腐った樹液で満たされていた。蒼白だった彼の顔が感情を発露し、見る見るうちに歪《ゆが》んでいく。目と口からは樹液が溢《あふ》れ、心臓部から夥しい数の黒い根が身体中を這《は》い巡っていく。純白だった両の翼は浸食され、まるで火で炙《あぶ》った蝋《ろう》のように爛《ただ》れていく。

アーヴァインは両手をイオリアへ伸ばそうとする。

だが、その身体は爛れた翼に包まれて見えなくなった。

――我ガ、遠キ、星よ……！

脳を激震させるような声が頭に響く。

直後、巨大な翼がまるで触手のように伸びてイオリアに襲い掛かった。間近に迫る巨大な翼。落下中では避《よ》けることもできず、イオリアは思わず両手で顔を守ろうとした。

真横を剣が通り過ぎる。

イグルーの投擲《とうてき》した剣が翼に突き刺さり、スレスレで軌道が逸《そ》れる。

「姫様、お手を……！」

イグルーの声に、イオリアは空中で彼に手を伸ばす。

だが次の瞬間、イグルーの身体が拳状に握りしめられた翼によって崖に叩きつけられた。

続いてペイルとデュナミスも同じように翼による襲撃を受ける。二人は触手を足場にして回避し続けるが、触手はとどまることを知らず攻め続け、デュナミスは防いだ拍子に吹き飛ばされ、ペイルは掴《つか》みかかられて遠くへ投げ飛ばされた。

一人空中に取り残されたイオリアは、恐怖に強張《こわば》った顔で再び下を見る。

黄昏《たそがれ》の瞳を向けて両翼を広げる鳥獣。灰色の髪だけを残して、その身体は膿《う》んだ妄執の果てに肥大化し、狂い果てていた。鳥を思わせる異形の怪物は不協和音を叫び散らしながらイオリアを翼で受け止めようとした。

「触れるなああああああああああああああああああああああああああ！」

イグルーが触手の拘束から逃れ、崖を蹴って跳躍する。

アーヴァインは彼を見もせずに触手状の翼を繰り出して鞭《むち》のように殴打《おうだ》を仕掛けるが、イグルーは空中で翼の全てを足蹴にしてイオリアを助けるべく間近に迫った。

くすんだ蒼《あお》いマントを靡《なび》かせながら、イグルーが化け物に斬りかかる。イオリアは爛れた翼に受け止められて包み込まれてしまう。

噛《か》みしめた奥歯を砕かんばかりに、イグルーは咆哮《ほうこう》した。

「渡してなるものかあああああ！　その方は俺の――――ッ！」

繭のように翼でイオリアを包んだアーヴァインに剣を振り下ろす。

頭上、崖上より轟音《ごうおん》と共に濁流が降り注いだのは、まさに剣が振り下ろされる直前だった。濁流に呑《の》まれてイグルーは地上へと落下する。アーヴァインはイオリアを包み込んだまま、濁流に流されることなく城の中へと戻っていく。だがその時、地上付近より投擲された剣が天高く飛翔《ひしょう》し、狙いを定めたかのようにアーヴァインの側頭部に突き刺さった。濁流に呑まれてもなお剣を投擲し、イグルーが一矢《いっし》報いたのだ。

気を失ったイオリアを抱きながら、爛れた翼を引きずってアーヴァインが城の中へと戻っていく。イオリアを見つめる彼の瞳は、黄昏に染まっていてもなお慈愛に満ちていた。

濁人《だくと》とは、妄執のみを内包する人間の残骸。闇に屈した敗残者。

けれどその瞳は穢《けが》れていると呼ぶにはあまりにも純粋だった。

イオリアは両翼に抱かれながら、アーヴァインの妄執の夢を見る。

誰よりも母のことを慈《いつく》しみ、尊び、そして愛した英雄の夢を。

終節

魂に火花を

微睡《まどろ》みの中、ゆらゆらと揺れるのが心地よくて、彼の胸に顔をうずめるのが好きだった。

父は戦続きで、母は父の帰りを待つ日々に疲れ果てて心を病んでいた。

イオリアの面倒を見ていたのは、いつも姉のカルナとアーヴァインだった。

『イ、イオ様。お庭で眠られては風邪をひかれますよ』

抱きかかえてくれるアーヴァインの両手は、イオリアの凍《い》てついた心を癒《いや》してくれる。

イオリアは七英雄が大好きだった。皆イオリアには優しかった。父のいない日は必ず誰かがそばにいてくれた。中でも母の騎士であるアーヴァインはいつでも近くにいてくれる。

アーヴァインの顔を見上げると、こんなにも優しい男がどうして私の父ではないのだろうと思ってしまって、口に出してしまったことがあった。

彼は困ったような笑みを浮かべて、いつも同じことを言った。

『私では陛下の代わりは務まりません。お父上はどこにいようとイオ様や皇妃様のことを想《おも》っておいでです。たとえそれが、千里離れた場所だとしても……』

その笑顔はどこか悲しそうでもあったが、幸福そうでもあった。父はイオリアに愛情を注いではいたが、いつも遠くを見ていた。本当はいつもそばにいてほしかった。家族だけを見てほしかった。母を大事にしてほしかった。

『さあ、お母様の元へ戻りましょう。きっと寂しがっておられますよ』

アーヴァインは部屋に入ると、病に臥《ふ》せっている母の横にイオリアを寝かせる。

イオリアはいつも寝たふりをした。

アーヴァインは愛おしそうにイオリアの頬を撫《な》でた後、必ず母の寝顔を見つめていた。

悲しみを孕《はら》んだ表情で、母の頬に指先を伸ばし、触れる寸前でいつも手を引くのだ。

彼が母とは幼馴染《おさななじみ》であることは聞いていた。彼にとって母が特別な存在であることも、
幼いイオリアは気づいていた。いつか彼は母に触れるのだろうと思っていた。

でも、その日は違った。

アーヴァインは母の頬ではなく、首に手を伸ばしたのだ。

声もなくさめざめと涙を流しながら、震える手を首に添えようとした時、母が目を開いた。アーヴァインの手に母がそっと手を重ねたのを見て、イオリアは目を瞑《つぶ》った。

『……殺しなさい』

アーヴァインの息を呑む音が聞こえた。

『あの人を止める方法は、私にはもうこれ以外に無いのです』

目を閉じていても、母が泣いているのがわかった。

『お願い……殺して、アーヴァイン……っ！』

どうして母が死を望んだのか、子供だった頃のイオリアにはわからなかった。

声を上げて止めようとしたけれど、目を開けた時、イオリアは信じられないものを見た。

母の首に手をかけたアーヴァインは、頬を涙で濡《ぬ》らしながらも、笑っていたのだ。

結局アーヴァインが母を殺すことはなかった。母から手を離し、そのまま部屋を出て、災厄の日まで一度も母と顔を合わせなかった。

以来、イオリアも彼とは話していない。凱旋《がいせん》帝が七英雄達に世界樹の涙を喰《く》らうように下知を下したのは、その数日後だった。

イオリアはアーヴァインのあの顔が忘れられなかった。

母の首を絞めながら、口角を歪ませて泣き笑う彼の顔が——

☆

夢から覚めて息を吸うと、母の香りがした。

十年前に戻ったような心地がした。目を開けるとそこは母の寝室だった。断崖要塞でイシスからの迎えがくるまでの数日だけ使っていた部屋だが、帝都の母の寝室にとてもよく似ていた。まるで夢の続きを見ているようで、再び眠りに誘《いざな》われそうになる。

自分を見下ろす影に気づきさえしなければ、そのまま眠っていたことだろう。

「……アーヴァイン……」

彼がいた。

あの頃と何も変わらない姿で、慈しみに満ちた瞳でイオリアを見下ろしていた。

「我が遠き星、ようやく戻られたのですね」

普通の濁人とは違い、アーヴァインの言葉は痞《つか》えや異質な響きが無い。

「……あなた、言葉を」

災厄後の七英雄とまみえるのは初めてだが、彼は確かにアーヴァインのように思えた。

イグルーのような例もある。正気とは言えずとも、帝国《ハンナヴァル》の皇族であるイオリアが上手《うま》く扱えれば味方にできるかもしれない。一瞬、そんな儚《はかな》い願望を抱いた。

「これで私は、ようやく貴女《あなた》をこの手にかけることができるのですね」

背筋が凍る。イグルーがフレイリアと間違えているのと同様に、彼はイオリアを母と誤認していた。決定的にイグルーと違うのは、彼の妄執が母の守護ではないということ。

——アーヴァインの妄執は母を殺すことだ。

イオリアはベッドの上でアーヴァインから後ずさる。

「私は母様じゃない。イオリアよっ」

「オクタヴィア……貴女が示そうとした陛下への愛を、私が遮ってしまった」

「違う！　私はあなたの愛したオクタヴィアじゃない！」

「今宵《こよい》、我が手が、我が翼が貴女を見捨てることはない」

「母様はあなたが殺したのよ！　思い出してよ、アーヴァイン！」

何一つこちらの言葉が届かない。アーヴァインが自分に母の面影を見ていたことぐらい子供の頃からわかっていたが、それでも縋《すが》り付きたくなってしまう。

かつては家族同然だった人に、正気に戻ってほしいと思ってしまう。

「あたしイオリアだよ……あなたのことが大好きだったイオだよ」

「…………」

「あの頃みたいに、イオ様って呼んでよ……ねぇ、アーヴァイン」

涙が頬を伝う。ここに至るまで、フレイリアを名乗ってイグルーを欺《だま》してきた。その前も、帝国《ハンナヴァル》の皇族であることは隠し、偽名を使ってきた。

一度だってイオリアの名を口にしたことはなかった。自分が誰なのかを忘れてしまいそうになる前にこの名を呼んでほしかった。本当の自分を見てほしかった。

アーヴァインは爛《ただ》れた翼の中に隠れていた細く長い手をイオリアに伸ばす。その指先がイオリアの涙をそっと拭った。氷のように冷たくて、触れただけで痛みが走るような指先だった。黄昏を宿した瞳が優しく細まる。

「わかっていますよ、オクタヴィア」

「……っ」

「陛下を愛しているのですね？」

指先が頰を撫でて首に伸び、ゆっくりと絞め上げてくる。

「何も心配はいりません。貴女は私に殺せと命じた。全ては陛下のためなのだと……私の心中を察しながらも、貴女は……あなたは……！」

「あっ……ぐ」

「いいえ。私はそれで良かった。望んでいたことナのです。嗚呼《ああ》、それなのニどうして、あノ時の私は何故《なぜ》この手を離してしまったのか……私ノ悲願だっタというのに……」

涙がこぼれていた。世界樹の腐った樹液そのものが、アーヴァインの瞳から止めどなく溢《あふ》れ、黒く染め上げていく。

「貴女ノ想いハ手に入らズトも、貴女ノ死だけは私ノモのになっタのニ……！」

美しかったアーヴァインの姿が、闇を帯びて膨れあがる。

五つ目の大鳥としか形容できない姿だ。されどその両翼が羽ばたくことも、空を覆うことも無いだろう。羽毛と思われたものは人の毛髪でしかなく、嘴《くちばし》は人間の顎と歯を歪《ゆが》ませて伸ばしただけに過ぎない。アーヴァインの姿は、白翼を生やした純白の騎士だったというのに。

「ああ、オクタヴィア——我が遠き星、オクタヴィあああああああああああ！」

愛憎を込めた慟哭《どうこく》が要塞全体に響き渡る。

世界樹の涙は人の姿を幻想へ昇華し神の如《ごと》き力を与えるが、濁人《だくと》化は元々備わっている肉体を増幅させ、不足分を外部から取り込むことで幻想に縋りついているだけに過ぎない。

それは七英雄とて同じだった。目の前で狂気に呑《の》まれていくアーヴァインを見つめる。

イオリアは必死に息を吸おうとした。

（殺さなくちゃ……）

周囲を見回すと、近くに雑嚢《ざつのう》があるのを見つけた。開け口から短剣の柄《つか》が覗《のぞ》いていた。

手を伸ばす。

（殺してあげなくちゃ……！）

指先が柄に触れるも、摑《つか》み切るまでには至らない。意識が遠のく。アーヴァインの変異した指先が皮膚に食い込み、血が流れる。

このまま首の骨が砕けるのだと、そう思った時、不意にアーヴァインの力が弱まった。

アーヴァインは面を上げ、扉の方へ顔を向ける。

「侵入者……砦《とりで》ヲ守ラナければバ……皇妃ヲ守るは……我ガ使命」

首から手が離れ、アーヴァインは巨体を引きずり、壁に立てかけた一対の剣を手に取った。アーヴァインが剣を胸の前で交差させ、樹液の溢れ出した瞼《まぶた》を閉じる。

「明星よ、我が翼を照らしたまえ」

黒く染まってしまったアーヴァインの瞳が、再び黄昏《たそがれ》を宿し金色に輝いて見開かれるのを、イオリアは薄れかけの意識の中で見届けた。

姿形が見る見るうちに人間のものに戻っていく。

だが、翼は爛れたままだった。

翼を引きずり、英雄が部屋を後にする。イオリアは意識を失うまいと呼吸を整えようとしながらも、雑嚢から顔を出すイルミスカの短剣の柄に指先を伸ばすのだった。

☆

断崖要塞を水浸しにする作戦は成功した。

川より放たれた水は、今も滝の如く要塞に浴びせかけられている。

しかし断崖要塞は崖の中に城を作り、砦として機能させている。城の内部までは水で満たすことはできない。地上に大挙していた濁人共は水に流されたが、要塞内には異形と化した抱翼《ほうよく》騎士団の騎士達が待ち構えていた。

その地獄の中を突風のように進む男がいた。黒き刃《やいば》を振るい、漆黒の羽根を舞い散らしながら、デュナミス・リオンブラッドは英雄を探して要塞内を彷徨《さまよ》う。

騎士の濁人は人の形を逸脱していようとも、技を惜しみなく使い、生前の比ではない俊敏さで襲い掛かってくる。普段のデュナミスであれば心躍らせていただろう。

だが今は不快の極みにいた。落下中の奇襲を仕掛けてきたアーヴァインを見た瞬間から、殺さなければならないという意志を強く抱いた。あれは英雄などではない。イグルー・シュヴァルケインと同じ類の、唾棄すべき愚者に過ぎない。

七英雄は狂ってもなお国を守ろうとする気高き武人であると認識していたのは間違いだったと、デュナミスは怒りに歯を食いしばる。大挙して押し寄せる濁人を怒りに任せて両断し、羽根を炸裂《さくれつ》させ、首元に噛《か》みついて樹液の染《し》みついた肉を噛み千切る。

その鬼のような戦いぶりに華を添えるのは、閃光《せんこう》の如く床を駆ける矢だった。

矢は分裂しながら床すれすれを駆け巡って敵の足を粉砕し、デュナミスを援護していた。

いや、違う。援護などではない。矢の標的にはデュナミスも含まれている。

デュナミスは戦闘を続行しながら矢の発射点に目をやる。

遠方、断崖要塞城壁の櫓《やぐら》に光る双眸《そうぼう》があった。

「キひっ……！」

ペイルは瞳孔を鋭く細め、弓を思い切り引く。相も変わらず不格好な構えだ。

されどペイルの『這《は》い回る弓』は構えなど意に介さなかった。

この弓を扱うのに才覚を必要とするのは、放った後だ。

「キラキラがいっぱいだった……！　あれが夕焼け、あれが黄昏、終わりの色……！　今まで一度だって見たことない色！　全部全部ボクだけのもんだ！」

放たれた矢はあらぬ方向へ飛んだが、まるで糸を張るかのように即座に射線が直線に修正され、飛翔《ひしょう》中に分裂する。

その数はゆうに百を超えていた。

分裂した矢の一本一本には意思が宿っている。『這い回る弓』に封じられている妖精『ムスカイ』の力は、放った矢に使用者の意識と知覚を同期するのだ。

飛翔する矢を操作するなど人間の動体視力では不可能であり、まして分裂を繰り返してしまえば意識の複数化により発狂する危険もある。意識の宿った矢は、折れ砕かれれば意識も粉砕し、疑似的な死を味わうこととなる。

だが、たとえ分裂しようとも彼女の目的は一つだ。

瞳を射貫《いぬ》くこと。その願望さえあれば、擬似的な死など些細《ささい》なことでしかない。たとえ数多《あまた》の死を味わおうが、この女の執着は変わらないのだ。

「射貫け、射貫け、射貫け射貫け射貫け射貫け！　射貫けええええええええ！」

横薙《な》ぎに襲い来る驟雨《しゅうう》の如く、極小の矢が濁人騎士に襲いかかる。

矢は稲妻のようにジグザグに飛翔しながら瞳を的確に射貫き、内部に留まった鏃《やじり》が炸裂して頭部を粉砕する。その都度、分裂したペイルの意識もまた爆《は》ぜる。瞳を貫いた彼女の意識は快楽と達成感、絶頂の中で消えるのみ。

だが今は七英雄の瞳への渇望《かつぼう》だけで、他のものは全て邪魔だ。

邪魔なのはデュナミスも例外ではなかった。数十の極細の矢が彼の瞳目掛けて飛来する中、デュナミスは刀を大振りに振って一気に矢を叩《たた》き落とす。目を狙われるとわかった以上、全てを叩き落とすのには一刀で事足りる。刀を振り切ると同時に周囲に黒羽根が舞い、デュナミスは瞬時に五枚ほど摑み取る。

そして遠方のペイルへ向かって投擲《とうてき》した羽根が、真《ま》っ直《す》ぐに櫓へ迫る。

既に新たな矢を番《つが》え終えていたペイルもまた矢を放ち、分裂した鏃と羽根が衝突する。

全ての羽根から生み出された斬撃を矢が相殺《そうさい》し、二人は闇の中で睨《にら》み合った。

「獣に用はない、失《う》せろ」

「邪魔すんなよ魔人！　あれはボクのだ！」

デュナミスが新たに羽根を摑み、ペイルもまた器用に矢を番える。

一方は度が過ぎた愛国心のために、一方は己《おの》が渇望のために。元よりこの者らは個として喚《よ》ばれし我欲の権化《ごんげ》。ただ同じ獲物を追っているだけの得体の知れぬ狩人《かりゅうど》だ。獲物を奪うというのなら排除する。たとえ呪いの首輪で諸共《もろとも》に死ぬとしても、獲物を奪われるよりはマシだと吐き捨てる。

二種の狂気が今正に衝突しようとした、その時だった。

鉄靴《サバトン》の踵《かかと》が床を叩く甲高い音が、降り注ぐ放水の音の中に鳴り響いた。

デュナミスとペイルが瞬時に音の方を警戒する。断崖を削ってできた巨大な廊下の奥で、黄昏の双眸と一対の刃だけが光り輝いていた。

七英雄、『抱翼のアーヴァイン』。抱翼騎士団団長にして、皇妃の騎士。その翼は爛れきり、人の姿を保っている本体も、身体《からだ》中から黒い樹液が垂れ流されていた。然《さ》れども、彼の剣と瞳だけは、騎士としての矜持《きょうじ》と英雄としての威光を保とうとしていた。

爛れた翼を引きずりながら、アーヴァインは声を発した。

「退《しりぞ》け、賊。陛下の光が見えぬのか。此処《ここ》は陽光照らす場所、即《すなわ》ち凱旋《がいせん》帝の領域ぞ」

言葉を発したことを意外に思いながらも、デュナミスは嘲るように鼻を鳴らした。

「陽光などどこにある？　世界は闇に沈んだ。力に溺れた貴様らの愚王が為《な》したことだ。それとも、その濁った瞳にはまだ世界が光に包まれているように見えるのか？」

「…………」

「哀れなり七英雄。幻に酔うことでしかかつての自分を思い出せぬというのなら、その爛《ただ》れた翼を見るがいい。そして今一度正気を失い異形と化せ。見苦しいままで殺してやる」

デュナミスの声に怒りが混じる。アーヴァインの有様《ありさま》が、闇に呑まれようとも使命を果たさんとしていた濁人騎士達への侮辱だと感じたからだ。アーヴァインの妄執は護国以外のものへ向けられているのだと、デュナミスは一目で見抜いていた。

しかし――

「否《いな》。光ならば此処にある」

交差した双剣が開かれると同時に、爛れた翼が持ち上がり、雄々しく広がった。

翼を爛れさせていた腐った黒い粘液が燃え上がると、中から本来の両翼が姿を現す。

白銀に世界を染め上げた、陽光宿し抱翼が蘇《よみがえ》る。かつて羽根の一枚一枚が水晶のように透き通った両翼は、体内に宿した世界樹の涙の光によって虹色に輝き、大地を照らしていたという。

過去の輝きはそこにはないが、翼は一握りの光を宿していた。

まるで落日の空だ。闇の到来に屈した空に残された、わずかな光である。

これが七英雄、抱翼のアーヴァインの残滓《ざんし》、黄昏の翼だった。

「退け。さもなくば、我が両翼はお前達を抱くだろう」

デュナミスとペイルは哭鳴器《フェアリーブリンガー》が震えるのを感じた。妖精が怯《おび》えているのがわかる。

だが、二人には成し遂げねばならぬ欲があった。

「耄碌《もうろく》の先にある気まぐれの追憶か……幻想は幻想、貴様らが敗残者であることに変わりはない…………だが」

デュナミスが牙を剝《む》いて笑みを浮かべる。

「国のためだ。喰《く》らうぞ、英雄」

デュナミス・リオンブラッドの妄執は国への愛そのものだ。

敵を喰らい、強者を喰らい、他国を喰らう邪悪で在れ。

それが古《いにしえ》の魔都《ギャラハンドール》の理念だった。

国を守るために喰らう。国の理念を守り抜くために喰らう。それがデュナミスの信念だ。

殺気に妖精が共鳴し、黒片《こくへん》が刃鳴りを響かせる。

──邪悪たれ、邪悪たれ、邪悪たれ。多種族を蹂躙《じゅうりん》し隷属させ、膨張の限りを尽くすのだ。闇が全てを喰らったというのなら、魔都《ギャラハンドール》もまた闇を喰らい凌駕《りょうが》する。

嗚呼《ああ》、我が母、我が父、ギャラハンドール。

暴食を冠する邪悪の国家ギャラハンドールよ。

我らの理念、魔族《ギャラハンドール》の誉れはいまだ此処にある──！

ボロ布の風除《よ》けをはぎ捨てると同時に、デュナミスは駆けた。

その踏み込みに迷いはない。全てを込めて、デュナミスは鞘《さや》から黒片を抜き放った。

純血の魔族は魔術を会得《えとく》しない。彼らにとって魔術などは行動の余波で自然と生まれるからだ。瞬速の一刀は魔力の余波によって後押しされ、剣圧とは言い難《がた》き爆風を伴った。

対するアーヴァインはその一撃を左の剣によって受け止める。

衝突によって断崖と支柱に罅《ひび》が走る中、アーヴァインはよろめきすらしなかった。デュナミスは即座に鞘へ刀を収め、次なる一刀に全霊を込めようとする。

この状況下で居合の構えは隙を生む。アーヴァインが右の剣を振り上げ、刃をデュナミスの脳天へ。直撃するその刹那、空間が斬撃によって爆ぜた。

アーヴァインの身体が左右にぶれて剣が床に激突する。

その間も斬撃の応酬は止まることはない。デュナミスが初撃の居合の時に空中に不可視化した黒羽根を散らしていたのだ。デュナミスにとってもっとも威力のある攻撃は居合だ。鞘へ収めた刀を抜き放つと同時に斬りつける瞬間にこそ、彼の技は最大に到達する。七英雄を相手にする以上は、全ての攻撃が全身全霊でなければならない。

居合による最高の一撃と、黒羽根による斬撃の量産によって隙を消す。

それを繰り返す。相手が倒れ伏すまで。

正面から居合を受け止められたとしても、四方から襲い来る斬撃を喰らえばアーヴァインであろうとも重心がぶれて攻撃の狙いも定まらない。

最小限の動きで攻撃を回避しながら、デュナミスは渾身《こんしん》の居合を繰り返す。衝撃波によって柱が崩れ、天井が崩落しかけているが構うことはない。

それでもアーヴァインに有効な損傷を与えられているようには見えなかったが、わずかながらも手ごたえがあった。デュナミスとしては、長年の監禁によって衰弱した身体では全盛期の三分の一も動けていないが、現状の最大威力である以上居合を繰り返す他無い。

居合を繰り返した回数が十を超えた時、ようやくアーヴァインの側頭部に罅が入る。

デュナミスは即座に五枚の羽根を摑《つか》み、アーヴァインの側頭部に投擲しようとした。

「――！」

アーヴァインの大翼が視界を覆うほど巨大化したのを見て、デュナミスは飛び退《の》いた。

その時、アーヴァインが黄土色に輝く右手の剣を振り下ろした。空《くう》を切る剣の軌跡を目視した直後、突然アーヴァインの姿が大きくなった。

否、巨大化したのではなく近づいたのだ。

あのひと振りでデュナミスの身体が強制的に引き寄せられた。

眼前に佇《たたず》むアーヴァインに黒羽根を投げつけるがすでに遅い。開かれた大翼はデュナミスを覆うように閉じられた。翼が完全な半球状に閉じられ、外界から完全に遮断される。

デュナミスは敵の次なる行動に対応すべく刀を構えた。

目を見開いたまま数秒後、突如として闇が晴れた。デュナミスはまぶしさに目を細める。

そして視界が光に慣れた時、目の前に広がる光景に眉根を寄せた。

——そこはまるで災厄前の世界だった。腐った樹液に塗《まみ》れる前の断崖要塞。自然の崖を掘削してできた真新しい大廊は白く輝き、厳かな壁画が至る所に描かれている。

そして大木のように太い柱の間からは、巨大な太陽が黄昏《たそがれ》の様相で輝いていた。

太陽はまるで地上の生命を微睡《まどろ》みながら見つめる神のように恐ろしい。

地平に沈もうとしている太陽を見て、デュナミスは舌打ちをした。

「幻術……いや、違う」

前を睨む。そこにはアーヴァインが一対の剣を構えていた。

アーヴァインの両翼に抱かれた者は悉《ことごと》くこの世から消え失せ、戻ってきた者はいないという。また、アーヴァインは皇族の近衛《このえ》であるため領地に太陽を出現させることはなかった、とも。異空間に太陽があろうとは予想だにせず、はからずも身体が強張《こわば》る。

「これが貴様の七英雄たる太陽か。まさか翼の内側で熾火《おきび》の如《ごと》く燻《くすぶ》っていたとはな」

「我が黄昏はいまだ潰《つい》えず」

宣告の直後、突如として太陽が輝きを強め、デュナミスの身体が燃え上がった。

かつてほどの輝きはなくとも光は増大し、翼の内側の存在を悉く焼き尽くす。魔族といえどもこれほどの高熱を浴びれば無傷とはいかない。

刀を床に突き立ててよろめくデュナミスに、アーヴァインは近づいていく。

「闇を堪《こら》え、光を受け入れたまえ。さすれば凱旋帝は全てを受け入れてくださる」

「………」

「黄昏の先、闇の果てに三度《みたび》の太陽は昇るのだ」

荘厳《そうごん》に、清廉に、アーヴァインはデュナミスを諭す。

その言《げん》を、デュナミスは嘲るように笑った。肌は焼け、肉が焦げようとも、彼は笑う。

「この俺に……闇に爛れ、斯様《かよう》な幻想に縋《すが》れというのか……？」

「幻想に非《あら》ず。いずれ理解するだろう。陛下が正しかったということを」

「フ、フフ……貴様ら帝国《ハンナヴァル》の目指す処《ところ》は、始まりから終わりまで幻想でしかない」

デュナミスは膝をつかず、腰深く居合の構えを取る。

燃え盛る身体を歯牙《しが》にもかけず、黒き瞳で己《おの》が敵を見据えていた。

「たとえこの身が朽ち果てようとも――俺が傅《かしず》くのは魔都《ギャラハンドール》だけだ」

音よりも速く、炎を置き去りにしてデュナミスが一刀を放つ。

これまでの居合とは明らかに威力の違うその一撃を、アーヴァインは両の剣で受け止めた。空間が激震し、衝撃にアーヴァインの身体が後方へ下がった。

黄昏の瞳に哀れみを宿しながら、アーヴァインは炎上するデュナミスに向けて黄土の剣を振るう。不可思議な力によって距離が縮まる。

近づくのならば好都合だと言わんばかりにデュナミスが居合を放つ。

その一撃をアーヴァインが右手の夜色の剣で弾いた。

瞬間、デュナミスの身体は黄土の剣とは対極の力によって吹き飛ばされる。明らかに剣《けん》戟《げき》による衝撃ではなく、アーヴァインの扱う武器の異質な力だ。

黄土の剣は対象を引き寄せ、夜色の剣は吹き飛ばす。間合いを測るのは困難な上、太陽が全てを炎上させるため黒羽根は燃え尽きてしまう。

敵として相性の悪さでいえば最悪の部類に入る。

故にデュナミスは笑みを浮かべていた。この男は、劣勢という状況において己の技と力を高めていく。吹き飛ばされたデュナミスは柱に激突する寸前に身体を回転させ、柱を蹴って跳躍した。足のバネによる加速と、自重を乗せた飛び込みからの抜刀。

確信があった。この刃《やいば》は届き得ると。

炎を纏《まと》ったデュナミスは抜刀と同時に斬りつける。

刃は確かにアーヴァインの胴を斬り裂いた。着地と同時に身体《からだ》を反転させ追撃。阻《はば》まれ、吹き飛ばされる。デュナミスは再び足のバネで壁を蹴った。

闘える。まだ闘える。

炎が命を蝕《むしば》む中、闘争に身をやつす男の横顔は歓喜に打ち震えていた。


アーヴァインの愛剣『明けの明星』『宵の明星』が戦場で振るわれたことは一度も無く、彼の持つ両翼が如何《いか》なる力を有しているのかを知る者も少なかった。

彼がその力を示したのは光奪《こうだつ》戦争中の竜族の大攻勢の時だ。凱旋《がいせん》帝と七英雄達が戦に出向いている最中、竜達は七日もの間、東の都を火の海にした。

だが死傷者は極めて少なかった。灰燼《かいじん》と化した都に残ったのは、五匹の竜の死骸と巨大な繭のような殻だけだった。アーヴァインは七日もの間、竜の息吹《いぶき》から都の住民を繭状の翼の内側で守り続けたのである。アーヴァインは七英雄の中で、防御と籠城《ろうじょう》において最強と謳《うた》われている。

「ダメだよ、それじゃよく見えないじゃないか」

アーヴァインの繭を睨《にら》み、矢を番《つが》えたまま怒りを発露させる女がいた。

ペイルは今までとは違い、正しく弓を構えている。番えた矢がわずかな光を帯び、パキリパキリと炭が割れるような音を響かせる。音の発生源は弓に封じられた妖精だ。

「落ち着きなムスカイ、すぐに見えるようにしてあげるから」

　鳴き声は激しくなり、妖精の眼球が血の涙で溢《あふ》れていく。

　周囲の空気が弾《はじ》け電流を伴う。

　これは妖精の扱う大魔術の予兆だった。

『這《は》い回る弓』、代々の瞳狩りに受け継がれてきた哭鳴器《フェアリーブリンガー》。瞳に魅入られた者に取り憑《つ》き、その渇望《かつぼう》を満たすために力を与える謎多き妖精『ムスカイ』。

　この弓のもたらす恩恵は絶大であるにもかかわらず、瞳狩りとなった者がたどり着く運命は、自らの瞳を射貫《いぬ》くという末路だった。

　最大限の力を発揮する時、代償として視力が徐々に失われていき、失明に至るからだ。

　その力とは、使用者の記憶を再現、具現化させるというものだった。

「これは痛いから嫌なんだ。でもあんなのを前にして瞼《まぶた》を閉じているわけにもいかない」

　ペイルは記憶の中の最大級の破滅を呼び起こす。

　彼女がまだ奴隷だった頃に見た魔都《ギャラハンドール》の帝国《ハンナヴァル》への侵攻、その最中に投入された奇形の巨人の鉄槌《てっつい》。世界樹の枝葉にも届こうかという巨体から叩《たた》きつけられた拳は、奴隷売買の中心地であった北の都を一撃にて粉砕した。

幼き日にペイルはその光景を目に焼き付け、夢想した。

あの一撃が小さな小さな瞳を貫いた時、瞳はどのように弾けるのだろう、と。

「さあ、邪魔なものを全て砕いておくれ」

ペイルの瞳がムスカイの眼球に呼応するように充血し、血を流す。

「この、巨人の鉄槌で……！」

周囲を荒ぶらせていた電流が全て番えた矢に収束していき、雷光の宿った矢が放たれる。

放たれた直後、矢は姿を変えてペイルが夢想した奇形の巨人の腕と化した。

そして具現した幻想は再び矢の形へと戻り、アーヴァインの繭状の翼へ激突した。

瞬間、矢の直撃とは到底思えぬような爆風が要塞内で巻き起こった。弾けて瓦解《がかい》する大廊の中で、輝く矢は渦を巻きながらなおもアーヴァインの翼に激突し続けていた。

具現化させた巨人の鉄槌を鏃《やじり》に集中させた究極の一矢《いっし》。北の都を破壊した一撃が今、たった一本の矢の先端に収束しているのだ。

「神様がいるなら、お願い」

ペイルは祈りを込めて懇願した。

「ボクは夕焼けを貫く瞬間が見たいんだ‼」

聞き届けたのは神か悪魔か。ともあれその願いは届いた。

繭がひび割れ砕け散ったのは、力が極限まで先鋭化され空間に歪《ゆが》みが生じた直後だった。露《あら》わになったアーヴァインの瞳目掛けて一矢が迫る。求めていた光景をついに見ることができるのだと、ペイルの恍惚《こうこつ》が頂点に達する。

だがアーヴァインは翼が砕かれた直後、その一矢を剣で弾き飛ばしてしまった。都を破滅させた一撃を容易《たやす》く防がれたことに驚くこともなく、ペイルの瞳孔が収縮する。

「まだ……！」

弾かれた矢が城壁に衝突する寸前に軌道を変えて、再びアーヴァインの元へ舞い戻る。軌道修正による反動と一矢を維持する代償により、ペイルの瞳から血が溢れる。

それでもペイルの渇望は止まらない。矢の弾きと飛来の応酬が幾度も繰り返される。まるで水を求める亡者《もうじゃ》のように、幾度弾かれようとも瞳狩りは矢を中空に這わせた。

「っ、まだだ！」

威力の減衰が始まる前に、ペイルの瞳が血で溢れかえっていく。もってあと一巡。敵の瞳を貫くか、それとも自分の眼球が砕けるのが先か――！

その時、闇の中から一振りの刃がアーヴァインの左腕を斬り飛ばした。

デュナミスだ。身体はほぼ消し炭と化しているにもかかわらず、彼はアーヴァインにさらに刃を突き立てようとした。

だが、命を賭《と》したその追撃が英雄の心臓を貫くことはなかった。デュナミスは刃を押し込もうとするが、彼の両腕に筋肉はほとんど残っておらず骨と化していた。

アーヴァインはデュナミスの頭を摑《つか》み上げると崖下へ投げ捨てた。

落ちゆくデュナミスはアーヴァインを睨む。まだ終わってないとばかりに伸ばされた手が、握り拳を開放する。予《あらかじ》め握られていた黒羽根が舞い、アーヴァインの眼前へ。

炸裂《さくれつ》する斬撃の嵐がアーヴァインの視界を奪う。

わずかな隙。斬撃の合間を縫うようにしてペイルの一矢が飛来。

ペイルの鼓動が跳ね上がる。間近に迫る黄昏の眼球目掛けて一直線に――

だが次の瞬間、砕かれたのは瞳ではなく期待の方だった。アーヴァインが身体を翻《ひるがえ》したかと思えば、デュナミスが斬り飛ばしたはずの左腕が瞬時に生えたのだ。

そして床の剣を拾い上げ、横薙《な》ぎに振るう。

矢が弾き返され、真っ直ぐにペイルの方へ向かって飛来する。

ペイルはもはや目を開けていられず、矢の軌道を修正する余力も無い。

鏃に己の視界を共有していたペイルが見たのは、渇望に塗《まみ》れた己の瞳だった。幼少の頃から何も変わらない、輝きに焦がれるだけの哀れな瞳がそこにある。

「くそ、なんて嫌な目……」

心底不愉快そうに舌打ちをしながらペイルは目を閉じた。

彼女のいた櫓《やぐら》は、巨人の鉄槌を宿した自らの矢によって破砕。

瓦礫《がれき》と共に濁流の中に落下していく最中に、一度だけ目を開ける。

「……？　ハッ、あの子、まだ生きてたんだ」

もはや霞《かす》んで朧気《おぼろげ》な視界に、その情けなくも果敢な姿が映った。

小さな刃を握って、アーヴァインの背中へ今まさに突き立てようとする少女の姿を。

ペイルは、そのせめてもの慰みに安堵《あんど》する。最期《さいご》に見た瞳が自分自身の大嫌いな瞳なんかでなく、宝石になろうとみっともなく足掻《あが》く、綺麗《きれい》なガラス玉であったことに――

ペイルとデュナミスが気を引いてくれている以上、忍び寄る必要などなかった。ただ真っ直ぐに駆け寄って、その背中に刃を突き立てるだけだった。

雑嚢《ざつのう》から引き抜き、王器の柄を握ると熱を帯びるのがわかった。

イオリアは走った。大切な思い出と共に、愛《いと》しき英雄を葬《ほうむ》るために。

その決意が、躊躇《ちゅうちょ》に変わる。かつての彼の姿が脳裏を過《よ》ぎってしまったのだ。

陽光の下、ただ朗らかに微笑《ほほえ》む彼の笑顔が、イオリアの殺意を鈍らせた。

「しまっ……！」

刃は心臓を外れたが、刀身から熱が溢れてアーヴァインの身体が炎上する。断崖要塞に絶叫が轟《とどろ》き、アーヴァインは頭を抱えるようにして悶《もだ》え苦しんだ。この期に及んで迷う自分の情けなさを呪いながら、イオリアは柄から手を離すまいとした。

「アーヴァイン、ごめん！　ごめんね！　今すぐ楽に！」

王器を引き抜こうとするがアーヴァインが暴れ回って上手《うま》くいかない。王器から出る炎は定命《じょうみょう》の存在には影響を与えないが、世界樹の涙を体内に取り入れた英雄達には途方も無い苦しみを与える。

一瞬の躊躇が彼を苦しませてしまっていることに焦《あせ》りが募る。

「灯《あか》りが……消える、沈んでしまう……我が黄昏《たそがれ》が潰《つい》えゆく……！」

身体を燃え上がらせながら、アーヴァインは泣き叫ぶかのように両手を彷徨《さまよ》わせた。

「陛下、何処《どこ》にいらっしゃるノです？　どウしテ姿ヲ現してくれヌのでス？　約束したではありませんか……夜の先ニ陽《ひ》はま夕昇ると仰っ夕はず！」

燃えているのは身体ではなく、彼に残った理性のように思えて胸が締め付けられる。

「陛下ハ何故《なぜ》皇妃を迎えにコられヌのですか？　陛下ノ愛は何処にあるトいうノです？」

縋《すが》るように両手を暗黒の天へと伸ばすと、一瞬にして背の翼が再生し、両手と同じように天へと伸びる。美しさを取り戻したはずの翼は再び爛《ただ》れ、膨れあがっていく。

「私ハいツまで——いつマデ斯様《かよう》ナ悪夢に苛《さいな》まれレばよいノだぁあアアアああ！」

直後、翼の中から太陽が現れる。

その太陽は赤黒く変色し、やがて漆黒の樹液を滴《したた》らせ始めた。

悍《おぞ》ましき咆哮《ほうこう》が闇を激震させる。太陽が光環《こうかん》だけを残して漆黒に染まり、アーヴァインは頭上から腐った樹液を浴びた。背に刃《やいば》を突き立てていたイオリアも、樹液に溺れそうになりながら必死に王器を引き抜こうとした。身体に降りかかった樹液はまるで生物のように身体に纏わりつき、アーヴァインの身体と融合し、肥大化していく。

イオリアは慌てて離れようとしたが、為《な》す術《すべ》もなく樹液に飲み込まれていく。

「うっ、ぐ、ごぼっ……！」

樹液が口の中に入り込み、蠢《うごめ》きながら身体を侵食しようとしてくるのがわかる。抗《あらが》い難《がた》き闇の奔流の中で、イオリアは己の愚かさと醜さに反吐《へど》が出そうになった。

ここに至るまでの非道な行いや、間接的に奪ってしまった命に何一つ報いることなく、全てを台無しにしてしまったことへの罪悪感ではない。この期に及んでまだ生にしがみつこうとする自分の生き汚さと、己の本質に対してだ。

（あたしは何を為すためにここまでの地獄を生き永らえてきたの？　家族や英雄達の安らかなる死のため？　人類のため？　国のため？）

違う。それらの理由は嘘《うそ》ではないとしても、生への執着の根源にあるものではない。これまで生き永らえてこられた理由にはならない。

自分すらも欺《だま》すために、そうやって大義名分を掲げてきただけだ。

何を蒲魚《かまとと》ぶっていやがる。いつまで性根を隠すつもりだ。

（あたしは、そんなに綺麗な人間なんかじゃない……っ）

他の連中のような上質な狂気とやらとも無縁の存在だ。

自覚している。自覚しているとも。

（あいつがいたからだ……！）

根源にあるのはいつだってあの女への嫉妬だけだった。裏切っておいて、見捨てておいて我が物顔で父の後継者を自称し、帝国軍を率いているあの女。自分は泥水を啜《すす》って藻掻《もが》きながら生きてきたのに、あの女はイシスで兵を集め、王として絢爛豪華《けんらんごうか》な生活をしてきたのだ。

わかっている。あの女に人を率いる素質があったのだろうということも。

わかっている。自分にはあの女のような度量も器量も備わっていないということも。

（セレスティアス！　お前がいるから、あたしは……！）

どこにいてもセレスティアスの話をずっと聞かされてきた。その都度苦虫を噛《か》み潰すような悔しさとやるせなさに苛まれ、自分には家族を屠る使命があると言い聞かせ、誤魔化してきた。いつもセレスティアスの見聞への怒りに歯を食いしばってきた。

声に出せずとも本音をイオリアは叫んだ。

（――悔しい。悔しい悔しい悔しい悔しい悔しい悔しい！　あの女は全てを手に入れたのにあたしは何も持っていない！　このまま泥に溺れて惨《みじ》めったらしく死ねというのか⁉　あの女はあたしが手に入れるはずだったものを全部全部持っているのに！　嫌だ！　嫌だ嫌だ！

このまま死んでなるものか！）

イオリアは藻掻きながら泥から顔を出し、手を伸ばす。

「イ……ル……」

泥を吐き出しながら、声にならない声を上げる。

信じるしかなかった。彼にこの声は届くのだと。

「イグ、ルぅ……」

自分が持ちうる唯一の希望に向けて、イオリアは力の限り叫んだ。

「イグル――――――――――ッ！」

闇がイオリアを呑《の》み込む。溢《あふ》れ出る泥に完全に埋もれ、伸ばした指先は無慈悲に沈んだ。

残されたのは膨れあがったアーヴァインだけだ。

爛れた巨大な翼、淀《よど》んだ五つ目、人骨を出鱈目《でたらめ》に組み合わせてできた嘴《くちばし》。

その姿は、まるで竜の如《ごと》き巨大さの大鳥だった。

大廊は彼の自重に耐えきれず崩壊し、渦巻く濁流に倒れ込もうとしていた。

倒れゆく膨れあがった巨体が、一度だけ顔を上げる。視線の先には断崖要塞を飲み込む濁流。薄く発光する濁流の先、根源のある方へ目を向ける。もはや黄昏すら宿さぬ暗黒と化したアーヴァインの瞳は、確かにイシスのある方角を見た。

わずかに口が開かれるが、そこに紡《つむ》がれる言葉はなく、嗚咽《おえつ》混じりの獣じみたうめき声が漏れただけだ。悲嘆と憎悪《ぞうお》に満ちたその嘆きはやがて咆哮となり、巨大になりすぎた彼の両翼が波打つ。まとわりついていた泥が固形化し、強靭《きょうじん》な肉へと変容し、表皮には夥《おびただ》しい量の人の背骨と思《おぼ》しきものが生え渡り、骨からは毛髪が伸び茂っていく。

羽根を模倣したそれらは脈動する翼に風を摑ませ、巻き起こさせる。

もはや彼に理性はなく、凱旋《がいせん》帝への忠誠も皇妃への愛憎も消え失《う》せていた。闇に耐えることをやめたアーヴァインに残されたのは、濁人《だくと》としての本能だけだ。

爛れた翼のアーヴァインは天に咆哮すると共に、断崖要塞から飛び立った。

向かうはイシス。ただいずれ闇に呑まれるのを待つだけの、灯《ともしび》の都だった。

☆

災厄以前、帝国《ハンナヴァル》領内では奴隷の売買が問題となっていた。

数多《あまた》の難民を生んだ帝国《ハンナヴァル》の侵略により、敗戦国の貧しい国民の多くが奴隷商人によって売り買いされ、その商売を凱旋帝は許容していたのである。

奴隷は肉体労働や家事労働、慰安だけでなく、公に認められてはいなかったが食糧としても利用されていた。多種族を広く受け入れていた帝国《ハンナヴァル》には魔族も多く、人間を食用としていた者達も多かったからだ。弱った奴隷は食用として出荷される運命にある。

子供だったイグルーも、そうなるはずの運命だった。

自分がどこの国の生まれなのかすらも覚えていない。齢《よわい》三つで戦災孤児となり浮浪者として過ごしてきたが、五つの時に奴隷商人に捕まった。炎天下の路上に鎖で繋《つな》がれたまま放置されていたイグルーは、空に浮かぶ偽りの太陽を見ていた。

帝国《ハンナヴァル》の太陽は国内全ての領土に光を行き届かせ、多くは恵みをもたらした。だが貧困街の路上に並べられた価値の低い奴隷達にとっては、その日差しは命を奪う死神でしかなかった。干からびた奴隷に目を向ける者は、せいぜい腹を空かせた一部の魔族や野犬ぐらいのものだ。

イグルーはそんな誰からも見向きもされない者達の中に並んで置かれていた。やせ細って動かせない手足を地面に投げ出しながら、ただ行き交う人間を眺める毎日。

不思議なことに、施しを与えてくれる者を見抜く力がイグルーには身についていた。

イグルーには、情けを与えてくれる人間が、胸のあたりに明かりを灯しているのが見えたのだ。空にギラつく太陽とは違う、温かな光。その光を宿した人間だけが、自分に近づいてきて水や食料を置いていってくれる。

だが奴隷に施しを与える者はいなくなった。見つかれば商人が難癖をつけるからだ。

イグルーはそれでもよかった。彼は人の心に宿る光を見るのが好きだった。あの光を見ていると身体《からだ》の痛みも空腹も、喉の渇きも少しだけ忘れられる。

その温かな光をずっと見つめていたかった。日差しは強くても、この国はこんなにも暗くて寒い。できることなら、死ぬ時はあの光に包まれながら眠りたかった。

イグルーは顔を上げる力もなく、項垂《うなだ》れてゆっくりと目を閉じる。

声をかけられたのは、彼が地面に倒れ伏しそうになった時だった。

『見つけた。この子にする』

イグルーが最後の力を振り絞って顔を上げる。

そこにいたのは自分と同じ年の頃の少女だった。

イグルーは目を見開いた。

彼が見たのは炎だった。他の者が宿す光とは違う、美しい炎が彼女の胸には宿っていた。

一目でその輝きに魅入られ、心奪われる。少女は膝を曲げてイグルーと目を合わせようとし、イグルーもまた初めて少女の瞳を見た。少女の瞳もまた炎のように燃えている。

『ねえ、君』

従者の騎士らしき男を付き添わせているその少女は、死に体のイグルーに心躍らせるような表情で声をかけた。

『君、私の国にこないか？』

あまりに唐突で、イグルーは答えられなかった。

『む。なんだ、もしかして嫌なのか？　まいったな……それだと予定が狂ってしまう』

少女が顎に手を当てて独り言を呟く。

『父上にあれだけ啖呵《たんか》を切っておいて、相手から断られたなどと知られたらあの石頭がますますカチカチになってしまうぞ……』

不思議そうにしているイグルーに、少女は話しかけ続けた。

『実は我が国はとても閉鎖的でな。招待された人間でなければ足を踏み入れることすらできないのだ。そんな国が此度《こたび》、帝国《ハンナヴァル》と同盟を結ぶことになった』

イグルーには難しい話はわからなかったが、彼女が困っていることだけは理解できた。

『せっかく国交を行えるというのに、外部の人間を受け入れない姿勢はそのままだ。これではバルハントは衰退の一途を辿《たど》る』

表情をころころと変化させながら、少女はおもむろにイグルーの手を握った。

『そこで私は、君に我が国の移民第一号になってほしいのだ！』

少女の手は温かく、干からびたイグルーの手を包み込んだ。

今まで黙って立っていた従騎士が、動揺しながら剣に手をかけた。

『殿下！　奴隷に触れてはなりませぬとあれほど言いましたのに……！　妙な病気をうつされたらどうするのです！』

『うるさいなぁ。握手もせずに移民になってほしいなどと頼めぬであろう？』

『奴隷でなくともよいでしょう？　殿下のお考えには一理ありますが、もっと高貴な人間を受け入れるべきでしょうに』

『そーゆー考えだからバルハントは衰退するのであろう？　それに私は帝国《ハンナヴァル》の奴隷制というのが気にくわぬ。虐《しいた》げられている彼らをこそ我が国に招き入れたいのだ』

『尊きお考えですが……だからといって何故《なぜ》こうも死に体の少年を……』

『何を言う。他の者とは違うではないか。目が生きている』

少女が輝くような瞳でイグルーを見つめる。

『私には、この少年の火花が確かに見えるのだ』

『王族であらせられる殿下ならば、人の魂の輝きが見えましょう。しかしこの見窄《みすぼ》らしい少年に、本当に火花が宿っているのですか？』

『くどいぞ。私は嘘は言わぬ』

イグルーは少女が口にした言葉に興味を示す。

『……火花？』

出会ってから初めて声を出したイグルーに、少女は微笑《ほほえ》む。

『そう、火花だ。君の胸に宿る、魂の輝きだ』

手を握られながら、イグルーは自分の胸を見た。

何も見えない。けれど少女の胸にあるような炎が、自分にも宿っているのだとしたら、それはとても誇らしいことのように感じられた。自分も、彼女のように誰かを温めてあげることができるのだろうか。彼女のように美しく燃えることができるのだろうか。

自分は——生きていていいのだろうか？

『君の火花は、とても綺麗《きれい》な蒼《あお》い煌《きらめ》きだよ』

少女の笑顔を見て、イグルーは生まれて初めて涙を流した。

彼女のそばにいたいと思った。

『知っているか？　火花が無ければ、そもそも炎は立たないんだ。騎士がいなければ王が成り立たないのと同じようにな。だから、私には君が必要だ』

彼女の炎からなる火花でありたいと、心から願った。

『私はバルハントの第一王女、フレイリア。君の名前は？』

——それがイグルーにとっての、生ける炎との出会いだった。

イグルーは濁流の中で目を覚ました。滝のように降り注ぐ水の中で、断崖要塞の壁に剣を突き立て、柄《つか》に摑《つか》まったまま気を失っていたのだ。

イグルーは左手に握った兵士の剣と自分の剣を、氷斧《ひょうふ》の如く突き刺して壁を登った。

バルコニーによじ登って、膝をついて息を吐く。

そこにはすでにアーヴァインの姿も、イオリアの姿も無い。

堰《せき》から流れ込んできた水は断崖要塞を満たし、今もなお濁流に飲み込んでいた。地上を埋め尽くしていた濁人は水に流され、要塞の外へと押し流されていったのだろう。

もはやそんなことはどうでもよかった。濡《ぬ》れた頭を獣のように振り、イグルーは己の不《ふ》甲斐《がい》なさへ怒りを向けた。

──奪われた。我が人生の炎を。

──またしてもッ！

「…………？」

これまで一度も疑問に思わなかったことがイグルーの頭の中に浮上する。

「またしても？　今、自分は何故そう思考した？」

言葉と記憶が矛盾する。

姫様を奪われたことなど、今までに一度も無かったはずなのに、と。

「ぐっ……！」

猛烈な頭痛がイグルーを襲った。閃光《せんこう》のように脳裏に記憶が蘇《よみがえ》る。

光の失われた母国。為《な》す術《すべ》もなく殺されていく騎士団。

そして目の前で、目の前で失われた、大切な──

イグルーはその記憶を否定するように激しく頭を振るった。

「そんなはずはない！　自分は……俺は姫様を……ヒメ様？　どうしテコンな記憶が」

こんなものは嘘《うそ》だと、記憶を拒絶する。

「俺は……いっタい、何ヲして……」

思考が、魂が混乱し、闇に呑まれていく。

「……俺、ハ……あノ時……本当ハ……何一つ、守レ――」

現実という名の闇が飛来する。

イグルーは濁流の如《ごと》く押し寄せる忌《い》むべき記憶に頭を抱えたまま絶叫した。

「あぁぁッ！　ぐ、ぎ、があああああああああぁッ！」

顔面を両手で覆って掻《か》きむしる。

壊れていた記憶が修復されていくと同時に、イグルーの変異が始まった。

身体《からだ》が内側から腐っていくような感覚。生命のパズルがあべこべになって膨れ上がっていくような苦痛。臓腑《ぞうふ》の奥底から溢《あふ》れ出てくる闇そのものに抗《あらが》えない。

心折れた者の末路は皆等しく訪れる。それは紛れもなく濁人《だくと》化の兆候だった。

イグルーは押し寄せる闇の奔流に慟哭《どうこく》する。彼の目にはもはや何も映ってはいない。

救いを求め、彷徨《さまよ》う亡者《もうじゃ》のように手を伸ばす。

「ヒめサマ……俺ノ炎……――ああ、アアアアアアアアアアアアアアア！」

膝をついて、脱力し項垂れる。内からこみ上げる闇に呑み込まれていく。

何もない闇の中で、イグルーの意識は消えようとしていた。

だがその時――彼の装備に付着していた錆《さび》が蠢《うごめ》いた。

錆は鎧《よろい》の表面を這《は》いまわり、ぼろぼろと鎧から剝がれ落ちると、砂塵《さじん》のように宙を舞い、渦を巻いてイグルーの背後へ集まった。
蒼い仄《ほの》かな光の宿ったその錆は、彼を後ろから抱きしめるように包んだ。
そして、まるで迷子の子供を優しく抱きしめる女のような姿を形作っていく。
闇に満たされた彼の両目を、錆の集合体がそっと塞ぐ。
イグルーの視界は暗黒だった。
暗黒の中で、声がした。
自分の名を呼ぶ声を確かに聞いた。
そして何もない真っ暗闇の中で、その灯《ともしび》は彼の瞳に映った。
炎だ。小さいがとても温かく、眩《まばゆ》い光。
幼き日に心奪われ、魂を救ってくれたものと同じ炎だった。
心が安らぎを得る。混沌《こんとん》と闇に呑《の》まれようとしていた魂に再び火花が散る。
——ああ、見える。俺にはまだ、貴女《あなた》の炎が見えている。
遠く、か細いが、イグルーの目は彼女の炎を捉えていた。
——呼んでいる。姫様が、俺の名を叫んでいる。
七英雄に連れ去られたことを思い出し、再び剣を握る。
——お救いしなければ。お守りしなければ。

濁人化が止まり、見る見るうちに元に戻っていく。
イグルーは錆を纏《まと》いながら、静かに目を閉じた。
そして胸の奥に打ち付けるように、忠義を発令する。
——イグルー・シュヴァルケイン、今一度誓いを思い出せ。
——お前の血潮が誰のためにあるのかを思い出せ。
前を向き、イグルーは己《おの》が使命を見定める。
守護すべき炎は見えている。消させはしない。断じて消させてなるものか。
イグルーが剣を振り上げ、我武者羅《がむしゃら》に床に打ち付ける。
薪などいらぬ、火花さえあればいい。
燃やすのは己が肉体であり、魂だ。
火を灯《とも》せ。炉に火種を招くのだ。
我が決意に。我が忠義に。
我が魂に。

「我が鉄血《てっけつ》に————火花を！」

打ち付けられた剣から火花が走り、錆に炎が着火する。

錆は蒼き炎となって燃え広がった。

炎の中で騎士は立つ。

たとえその精神が壊れていようとも。たとえその肉体が腐り果てようとも。

バルハントの意匠を背にしながら、騎士は立つ。

「──追う！」

壊れた騎士は錆の炎を纏ったまま跳躍した。

その跳躍は断崖要塞の崖を一息に飛び越えさせ、イグルーは着地と同時に駆けだした。

敵は守るべき炎を奪い、空を飛びながらイシスへと向かっている。

イグルーは微《かす》かに見える炎を追いかけるために狂乱する森を駆け抜けた。

「今すぐに参ります、姫様！」

障害は全てイグルーからわき出す錆の奔流になぎ倒されていく。錆の奔流を従えて剣を担《かつ》ぎ、咆哮《ほうこう》しながら森を蹂躙《じゅうりん》していくその姿は、まるで古《いにしえ》に伝わる彗星《すいせい》のようだった。

ただ炎だけを見つめながらひた走れ。奪われたのならば取り戻すだけだ。

炎はまだ消えていない。この目に確かに見えているのだ。

「必ず救ってみせる──！　我が血潮にかけて！」

唯一《ただひと》つの炎を守り抜くために、イグルー・シュヴァルケインはその血潮を燃やすのだ。

☆

イシス南方、大型水門拠点。常軌を逸した個人率いる部隊が森へ踏み入ったのを見届けた兵達は、命令通りに水門の防御を固めていた。櫓《やぐら》には弓兵達が目を凝らしている。彼らには濃すぎる闇のせいで狂乱する森をほとんど見渡せなかった。交代の時間がやってきて、一人の弓兵が櫓を降りようとした時、彼らは奇妙な音を聞いた。

慌てて兵の一人が光脂矢《こうしや》を空へ放つ。閃光と共に闇の空が垣間《かいま》見《み》えたその瞬間、風を押しつぶすような轟音《ごうおん》と共に、それは姿を現した。

驟雨《しゅうう》の如く闇の雫《しずく》を降り注がせる大鳥の翼が、空を覆っていた。

「敵襲！　敵襲ーッ！　矢を浴びせろ！　惜しむな、射《う》ちつくせぇぇ！」

魔術球が埋め込まれた矢を兵達が一斉に放つが、大鳥は爆裂する矢をものともせず、真《ま》っ直《す》ぐにイシスへ向かって飛んでいく。

「弩砲《バリスタ》、装填！」

後方に控えていた大型弩砲《バリスタ》の取っ手が勢いよく回され、巨大矢が引き絞られる。鏃《やじり》に魔術師が数ヶ月にわたって作り上げた魔術球がはめ込まれた防衛兵器だ。

照準を合わせる兵士の手が震え、引き金が絞られる。

留め金が外れ弦《つる》が轟音を響かせ、空気を貫く甲高い嘶《いなな》きと共に巨大矢が飛翔《ひしょう》する。

鏃はアーヴァインの翼部に直撃し、その膨れ上がった身体《からだ》に突き刺さった。

直後、雷を模した大魔術が炸裂《さくれつ》する。

漆黒の夜空が開け、雷に視界がまばゆく弾《はじ》ける。

魔術球が内側から破裂したとなれば、いかに強靭《きょうじん》な身体を持つ濁人であろうと木っ端《こ　ぱ》微塵《み　じん》に砕け散る。それはアーヴァインも例外ではなく、魔術は確かに彼の翼の中で炸裂した。

だがそれまでだった。稲光を伴いながら空間を歪《ゆが》ませるほどの破壊をもたらしたというのに、変わらず大鳥は悠々と空に羽ばたいていた。

「さ、再装塡！　急げ！」

兵士は上官からの指示に従おうとしたが、弩砲《バリスタ》の目の前にべちゃりと泥の塊が降ってきた。

蠢く泥に兵士が絶句する。

鈍い金属音と共に起き上がったそれは、泥ではなく騎士だった。甲冑《かっちゅう》に刻まれた、折り曲げられた翼の意匠。それが抱翼《ほうよく》騎士団の騎士であると気づく前に兵士の首は飛んだ。

騎士が咆哮を轟《とどろ》かせる。水門に集った兵士達は降り注ぐ騎士の雨に翻弄され、蹂躙されていった。宙を舞う視界の中で、首をはねられた兵士が最期《さいご》に見たのは、悠々と頭上を越えていく大鳥の姿だった。


「──アーヴァインがイシスへ向かっているだと⁉」

膝をつく伝令の報告を聞いて、軍団長は青ざめた顔で驚愕《きょうがく》した。

「すでに水門を越え、イシス湖河口付近まで到達していると報告が……！」

「馬鹿なッ、この短時間で森を抜け山を登ってきたというのか⁉」

「い、いえっ……敵は、飛翔したとのことです！」

軍団長が絶句し、汗ばんだ額に手を当てた。動揺しながらも伝令は報告を続ける。

「水門の防衛に当たっていた兵団は騎士型の濁人と交戦中です。弩砲《バリスタ》に効果はなく、今もなお被害は拡大していると思われます……！」

「我々の攻勢は、失敗したということか……」

軍団長が諦めを口にしようとした時、

「否《いな》。これからだ」

背後の声に、軍団長が振り返る。全ては予測していたことだと言わんばかりの冷静さで、セレスティアスは変わらず玉座にいた。

「獲物が自らやってきてくれるのだ。むしろ好機であろう」

口元を歪めて笑うセレスティアスを、軍団長は憎しみを込めて睨《にら》みつける。

間違いない。この女はこうなることが最初からわかっていた。

「敵は七英雄の一人、この世を闇たらしめている元凶の一つですぞ！　全軍が束になって
ようやっと……いえ、それよりもまず民への避難指示を！」

「…………」

「陛下は都を戦場にするおつもりか⁉」

どれだけ軍団長が声を荒らげようとも、セレスティアスはまるで意に介さない。

瞳に宿るのは狂気の色だけだった。

「番兵。拘束を解き、邪竜を放て」

玉座の後ろ、巨大扉の前にいた二名の番兵が、酷《ひど》く狼狽《ろうばい》しながら顔を見合わせる。

「聞こえなかったのか？　邪竜を放てとわらわは言ったぞ」

「ハッ、い、いえ、しかし……！」

「今すぐだ、早くしろ」

セレスティアスが無表情のままじっと見つめてきたことで、番兵は竦《すく》み上がった。

番兵がいそいそと重いレバーを引く。石の擦《こす》れる音を立てて扉がゆっくりと開かれ、鐘の音を思わせる轟音と共に魔窟が姿を現した。

一歩先すらも見えぬ暗闇の中から、靄《もや》が這い出てくる。

凍えそうなほどの冷気が兵士の肌を舐《な》めていくと、鼻孔を刺すような獣の臭いが襲う。震え上がる兵士達。だが、臭いはするのに気配が無い。

奥にいるのだろうか？　それとも、眠っている？

兵士は開いた門の目の前にある鎖の繋《つな》がった巨大な錠に近づいた。番兵から鍵を受け取り、鎖に取り付けられた錠の鍵穴に差し込む。なかなか塡《は》まらずに手間取ったが、鍵を右に回すと、カチリという音がした。鎖が薄く発光し、魔術的な拘束が解かれる。

一歩後ろへ下がろうとしたその刹那——兵士の身体が宙に浮いた。

同時に、兵士はパキリと枝の折れるような音を聞いた。それが自分のあばら骨が砕けた音だというのを理解したのは、口から血を吐き散らした時だった。

激しい痛みに震えながら前を見ると、自分を摑《つか》み上げる化け物と目が合った。

金色の眼球と、縦一線、亀裂のような瞳孔。兵士はその雄々しさ、その恐ろしさに震えながら、頭から鎧ごと喰《く》い殺された。

扉を開ける手伝いをしていたもう一人の番兵が走って逃げ出す。

直後、化け物の口から吐き出された息吹《いぶき》により大聖堂が炎に包まれた。炎は逃げようとした兵士だけを燃やし、無機物には影響を与えず燃え広がるだけだった。

炎の中心にはセレスティアスが玉座に座っている。

セレスティアスのそばにいたおかげで助かった軍団長は、扉の向こう側から伸びる影を見て、恐ろしさに硬直した。

生命のみを燃やし尽くす竜の息吹を吐き出しながら、逆鱗《げきりん》の邪竜『黒天のギュスターヴ』が姿を現す。毛羽立ったように反り返る逆鱗が身体を覆う歪《いびつ》な竜は、セレスティアスのそばに長い首を伸ばして、彼女を覗《のぞ》き込んだ。

セレスティアスは頬杖《ほおづえ》をついたまま邪竜に微笑《ほほえ》む。

「寝起きの機嫌はよさそうだな、ギュスターヴよ」

竜は答えず、喉を低く鳴らすだけだ。人語は理解していても、竜は人の言葉を話さない。話せないのではなく、話さないのだ。

「貴様も常軌を逸した個人に連なる以上は仕事をしてもらう。その息吹で英雄を灰にしてみせよ」

高慢な態度が気に障ったのか、竜はセレスティアスの眼前で咆哮し、炎を撒《ま》き散らした。

炎は彼女の身体を焼かず、玉座を囲むように広がっただけだ。

「さしもの邪竜も、契約相手を無闇に殺したりはせぬか。命が繋がっている以上は、わらわと貴様は一心同体。たとえわらわが凱旋《がいせん》帝の娘であろうともな」

竜の殺意が肌を刺すように向けられる。

セレスティアスはまるで子犬でも相手にするかのように、クスクスと笑った。

「そう猛《たけ》るな。わらわに貴様が必要なように、貴様にもわらわが必要であろう?」

細い指先で目元を撫《な》でてから、セレスティアスは笑みを消した。

「切望せし久方ぶりの阿鼻叫喚《あびきょうかん》だぞ。楽しめよ、同胞」

竜の瞳を直視したまま、セレスティアスは己《おの》が悲願を告げる。

「望みはどうあれ我らの向かう先は同じだ。家族も、友も、この世界を満たす闇も、このわらわ自身も、全て……あの男のもたらしたものの全てを、わらわは否定する!」

彼女の瞳の奥にある感情は憎しみでも怒りでもなく、ある種の欲のようなものだった。

彼女を焦がすのはある意味では父親への想《おも》いだった。

「さあ征《ゆ》くがいい我が同胞よ! 世界は敵で満ちている! 闇を払え、その炎で!」

竜はセレスティアスの感情に呼応するように目を見開くと、そのまま大聖堂の天井を突き破って飛び立った。深緑の炎を息吹に乗せて、かくして最悪の邪竜は飛翔する。

吹き飛んだ天井から覗く漆黒の空を見上げながら、セレスティアスは笑う。

羅刹に染まった落とし子は、その闇の先に父の面影を見るのだった。

☆

イシス湖河口要塞は光脂矢の報《しら》せと伝令によってすでに襲撃に備えていた。

装塡済みの弩砲《バリスタ》が八門に、光脂油をしみ込ませた岩が備えられた投石機がずらりと並び、上空からのアーヴァインの襲撃に対応できるはずだった。

先んじて抱翼騎士団の濁人《だくと》が河口に押し寄せたのは、迎撃の準備が完了する直前だった。強固な防壁は森を支配していた巨木型の濁人に破壊され、兵士達は雪崩れ込んできた抱翼騎士団を相手にしなければならなかった。

「うろたえるな！　第三第四重騎士隊は後退、弩砲《バリスタ》の守備を優先しろ！　第一第二は騎士型の濁人を相手せよ！」

「槍兵《そうへい》隊、各個撃破！　囲んで確実に数を減らせ！」

「弓兵隊は防壁から援護！　光脂矢で絶えず照らしてやれば多少は動きが鈍る！」

「砲隊、引き続き対空用意！　アーヴァインの姿が見え次第撃ち落とすぞ……！」

「投石に火をつけろ！　巨木型にお見舞いしてやれ！　連中は的だ！　動きは鈍い！」

河口要塞の防衛を任された兵の動きは迅速だった。日々の訓練と小規模遠征による実戦経験の賜《たまもの》と言えるだろう。再編された帝国軍主力は見せかけだけではない。

だが敵の狙いは人間ではなく、弩砲《バリスタ》と投石機だった。

「ッ！　──抜けられた⁉　撃ち落とせ！」

濁人騎士の中に紛れた伏兵が目にも留まらぬ速さで騎士の防御を飛び越えた。

「近づかせるな！　なんとしても止め──」

弓兵の一斉射を浴びながらも、頭の膨れ上がった濁人兵は弩砲《バリスタ》及び投石機に取りついた。

次の瞬間、金切り声と共に濁人兵の身体が弩砲諸共《バリスタもろとも》爆散した。

陽動と伏兵。濁人は組織的な動きができないという固定観念が河口要塞の防御をこうも容易《たやす》く崩してしまった。綻びは瞬《また》く間に広がっていく。動揺し、動きを止めた者がまずは濁人の餌食《えじき》となり、その開いた穴に敵は攻め込む。

「嘘《うそ》だろ……河口要塞が、こんな一瞬で……」

濁人の自爆に巻き込まれた兵士の一人が身体を起こし、折れた腕を押さえながら河口要塞の惨状を眺めた。光脂矢で照らされた空を見上げると、そこには巨大な影が今まさに湖を越えようとしていた。翼の生えた無数の濁人を随伴させながら、アーヴァインはいまもなお濁人を量産している。

狂気が降り注ぐ光景。果敢に戦いながらも濁人に兜《かぶと》ごと頭をかち割られ、胴をねじ切られていく人間達。意味不明な声ともつかぬ音を発しながら剣を振るう濁人共。戦意を喪失し、腐った樹液を吐き出しながら濁人と化していく仲間達。

兵士は思い出す。自分達がいまだ災厄の渦中《かちゅう》にいるということを。

もはやこの世界は狂っている。正気の居座る場所などもうどこにも無いのだ。

都にはまだ本隊が控えているというのに、兵士の膝は頽《くずお》れた。

剣を落とし、ただ訪れる終焉《しゅうえん》を待つ。

──不意に風が吹いた。

噎《む》せ返るような、血と鉄の焦げるような匂いを含んだ風だ。

頬を撫でる風を兵士が目で追う。

煙？　砂塵《さじん》？　何か青白いものが風に乗っている。

兵士は風を手で摑み、それを見る。

「……錆《さび》？」

その時だった。

轟音《ごうおん》と共に遠方で濁人騎士達が宙を舞うのを兵士は見た。蒼《あお》い炎が濁人を吹き飛ばしている。弩砲《バリスタ》に込められた魔術が暴発でもしたのかと思ったが、違う。

蒼き炎を纏《まと》った爆風は、兵士の方へと近づいてくる。

兵士は呆然《ぼうぜん》としながらも、手から落ちた自分の剣が地面で震えているのに気づく。振動が極限に達し、剣がひとりでに地面から浮き上がった瞬間、それは目の前にやってきた。

炎と錆を纏った騎士が、目の前に駆けてきたのだ。

真横を、騎士が目にも留まらぬ速さで駆け抜ける。

すれ違う瞬間、兵士は騎士の横顔を見た。

大きく踏み込みながら、ただ一点を見つめた彼の横顔。

彼の口元には笑みが浮かんでいた。

騎士が兵士の剣を手元に引き寄せ、左手に掴む。

背中の狐百合《グロリオサ》の意匠が施されたマントに、兵士はつぶやく。

「バルハントの、落陽騎士……？」

心折れた兵士は闇への恐怖も忘れ、彼の雄々しさに圧倒された。世界を救えるのは常軌を逸した個人だという女帝の言葉を理解する。この状況で笑みを浮かべ、曇り一つない眼《め》で目的のために邁進《まいしん》するその狂気こそ、道を切り開くのだと――

バルハントの城門に留《とど》まり続けた曖昧な日々は、イグルーにとって虚無だった。

心折れても彼が濁人化せずに済んだ理由は忘却だ。フレイリアの死という事実を忘れ、バルハントを守るという使命のみが彼を突き動かした。

イグルー・シュヴァルケインは断じて秀《ひい》でた騎士ではなかった。騎士になれたのは引鉄《いんてつ》を体内に取り入れ、鉄血《てっけつ》を目覚めさせることができたというだけだった。

闇の中で彼は何度も致命傷を負い、死の淵《ふち》に立たされた。それでも生き永らえたのは、身に纏う錆が彼の肉体を無理やり修復していたからだ。彼は闇の中で研鑽《けんさん》を重ね、騎士としての力量を尋常ならざる領域に押し上げ、鉄血を極限にまで濃縮させて、今に至る。

錆が人智《じんち》を超えた力を与え、血が彼を突き動かすのだ。アーヴァインを追って崖を飛び越え、森を抜けたイグルーは、一気にイシスの河口要塞までたどり着いた。

すでに河口は濁人に群がられ、兵士達が命を散らしながらも懸命に戦っている。

それらを歯牙《しが》にもかけず、イグルーは駆け抜ける。足を踏み出す度に鎧《よろい》から錆が乖離《かいり》し、周囲に散布され、火花が散ったかと思えば爆発炎上。余波のみで群がる濁人を破砕するが、彼を脅威と認識した濁人騎士が五体、兵士との戦闘を中断して襲い掛かってくる。

イグルーの鉄血が沸き立つ。

ここは戦場。ならば剣には事欠かない。

バルハントの鉄血剣術は、戦場においてこそ花開く――！

「退《ど》けッ‼」

心折れ、命を散らした兵士達の剣が引き寄せられ、弾《はじ》かれたようにイグルーへ向けて飛《ひ》翔《しょう》する。最初に届いた剣を摑《つか》むと、錆を纏わせて濁人騎士の頭に投擲《とうてき》。剣は甲高い音を立てて頭部を貫き、錆の発火により肉片も残さず爆散した。

攻撃の隙を突くようにして濁人騎士が懐《ふところ》にもぐりこみ、斬り上げを仕掛けてくる。

「──ガぁッ！」

一撃を防ぐでも避《よ》けるでもなく、イグルーは担《かつ》いだ状態のローンダイトに力を込めた。

イグルーの斬り下ろしの速さは音を置き去りにした。

後手の動きであったにもかかわらず、濁人騎士は脳天から股までを両断され、余波で身体《からだ》を爆散させる。威力のあまりローンダイトは地面に深く突き刺さったが、イグルーは抜き取らずにそのまま置き去りにして走り抜けた。

愛剣を手放そうと、一瞬たりとも止まっている暇は無い。

前へ。前へ。ただ前へ進むのだ。

フレイリア姫が、我が王が、俺の炎が呼んでいる。

剣を持たぬイグルーへ、二人の濁人騎士が奇声を上げながら襲い掛かる。

「邪ァ魔だあああああああああああああああああああッ！」

両手を広げると、最初からそこに握られていたかのように飛来した剣が滑り込む。

イグルーは二人の騎士を挟みこむように剣を振るい、胴を真っ二つに斬り払った。

名も無き剣が砕けるが、関係ない。

鉄血剣術に武器庫は必要ない。この戦場にある武器の全てが彼の剣となる。

戦場にいた濁人騎士達がイグルーに集まっていく。蹂躙《じゅうりん》は止まらない。暴風の如《ごと》く戦場を突っ切り、剣が砕けようとも新たな武器を引き寄せて斬りつけ、投擲し、爆散させる。

そして行く手にひと際大きい濁人騎士が立ちはだかった。

近場に剣が無い。がら空きのイグルーの頭上に戦斧《せんぷ》が迫る。

イグルーはそのまま巨体に向かって突き進みながら、右手に全意識を集中させる。

「──来い、来い、来いッ！」

遥《はる》か後方より鉄塊が迫りくる。

愛剣ローンダイトが血に応え、閃光《せんこう》の如く主《あるじ》の元へ舞い戻ったのだ。

イグルーはローンダイトを掴むと、飛来した勢いをそのまま乗せて身体と腰を回転。

剣が横薙《な》ぎに振るわれた直後、落雷の如き破裂音。巨体の胴と腰が切り離され、弾け飛ぶ。血とも泥ともつかぬ汚濁を浴びながらも、イグルーが止まることはない。

「──見えた……！」

上空、湖の上をはばたくアーヴァイン。そしてその中に微《かす》かに灯《とも》った炎が見えた。

「我が炎、消させてなるものか……！」

眼を見開き、右足を踏み込むと同時に念じる。

──跳べ！

右足の筋肉が膨れ上がり、脛当《グリーブ》がへしゃげる。

──翔《と》べ！

鎧に付着した錆が右足に集中し、火花を散らす。

「────飛べッ！」

利那、爆発と共にイグルーの身体は一気に上昇した。

それでも届かない。跳躍では達しない。

空中で無防備になったイグルーに、アーヴァインを護衛するように飛翔していた濁人騎士が迫る。それを見て、イグルーは好機とばかりに笑った。

──足場が向こうからきてくれた。翼を広げて剣をでたらめに振りながら襲い掛かってきた濁人に剣を突き刺した後、イグルーは濁人の身体を足蹴にした。

錆が爆発し、イグルーの身体をさらに上昇させる。

群がる濁人を次々に利用して、イグルーはアーヴァインへ迫る。

そしてついに、跳躍はアーヴァインを飛び越えた。直下に望むアーヴァインの背へ向けて襲い掛かるべく、鎧の背面に付着した錆が爆発する。

爆発の後押しを受けて、イグルーがアーヴァインの背中へ着地。その背へローンダイトを突き立てると、アーヴァインは猛禽《もうきん》特有を悲鳴を上げて暴れまわった。

イグルーは歯を食いしばりながら取りつき続ける。

振り落とされてなるものか。必ずや救うのだ、取り戻すのだ。

俺の、俺だけの炎――！

「爆《は》ぜろォ！　鉄血！」

咆哮《ほうこう》の直後、イグルーの体内に宿る鉄血が沸騰する。比喩ではなく、煮え湯のごとく沸き立った。血管が破裂し、肉と皮膚を破って出血する。

噴き出た血はまるで生き物のように激震していた。同時に周囲一帯の空気が圧縮されたかのように張り詰め、アーヴァインの体毛までもが全て逆立った。

「返してもらうぞ！　俺の道しるべ！　俺の全て！　俺の炎をッ！」

直後、飛来した。剣の雨が飛来した。広大なイシス湖近辺にある全ての領域から、剣という剣の全てが飛来する。切っ先は全て上向きで、剣はアーヴァインを串刺しにしていく。

劈《つんざ》くような悲鳴がイシス湖を波立たせる。

剣の雨は止《や》むことを知らず、体毛より多くの刃《やいば》がアーヴァインを貫いていく。

イグルーもまたローンダイトを突き刺し、肉を抉《えぐ》った。

彼女を、ただ一つの炎を見つけるために。

今もイグルーの名を呼び続けている彼女を取り戻すために。

「姫様ッ‼」

イグルーはアーヴァインの体内に右手を深く突っ込んだ。

「手を伸ばしてください！　俺はここにいます！」

声をかけながら、イグルーはなおも手を伸ばす。

「炎が消えそうだとしても、俺が貴女《あなた》を見つけ出す……！　何度でも、何度でも！　たとえ引き離されても、必ず追いついてみせます！」

脳裏に蘇《よみがえ》るのは闇の中で戦い続けた曖昧な日々だった。

炎が再び灯るのを待ちながら、闇に耐え続けた十年間。

もうあんなのは嫌だ。冷たい闇の中で項垂《うなだ》れて、亡者《もうじゃ》のように剣を振るうのは嫌だ。

炎はここにある。今目の前にあるのだ。

「俺はもう逃げない……もう待たない……もう二度と失ってなどなるものか！　今度こそ最後まで貴女と共にある……！」

彼の中に喪失の記憶は無い。けれど痛みは今も魂に刻まれていた。

無念と後悔を諸共《もろとも》に込めて、彼は魂に打ち付ける。

火花を散らせと打ち付ける。

今一度、思い出せと打ち付ける。

「何故《なぜ》ならば――！」

肩が外れるほどに手を伸ばし、掌《てのひら》を広げる。

「――俺は火花で、貴女は炎なのだから！」

かつてフレイリアはイグルーに言った。

火花が無ければ、炎は立たない。騎士あってこその王なのだと。

ならばそのように在ろう。彼女が消えようというのなら、この剣を打ち付けて火花を起こそう。全ての鉄血を発火させ、蘇らせよう。

鎧の錆《さび》が右手に収束し、爆ぜる。

アーヴァインの背が吹き飛び、その中で露《あら》わになった白い手を、イグルーはしかと掴んだ。

思い切り右腕で引き上げ、彼女を救い出す。露わになった彼女の身体を抱きとめる。息が無いことを確認すると、イグルーは背の経穴に指を押し当て、強く叩《たた》いた。

「……う、ぐっ、げほっ……！」

彼女が咳込《せきこ》み、体内の泥を吐き出すのを見て、ようやくイグルーは安堵《あんど》した。

「よくぞご無事で……！　もう二度と放しません、離れません……！」

片腕にフレイリアを……イオリアを抱きとめながら、イグルーは再び剣を握る。

これだけの損傷を負っても、アーヴァインはまだ飛行を維持している。

姫の命が最優先と考えるなら、離脱するべきだ。だが周囲にはすでに飛翔する濁人《だくと》の群れが集まっている。この数に囲まれながら落下すれば命は無い。

ならば、この場で数を減らした後に離脱する。

「ッ⁉」

そう決断した時、イグルーはイオリアを抱いて身体を強張《こわば》らせた。

肌を刺すような圧力と殺気。

直後、深緑の炎が目の前を掠《かす》め、飛翔する濁人達が一瞬にして消し炭になった。

熱と衝撃に耐えながら、イグルーはアーヴァインの進行方向へ目を向ける。

闇に光る二つの目。全てを薙ぎ倒すような雄々しき両翼。そして顎から漏れ出す炎に映し出された悍《おぞ》ましい竜の相貌が、獲物を前に猛《たけ》っていた。

――■■■■■■■■■■■■■■■■■■■！

逆鱗《げきりん》の邪竜の咆哮が響き渡る。胸部と喉元が膨れ上がり、息吹《いぶき》が吐き出される直前に、イグルーはアーヴァインの背から飛び降りた。

紙一重。頭上をドラゴンブレスが通り過ぎる。

アーヴァインは息吹に焼かれながら悲鳴を上げていた。

イオリアを抱いたままイグルーは落下する。

真下にはイシスの城。イグルーは背に錆を集中させて、強く強くイオリアを抱きしめた。

直後、爆炎と共にイグルーとイオリアはイシス城の中庭へと墜落した。


逆鱗の邪竜『ギュスターヴ』は、アーヴァインを撃墜したのを見届けると、残った飛翔する濁人に対しても同じように破滅をもたらした。

ドラゴンブレスはイシスの地上にまで及び、逃げ惑う人間達をも燃やしていく。

翻弄される帝国民を眺めながら、邪竜は目を細めてほくそ笑んでいた。

濁人の体内で腐り続ける樹液が燃える臭いも、人が焼け焦げ逃げ惑い、甲高い悲鳴を上げながら悶《もだ》える姿も、全てが竜にとって福音《ふくいん》に等しい悦楽だった。

竜にとって、濁人も人も同じだ。世界樹を貶《おとし》め、世界樹に狂わされた哀れで醜い虫けらだ。

そも竜は人を認めない。世界樹を冒そうとする存在だけを屠《ほふ》る、ただの守り手だ。

だがギュスターヴは違う。彼は人が好きだ。憎いのではなく好きなのだ。災厄前から戯《たわむ》れに襲い、喰《く》らっては吐き出し、消し炭にすることを何よりの楽しみにしてきた。

その所行を人間達は恐れ、世界樹を貶めた帝国《ハンナヴァル》を憎んでいるのだと思い込んでいる。

——勘違いも甚だしい。貴様ら人間なぞ憎むものか。

邪竜は人を笑っていた。彼は災厄を憂えてなどいなかった。世界樹を尊んでなどいなかった。人の絶望だけが彼の生きがいであり、それこそが彼の狂気だった。

彼にとって世界を覆った災厄は、享楽を盛り上げるだけの祭りでしかなかった。

人が苦しむ姿を、暗黒の空より眺めるのは至高の喜びだ。

闇に呑《の》み込まれ闇に狂い、人間同士で殺し合う様を見るのは心が躍る。

この享楽をずっと楽しみたい。それだけのために彼はセレスティアスと契約し、人の側についたのである。数が減ればいずれ滅びてしまうし、それではつまらない。みっともなく足掻《あが》かせて生き延びさせなければならない。

——もっと見せろ。もっと足掻け。もっと踊り狂え。この俺を退屈させるな。

久方ぶりに見る人間の阿鼻叫喚《あびきょうかん》はたまらなく心地よい。

ギュスターヴはアーヴァインの墜落したテラスを見た。

そこには騎士と少女が、今まさにアーヴァインへ立ち向かおうとしている姿があった。

ギュスターヴはあの少女がセレスティアスの姉なのだということを知っていた。

ギュスターヴは、イオリアに興味があった。

皇帝の血筋でありながら矮小《わいしょう》、身体《からだ》も心もただの凡人。

身の程を弁《わきま》えずに混沌の渦中《かちゅう》に身を投じ、家族を救うためだと大義を掲げる女。

その性根が如何《いか》なるものかを、ギュスターヴは見透かしていた。

——あれぞ人間だ。ああいう者をこそ、踊らせるに限る。

ギュスターヴは愉悦をもって騎士と少女を見届けようと決めていた。

——矮小なりし人間よ。そなたらはこの狂気の果てに何を選ぶ？

戯れに濁人を屠り、イシスの民を焼きながら、邪竜は上空より二人を静観する。

この余興が最高潮に達した時、英雄諸共《もろとも》二人を焼き尽くすために——


このまま眠っていた方が楽なのはわかっていた。瞼《まぶた》を開けず、外の世界から目を背け、己の生き汚さを呪わずに終わることができれば、どんなに楽か……。

けれどそれは許されない。魂と誇りは穢《けが》れても、自分を呼ぶ声が聞こえたから、目を覚まさないわけにはいかなかった。

イオリアが瞼を開くと、光脂矢《こうしや》と湖の光に照らされた空が見えた。

怒り狂う竜が飛び交い、翼を生やした濁人を炎で焼き払っている。遠くからは多くの人々の悲鳴がさざ波のように聞こえ、精神を削り取るような濁人の声が響いていた。

この世界がもはや手遅れで、地獄同然なのは瞼を開かずともわかっていた。

上体を起こして、項垂れていた頭を上げる。

城のテラスには墜落したアーヴァインの姿もあった。竜の息吹で肉が焼けこげ、痙攣《けいれん》しながらも再び膨張しようとしている。

そして、目の前には一人の騎士が立っている。

右手に剣を握り、背に狐百合《グロリオサ》の意匠が刻まれたマントを靡《なび》かせる男。

イグルー・シュヴァルケイン。イオリアの知る限り最も狂気に満ちた騎士。

けれど彼の瞳はいつも真《ま》っ直《す》ぐで、純真で、迷いがない。今この時でさえも。

そんな彼を騙《だま》している自分はいったい何なのだろう？

自分が何を糧《かて》に生き永らえてきたのかを自覚し、性根の腐り果てた汚物だと理解した今でも、彼への罪悪感は本物だった。

このまま打ち明けてしまいたい衝動に駆られる。全てを教えて彼に斬られるのなら、それが人として一番まっとうな死に方だ。喉が震え、声が漏れようとした時、

「姫様、立ってください」

背を向けたまま、彼はそう告げた。

イオリアはその大きな背中から目を逸《そ》らしてしまう。

「戦は終わっておりませぬ。どうか下知を。このイグルーに、道をお示しください」

「イグルー……あたしは」

「――正も否も、真も偽も、自分には関係ありません」

俯《うつむ》こうとしたイオリアが顔を上げる。

気づいているのか？　そう思った。

「貴女が善であろうとも悪であろうとも、俺には関係ない。俺にとっては貴女が全てだ。迷いがあるのならば背を押し、恐れ慄《おのの》いたのであれば背を守る。それが騎士です」

柄《つか》を握る拳が音を立て、剣が持ち上がる。

違う。彼はイオリアがフレイリアではないことに気づいているのではない。気づけた要素などいくらでもあるが、それでも彼はフレイリアだと信じて疑わなかった。

彼にとって、そんなことは本当はどうでもいいのかもしれない。

己の信じたものだけを見る。確固たる意志をもってそれしか見ない。正道だろうと邪道だろうと、本物だろうと偽物《にせもの》だろうと、善だろうと悪だろうと、信じたのならば信じ通す。

それが彼の狂気なのだ。研ぎ澄まされた純粋な、常軌を逸した魂なのだ。

ならば……。

「――御下知《オーダー》を！　フレイリア・フィオス・バルハント陛下！」

ならば立たねばならない。前を向かねばならない。

彼の狂気に応えなければならない。

自分の中には何がある？　彼の狂気に見合うだけの何がある？

イオリアは視線を感じて顔を上げ、聳《そび》え立つイシス城を見上げた。

城の最上部。王の居室のバルコニーに人影があった。

イオリアが目を見開く。王器であり父の所有物だった黄金に輝く剣を片手に持ちながら、こちらを見下ろすその姿に戦慄する。

「セレス」

その女はただ冷ややかにこちらを見つめていた。

地べたに転がる石を見るように。

くだらないゴミを見るように。

あの時と同じように――！

「セレスティアス……！」

イオリアの中で感情が爆《は》ぜる。憎きセレスティアスを睨《にら》みつけながら立ち上がる。

今ならばこの感情が何なのか、はっきりとわかる。

——劣等感だ。それがイオリアをここまでさせる感情だった。

生き永らえてこられたのも、常軌を逸した個人という正気じゃない集団に紛れ込む勇気が出せたのも、全部全部セレスティアスへの劣等感があったからだ。

たとえ卑屈だろうと、負の感情だろうと、もう構わない。

郷愁を捨てられるなら。家族同然の者達への情を捨てるだけの価値を見いだせるなら。

この矮小で見窄《みすぼ》らしい想《おも》いが、前へ進むための糧となるのなら——！

「イグルー」

騎士のそばまで歩み寄る。

彼の横まで行くと、イオリアは下を向いたまま右手に王器を握った。

「アレを斬りなさい。蹂躙《じゅうりん》しなさい。この刃《やいば》が奴《やつ》の心臓に届くように肉をそぎ落としなさい」

高く手を掲げ、拳を強く握る。

「踏みにじられた尊厳、魂、過去は二度と戻りはしない。もう取り戻せないのよ……家族も、友人も、あの頃のあたし自身も……」

幼少の頃の日だまりの記憶が頭を過《よ》ぎる。

奥歯を噛《か》み締め、家族や英雄達との思い出と絆《きずな》を、劣等感で塗りつぶす。

「……だから……」

――セレスティアス、セレスティアスセレスティアスセレスティアス！　我が妹、我が仇敵《きゅうてき》、全てを奪った羅刹の女帝！　お前だけだお前だけがお前のその在り様が、私をここまでさせるのだ！　絶対に負けない絶対に許さない全部全部返してもらう全部全部奪ってやる全部全部、全部全部全部全部踏みつぶしてやる！

償え！　贖《あがな》え！　お前の顔を足蹴にしながら笑うことだけが私の悲願だ！　泥を啜《すす》るお前を城から見下ろして、谷底の暗い闇に蹴落とすのが私の希望だ！

それが私という汚物の根源、それが私の狂気だ！

「――故に、我らは踏みにじるッ！」

切り裂くように短剣を振り下ろし、イオリアは怒りに充ち満《み》ちた形相を前へ向けた。

「凱歌《がいか》も誉れも求めはしない！　蹂躙の果てに鏖殺《おうさつ》し、屍山血河《しざんけつが》の煉獄《れんごく》に故郷を蘇《よみがえ》らせるのだ！　イグルー・シュヴァルケイン、唯一人の我が騎士よ！　フレイリア・フィオス・バルハントの名において命ずる！」

烈火の如《ごと》く下知を下す。

憎きセレスティアスのように。

父の、狂王のように。

「手始めに七英雄を薪にして我らの炎を燃え上がらせよ！　一片の躊躇《ちゅうちょ》なく剣を打ち付け、火花を散らし焼き尽くせ！　我らの国は――バルハントは此処《ここ》にあるッ！」

王として。フレイリアとして。

皮を被《かぶ》り、彼女の写し身を憑依《ひょうい》させて誓いを突き立てる。

「我が血潮は故国のために！」

頰を伝う血の混じった一滴の涙は、自分に残った最後の、人としての心だった。

イオリアとしての良心と、フレイリアの尊厳がこぼれ落ちていく。

偽物が本物を汚《けが》してしまう。

だが、

「我が血潮は！　陛下のために！」

そんなものは関係ない。彼には炎が見えている。炎だけが見えている。真も偽も諸共に、彼は剣を打ち付ける。己《おの》が信念の旗の下に狂気を打ち付ける。

燃えよ、燃えよと打ち付ける。

「鉄血に火花を‼」

　イグルーが眼前に剣を掲げ目を見開いた瞬間、全ての錆《さび》が刃に収束し始めた。錆だらけだった鎧《よろい》は本来の光沢を取り戻し、錆は剣の欠けた箇所に集まって刃を形成していく。

　復元を終えた直後、鐘の音のような轟音《ごうおん》が全ての音を打ち消した。

　現れたるは薄青く輝く美しき剣。

　孤高の剣『ローンダイト』。

　バルハントの神髄と狂気の全てを内包したその剣は、あまりの熱量に周囲の空間を揺らめかせ、常に火花を纏《まと》っていた。

　イグルーは復元されたローンダイトを肩に担《かつ》ぎ、左拳を前に突き出した。

「――いざ参る！」

　その鉄血剣術の構えに応じるようにアーヴァインもまた身体を起こし、歪《いびつ》な一対の剣を握った。今までは美しい夜色と黄土の刀身を誇っていたが、異形と化した際にその輝きは失われ、浸食を受けてか肥大化し、刃が枝葉のように分かれていた。

　大鳥が剣を構える光景は異様だった。

しかしその構えにはどこか騎士の名残があった。染《し》みついた技は、残滓《ざんし》のようにアーヴァインの中に居座り続けているのだろう。

イグルーは弾《はじ》かれたように床を蹴ってアーヴァインの眼前へ跳躍。速度は圧倒的にイグルーが上。肉薄すると同時に両手に握った大剣を叩《たた》きつけるように振り下ろす。

アーヴァインは一対の剣でその一撃を受け止めようとする。

刃が重なった瞬間、衝撃と爆発がアーヴァインを襲った。

アーヴァインが後ろへ下がるが、持ち前の巨軀《きょく》で体勢を戻す。反撃とばかりに膨れあがった筋骨隆々とした腕から剣が振るわれ、圧倒的質量と共に襲いかかる。

イグルーは一歩も引かない。落陽騎士に盾は無い。剣には剣を。質量には質量を。この身に刻み込まれた異能と剣は、防ぐためではなく攻め滅ぼすためにある。

力と技の全てを込めてイグルーが打ち付ける。

落雷の如き衝撃音。全力の打ち込みと同時に刃が爆ぜる。あまりの衝撃に大質量のアーヴァインの剣が弾かれたが、イグルーの剣もまた同じように後方へ大きく揺らぐ。

「――おおおおッ！」

「――ガ嗚呼《ああ》アアアアア！」

全霊をもって剣を押し戻し、再び斬り下ろす。

刃が交わる度に両者の剣は大きく弾かれ、その負荷と重量を押し戻すように互いの剣を打ち合う。二人の剣戟《けんげき》は音を置き去りにし、爆ぜる火花と閃光《せんこう》は美しくすらあった。

数多《あまた》の剣を交える度に、イグルーはアーヴァインに敬意を抱いていく。これは濁人《だくと》の戦い方ではない。彼の剣捌《さば》きは騎士そのものだ。己の全霊を剣に込め、技と力を持って相手を砕く。濁人と化してもなお彼の剣は冴《さ》え渡り、衰えることを知らなかった。

イグルーは斬撃を止めることなく続けながら、目を細めた。

「自分は貴殿を知らぬ。その剣、その執念、さぞや名高き騎士であったのだろう」

烈火の如く斬りつけながら、イグルーは見開いた眼《め》でアーヴァインを睨む。

「――だが討つぞ、英雄！　陛下は首をお望みだ！」

爆炎を取り巻く暴風となって、イグルーは雄叫《おたけ》びと共にアーヴァインを蹂躙した。

イシス中から剣を引き寄せては叩きつけ、ローンダイトを爆ぜさせながら追い詰める。

肉を削《そ》げと陛下は仰《おつしや》った。ならば斬り崩し、焼き尽くそう。

いつしかアーヴァインの身体《からだ》は肉を削ぎ落とされて人間大の大きさにまで縮まっていく。

腕の腱を斬られたのか、両手をだらりと下げたまま、アーヴァインは空を仰いだ。

「嗚呼……我ガ遠き星……私ハ貴女《あなた》ヲ……オクタヴィア……オクタヴィアア！」

慟哭《どうこく》が空を駆け、腱を再生してアーヴァインが再び剣を握り襲いかかる。

速い。肉を削ぎ落とされ軽くなったその動きは、生前のアーヴァインと相違無く、剣筋はさらに冴え渡っていた。応戦しようと間合いを取って剣を握り返した時、アーヴァインの黄土の剣が光を宿して出鱈目《でたらめ》に振り下ろされた。

間合いは遠く、イグルーは避《よ》けるまでもないはずだった。

「ッ⁉」

だがその瞬間、イグルーの身体が瞬時にアーヴァインの目の前に移動した。対象を引き寄せる『明けの明星』の力だ。さしものイグルーも、この技を喰《く》らえば動きが止まった。剣を振り上げた姿勢のまま身体を強張《こわば》らせた直後、がら空きの胴へアーヴァインが斬りつける。

イグルーは防がない。落陽騎士は防がない。

「ゼェアアアアアアアアアアアアアアアアアアアアアッ！」

振り下ろされたローンダイトと、アーヴァインの『宵の明星』が激突する。

爆砕するローンダイトの剣身。宵の明星は皹《ひび》が入ると同時に砕け散り、アーヴァインは衝撃に吹き飛ばされて床を転がった。

だがイグルーへの衝撃はその比ではなかった。宵の明星の最後の力により吹き飛ばされた彼の身体は、城の壁を何重も突き抜け、イシス湖の対岸にまで到達した。

引き寄せと弾き飛ばしの力を持つ剣の力を知らなかった、イグルーの敗北だ。

アーヴァインはふらつきながらも両の足で立ち上がり、イオリアへと視線を向ける。

「オクタ……ヴィ、ア……」

母の名を呼びながら、剣を握ったアーヴァインが歩み寄ろうとする。

だがイオリアは冷たい視線でアーヴァインを見つめながら、じっと動かずそこにいた。

黒い涙を両目から垂れ流しながら、アーヴァインが剣をイオリアへ振り上げる。

「一人にハしません……共ニ、参リましょウ」

それは悲願の成就《じょうじゅ》だったのか、妄執の達成だったのか。彼が囚《とら》われたものがオクタヴィアへの尊き想いだったのか、嫉妬と劣情だったのかも、もはや誰にもわからない。

イオリアにはわかるつもりもない。

何故《なぜ》ならば、彼の妄執は、此処で終わるからだ。

イオリアは剣を振り上げるアーヴァインの頬へ、包み込むようにそっと手で触れた。

瞳は凍《い》てついていようとも、イオリアはオクタヴィアのように彼の頬を優しく撫《な》でた。

「悪いけど、一緒にはいけないわ」

「遠キ……星……ヨ」

「あんたはイカれてるし、いらないの。あたしにはもう騎士がいる」

「皇……ひ」

「だから消えてちょうだい――爛れた翼のア、ー、ヴァ、イ、ン、」

その時、アーヴァインの剣が、得体の知れない力に引き寄せられた。

引力によって狙いがずれて、剣はイオリアに掠《かす》りもせずに床に突き刺さる。

手放すまいとアーヴァインが力を込めるが、その引力は彼の力を凌駕《りょうが》していた。

剣はアーヴァインの手から離れ、ひとりでに床から引き抜かれて宙を舞う。

そして――崩れた壁の向こうから舞い戻った騎士の元へ引き寄せられた。

跳躍しながらイグルーが『明けの明星』を掴《つか》み取り、ローンダイトと共に振りかぶる。

「――獲《と》った」

イグルーがすれ違い様にアーヴァインの右腕を斬り落とす。

血飛沫《ちしぶき》を上げながら悲鳴を上げるアーヴァイン。イグルーはすぐさま振り返り、次いで左腕をローンダイトにより斬り落とし、さらには両の翼を細切れに砕いた。

アーヴァインはよろめきながら後ずさる。

彼に残されたものはもう何も無い。哀れで惨《みじ》めな、泥に塗《まみ》れた獣だった。

「アア、オアア……ッ」

彼はイグルーを見た。剣を奪い、勝者として雄々しく立つ騎士の姿を。

そして、その騎士に寄り添うイオリアの姿を。

「ガ、グァ……ゴアア」

アーヴァインの中で失われたはずの感情が溢《あふ》れた。

二人の姿が、愛《いと》しき皇妃と憎き凱旋《がいせん》帝として映ったのだ。

「アアアアアアアアアアアアア……ッッ！」

狂い果てた先に待っていたのは、生前心の奥底に眠っていた嫉妬だった。

「オ……ク……タ……ヴィアアアアアアアアアアアアアアアアアア！」

最後の抵抗。アーヴァインは歪な口を大きく裂けさせてイグルーへ喰いかかる。

だがイグルーは、彼の目の前で踵《きびす》を返した。

「後は、お任せします」

から空きのイグルーの背中にアーヴァインが噛《か》みつこうとした時、

——アーヴァインの心臓を、刃《やいば》が貫いた。

「……お終《しま》いよ。アーヴァイン」

イグルーと入れ替わるようにして、イオリアがアーヴァインに王器を突き刺していた。

刃を押し込む。決して抜けぬように。

もう二度と蘇《よみがえ》らぬように。

「オクタヴィ、ア……？」

唖然《あぜん》としたように首を傾《かし》げるアーヴァイン。

柄《つか》を両手で握りながら、イオリアは彼に最後の言葉を投げかける。

「あたしはオクタヴィアでも、イオリアでもない」

「………」

「私の名はフレイリア・フィオス・バルハント。火花咲く国の王よ」

その瞳にはもう、情も哀れみも無かった。

アーヴァインの身体が炎上する。

イオリアは王器を引き抜くと、一歩下がった。

アーヴァインが燃えていく。言葉も無く、悲鳴も無く、ただ焼かれるに身を任せて、膝をつきながら項垂《うなだ》れている。

イオリアはその光景を前にして、胸の痛みを感じないことに安堵《あんど》した。

勝利した。英雄の首を取ったことで、自分とイグルーはセレスティアスにとって無視できない存在になった。英雄を仕留めたと知った時の、散々あざ笑ってきたあの女が吠《ほ》え面《づら》をかく姿を見るのが楽しみで仕方が無い。

満足だ。大いに満足だ。

「…………」

けれど、この虚《むな》しさはなんだろう。

高揚感も無く、痛みも無い。これが自分の求めた勝利なのだろうか。

イオリアの手から王器が滑り落ちる。刃が地面を突いて甲高い音を鳴らした。

「——ッ⁉　姫様！　お下がりください！」

イグルーの声にハッとして顔を上げる。

アーヴァインが立ち上がったのではない。

——上だ。テラスの上空に巨大すぎる影がこちらを見下ろしている。

そいつは雄々しい両翼で空気を押し潰すように滞空しながら、胸を大きく膨らませていた。夥《おびただ》しい数の出鱈目に生えた牙の隙間から緑色の炎が漏れ出している。

人間としての本能が逃げろと警鐘を鳴らすが、今まさに息吹《いぶき》を口から吐き出そうとしている竜の姿が、すでに手遅れだということを思い知らせてくる。

竜は、黒天のギュスターヴはイオリアを見ていた。

あざ笑うように。踏みつぶすように。

まるで、セレスティアスのような瞳で——

「姫様ッ！」

イグルーが前へ躍り出てイオリアを抱きしめ、守るように背を丸める。

次の瞬間、視界はドラゴンブレスに包まれた。

肺が焼けるような熱気の中で、イオリアは短い悲鳴を上げた。イグルーは錆《さび》を展開させて炎を耐え凌《しの》ごうとしているが、ドラゴンブレスの前には薪も同然だった。

錆は見る見るうちに剝がれ落ち、肌が焼けていく。

イオリアは訪れようとしている死に耐えながら、悔しさに唇を噛んだ。

またもやセレスティアスに貶《おとし》められた。常軌を逸した個人が英雄の討伐に成功しようが失敗しようが、あの女は最初からこうするつもりだったのだ。自分の愚かさに反吐《へど》が出る。

結局は利用されて、あの女の前で無様に踊ることしかできなかった。

悔しかったが、それでも後悔は無かった。

自分の穢《けが》らわしい本性を知った上で、それに従って死ぬのなら本望だ。綺麗事《きれいごと》に縋《すが》って世界の隅っこを歩いて生き続けるよりも、よっぽど上等で相応《ふさわ》しい無様な最期《さいご》だ。

イオリアは目を閉じようとした。

だがその時、炎がわずかに陰って熱が収まった。

閉じようとした目を開けると、そこには翼を広げるアーヴァインの大きな影があった。

まるでイオリアをイグルーごと守るように大翼を広げ、包み込んでいく。

どうして、彼が私を守る？

まだ彼はオクタヴィアを、母を守ろうとしているのだろうか？


——イ、オ、様。


イオリアは見た。

それはアーヴァインの翼の内側に映る過去の情景だった。

覚えている。木漏れ日降り注ぐ中庭で、彼の髪を綺麗だと伝えたあの日の光景だ。

帝国《ハンナヴァル》に訪れた、ひとときの平和な日々だ。

それが今、彼の翼の内側に蘇っていた。

思い出す。母を殺そうとした夜、何故アーヴァインが思いとどまったのか。

イオリアが泣いたからだ。母と彼に、どこにも行かないでほしいと泣き縋ったからだ。

あの時、アーヴァインは儚《はかな》げに微笑《ほほえ》みながら、イオリアを抱きしめた。

『大丈夫ですよ。どこにも行ったりしません。私はずっと、お妃様とイオ様の、お二人の騎士でいます』

泣き腫らした目で彼を見上げる。子供だったとしても、涙で滲《にじ》んでいても、大好きだった彼が嘘《うそ》を吐《つ》いていることはわかっていた。

けれどその嘘と笑顔があまりにも優しくて、いつもいつも絆《ほだ》される。

子供だった自分は、いつも彼の優しさに抱かれながら眠ってしまう。

『ええ。ですから、安心してお眠りください。イオ様』

この笑顔が大好きだった。

守ってあげたかった。ずっと守ってほしかった。母と一緒にそばにいたかった。

いつかまた、木漏れ日の下で――

「あたし……あたしは……なんてものを手放してしまったの……？」

イオリアはイグルーの肩越しに手を伸ばし、彼の名前を小さく呼んだ。

だけどその声は炎にかき消されて、アーヴァインには届かない。

痛みを感じた。自分が手放そうとしているものの重さを痛感する。

翼の崩壊と共に思い出が燃えてゆく。イオリアとしての存在証明が消えていく。

別れの言葉も届かぬままに。

抱翼のアーヴァインは、イオリアの思い出と共に消え去るのだった。

エピローグ

落陽《らくよう》暦一〇年。

この年、常軌を逸した個人による最初の闇への抵抗は成功した。

イシス近隣の土地はアーヴァインを討ったことで闇が薄れたことが確認され、濁人《だくと》の数も大幅に減少した。この事実から英雄を討伐することこそが闇を払うために必要な措置であることが知れ渡り、世界はわずかながらに希望を見いだした。水没した断崖要塞は帝国軍によって占領。破損していた水路は修復され、イシスと他国を繋《つな》ぐ新たな生命線が構築されたことで、各国の残党は喜びに沸き立った。

アーヴァイン討伐作戦による犠牲者は民間人を含め、およそ三千名。これほどまでに損害が軽微であったことに、今回招集に応えなかった権力者達も関心を示した。また新たに英雄討伐の招集がかかれば、より多くの常軌を逸した個人が集められることだろう。

そして英雄討伐へ向かった部隊の生存者は、たったの六名であった。

「…………」

女帝セレスティアスはイシス城のバルコニーから燃える中庭を見下ろしていた。

視線の先には灰燼《かいじん》の中心で項垂れる姉がいた。

姉だと思ったことは一度も無く、生かしておく価値も無く、自分の知らないところで知らない間に息絶えるような、そういう存在だった。

だが、今は違う。あそこにいるのは今までのゴミではない。腐敗し、汚濁と化し、その汚らしい渦の中で煮詰められてできた他の何かだった。

あれを作ったのは、紛れもなく自分だろう。

「僥倖《ぎょうこう》だ、姉上」

その相貌に感情は無く、セレスティアスはアレが姉であることを、ただ認めた。

踵《きびす》を返し玉座へ向かう。

全ては彼女の思惑通りだった。この戦いに勝利したことは、ただの一歩に過ぎない。

篝火《かがりび》に火は灯《とも》った。あとは進むだけのこと。

世界は、人は闇を払えることを知った。わずかな光に縋りながら生きるのではなく、己を燃やすことで道を照らすことを知った。何を薪にすれば闇が払えるのかを知った。

生存本能など高が知れている。良心など糞《くそ》ほどの役にも立たない。人を人たらしめ、他の生命を圧倒し、闇を退けられるのは、生きること以外への倒錯した負の奔流だけだ。

克己、偏執、悪食《あくじき》、劣情、盲信……そして、炎。

——即《すなわ》ち、狂気である。

灰燼と化した中庭で、イオリアは立ち尽くしていた。

ここにあるのは血と錆が燃える臭いと、湖の光だけだ。

戦いは終わった。七英雄が一人、抱翼《ほうよく》のアーヴァインは灰となり、その首は——

「…………」

今目の前で、邪竜が彼の頭を喰《く》い千切った。

竜は英雄の首を口に入れたまま上体を起こし、イオリアとイグルーを見下ろす。

竜の瞳に、もはや嘲りは無かった。冷ややかではあるものの、己《おの》が息吹を耐えきった二人へ向けるのは、微《かす》かな苛立《いらだ》ちと明確な敵意だった。

イオリアは城のバルコニーへと目を向ける。

そこには、竜と同じ瞳を向けるセレスティアスがいた。

イオリアは疲れ切った顔で、静かに口角をつり上げていく。

そして、

「ざまぁみなさい……あたしはまた生き残ったわよ、セレスティアス」

一言だけ告げると、セレスティアスは視線を外して城の中へ踵を返した。

同時に竜が翼を広げて飛び立っていく。

灰と錆の中に残されたイオリアは、虚《うつ》ろな表情で空を仰いだ。

敗北だ。英雄の首を取り、勝利を得たのはセレスティアス。

多くの犠牲と多くの喪失を得た先に勝利は無かった。

——だが生き残った。あの女の態度が今後も変わることはないだろうが、これからは無視できないはずだ。これは勝利ではなくとも完敗でもない。

前へ進むための、大きな一歩だ。

「は……はは、ははは……あはははははは！」

両手を広げて笑う。星一つ無い、暗黒の空に笑う。

ようやく満足感で胸が満たされた。

悲しみを笑い、虚《むな》しさを笑い、喪失を笑い、惨《みじ》めさを笑い、己自身を笑い飛ばす。

そんなものらは些末《さまつ》なことなのだ。今この胸に抱いているあの女への、この世全てへの劣等感。それさえあれば自分は生きていける。前に進める。いくらでもまた歩き出せる。

敗北は糧《かて》だ。この苦みを噛《か》み締めていけば、いつか甘美なものに変わるとイオリアは信じている。だから、そのためにも——

「…………」

イオリアは焼け焦げたアーヴァインの遺骸を見つめた。

頬に流れる涙は無かった。泣く資格が無いことを自覚しているからではなかった。

真実、涙など出なかったのだ。

炎の中で彼との思い出を手放したことに痛みを感じた。あの時に涙を流せていれば、まだ立ち止まれたのかもしれない。こんなのは嫌だと泣き叫べていれば、イオリアのままでいられたかもしれない。

けれど涙は出なかった。一滴すらも。

もうイオリアは死んだのだ。

ここにいるのは、フレイリアの皮を被《かぶ》ったバケモノだ。

「イグルー」

イオリアは道連れにした騎士に声をかける。

「ハッ、此処《ここ》に」

膝をつく彼の姿を見つめる。

罪悪感ではなく、愛《いと》しさが溢《あふ》れた。

偽者を信じて疑わない彼に絶大な信頼と愛着を抱く。

彼は裏切らない。彼は蔑まない。ただただ愚直にこのあたしを信じている。

なんて哀れで滑稽で、愛しい騎士なのだろう。

本来ならば彼にとって自分は怨敵であるにもかかわらず、こうしてこうべを垂れている。

騙《だま》されているとも知らないで、都合よく利用されているとも知らないで、彼はあたしを信じている。だったら彼を裏切るわけにはいかない。炎を絶やしてはならない。たとえその炎が汚濁を燃やしただけの醜い炎だとしても、薪をくべ続けなければ――

笑みがこぼれる。快感に秘部が熱くなるのを感じた。愛情とも母性とも違う、負に塗《まみ》れた慈《いつく》しみが胸を焦がす。

嗚呼《ああ》、王と騎士とは、こういうものか。

もう誰にも渡さない。誰にも触れさせない。

この男は――あたしだけのものだ。

イオリアは笑みを消し、右手を差し出した。

「もう一度誓いを立ててほしい」

「…………」

「私の騎士として共に道を歩むことを、ここに誓いなさい」

イグルーが決意に満ちた素顔を向ける。

一点の曇りも無い彼の瞳を、嘘を貫き通すと定めた修羅の瞳で見つめ返す。

差し出された手を取ったイグルーは、その甲にそっと己の額を押し当てる。

「我、イグルー・シュヴァルケインはここに誓う。たとえ我が身、我が心が砕けようとも、この剣で守らんことを」

「問おう。汝《なんじ》の守るものとは何だ？」

「我が王」

「問おう。汝の剣とは何だ？」

「我が血潮」

一息置いて、己の言葉を見つけ出し、三度《みたび》問う。

「ならば答えよ。汝が騎士ならば――その血潮は誰《た》がためにある？」

それはフレイリアがイグルーの叙任式で投げかけた問いと同じものだった。

イグルーは手から額を離し、彼女を見た。

正しくは彼女の胸に宿る炎を見た。

赤く燃え、周囲を焦がすほどに眩《まばゆ》い炎を。

「我が血潮は、貴女《あなた》のために」

イグルーは同じ言葉を返す。決意はあの頃と何も変わらない。

彼はただ炎を守り、照らされた道を共に歩むだけだった。

たとえその道が血に濡《ぬ》れ、闇に包まれていようとも。

もう後には引き返せないし、引き返すつもりなどなかった。

イオリアの胸に灯った炎は、その魂が尽きるまで燃え盛り続けるだろう。

落陽騎士と偽り姫。たとえ狂っていたとしても二人は進む。血を浴び、汚濁を啜《すす》り、善も悪も諸共に煮詰めながら、二人は征《ゆ》く。

決して救えないこの壊れた世界を、狂気の炎で燃やし尽くすために——。

あとがき

ただ書きたかった。本作はそれだけでできています。

当初、私はこの作品をライトノベルとして世に出すつもりはありませんでした。あまりにも『負』の物語だからです。別名義でウェブ上にひっそりと置かせてもらおうかな、と思っていました。ですが、途中まで書いていた本作の話をしたところ「読んでみたい」とおっしゃっていただき、読後に「面白いです。本にしましょうよ」と申し出ていただけたこと、正直嬉《うれ》しかった。自分の持てる全てを込めて、容赦なく書きました。

こうして本という形にさせていただけたこと、心より感謝しています。

荒削りですが、得体の知れない情熱だけは胸を張ってお届けできたと思います。

理解を示し情熱をもって扱ってくださった担当N様。私の中の理想を超えた、本当に美麗なイラストを描いてくださった岩本《いわもと》ゼロゴ様。本作を掬《すく》い上げてくださり、何年も待ってくれた元編集長のS様。

そして読んでくださった読者の皆様、本当にありがとうございます。

柳《やなぎ》 実冬貴《みとうき》

富士見ファンタジア文庫

ブロークン
落陽騎士《らくようきし》は偽《いつわ》り姫《ひめ》に凱旋《がいせん》を捧《ささ》ぐ

令和４年８月20日　初版発行

著者――柳 実冬貴《やなぎみとうき》

発行者――青柳昌行

発　行――株式会社KADOKAWA
〒102-8177
東京都千代田区富士見2-13-3
0570-002-301（ナビダイヤル）

印刷所――株式会社暁印刷

製本所――本間製本株式会社

※定価はカバーに表示してあります。
●お問い合わせ
https://www.kadokawa.co.jp/（「お問い合わせ」へお進みください）
※内容によっては、お答えできない場合があります。
※サポートは日本国内のみとさせていただきます。
※Japanese text only

ISBN978-4-04-074650-0 C0193 ◇◇◇

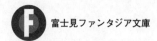

切り拓け！キミだけの王道
ファンタジア大賞
原稿募集中！
賞金
《大賞》300万円
《金賞》50万円
《銀賞》30万円
選考委員
細音啓「キミと僕の最後の戦場、あるいは世界が始まる聖戦」
橘公司「デート・ア・ライブ」
羊太郎「ロクでなし魔術講師と禁忌教典《アカシックレコード》」
ファンタジア文庫編集長
前期締切 8月末日
後期締切 2月末日
公式サイトはこちら！ https://www.fantasiataisho.com/
イラスト／つなこ